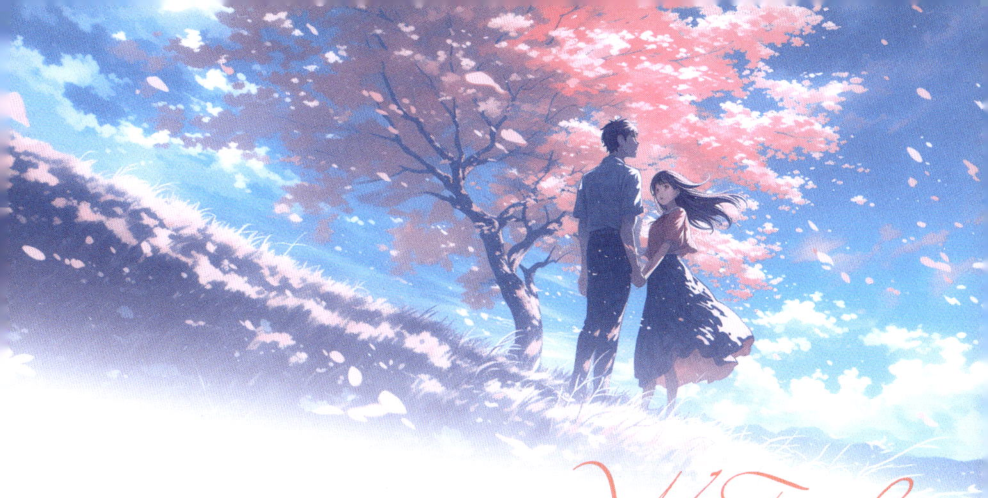

一路繁花

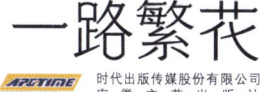

时代出版传媒股份有限公司
安徽文艺出版社

冯 萍 ◎ 著

冯萍,波兰波兹南密茨凯维奇大学国际关系专业博士,华沙大学国际关系专业硕士,现供职于山西传媒学院,任英语讲师,山西省作协会员。留学期间曾兼职担任《环球时报》驻波兰分社记者,以及《欧洲时报》驻波兰分社记者。

冯萍擅长中、英文双语写作,多部作品和译著在国内外出版。在澳大利亚出版小说 Four Legendary Women from Ancient China(《中国古代四大才女》),The Secret under the Mahogany Tree(《红木下的秘密》);在波兰出版小说 Roads Seeking(《寻梦》),The Way in the Front(《路在前方》);在国内出版长篇小说《循途》、《佳人棋事》,译著《西厢记》(中译英)、《什么是相对论》(英译中)、《运河边的房子》(英译中)等。

一路繁花

Yilu Fanhua

冯 萍 ◎著

时代出版传媒股份有限公司
安徽文艺出版社

图书在版编目（CIP）数据

一路繁花/冯萍著. —合肥：安徽文艺出版社,2024.6
ISBN 978-7-5396-7927-3

Ⅰ.①一… Ⅱ.①冯… Ⅲ.①长篇小说－中国－当代 Ⅳ.①I247.5

中国国家版本馆 CIP 数据核字(2024)第 025969 号

出 版 人：姚 巍		
责任编辑：李 芳		装帧设计：张诚鑫

出版发行：安徽文艺出版社　　www.awpub.com
地　　址：合肥市翡翠路 1118 号　　邮政编码：230071
营 销 部：(0551)63533889
印　　制：安徽新华印刷股份有限公司　　(0551)65859551

开本：880×1230　1/32　印张：10.75　字数：240 千字
版次：2024 年 6 月第 1 版
印次：2024 年 6 月第 1 次印刷
定价：42.00 元

（如发现印装质量问题，影响阅读，请与出版社联系调换）

版权所有，侵权必究

引子

佛经里有这样一个让人心动流泪的故事。

有一个年轻的女子,才貌双全,家产丰厚,仰慕者众多。然而,为了追求心中美好的爱情,她一心只想嫁给一个与她相爱的男子。一天,在一个盛大的庙会上,女子终于遇到了命中注定的那个人。女子虽然和他只有一面之缘,但是对他一见倾心。女子自从遇到了心目中的男子,便发誓即使走遍天涯海角,也要找到他。但后来一直没有那个男子的音讯,女子很是伤心难过,每天洗手焚香,祈祷佛祖让她再见男子一面,为此她愿意经受各种苦难。

佛祖被她的虔诚所打动,果真显灵了。佛祖对女子说,如果想见那个男子,她必须修行五百年。女子毫不犹豫地同意了,一心只想着再看男子一眼。就这样,她被变成了石头。就在她苦苦等了五百年濒临绝望的时候,那个男子终于来了。男子正在修桥,恰好用变成了石头的女子为石料,女子深情地盯着男子,男子却对此一无所知,只是朦胧中有一种很奇怪的感觉,觉得有块石料非常特别。他回头望了望,但没有发现什么,最终还是走开了。男子走后,女子很伤心。她对这次相逢很不满足,就对佛祖说,她还想再触摸一下男子。为了这个愿望,她又修炼了五百年。这一次,佛祖把她化为了一棵大树。烈日炎炎的一天,男子走了过来,走到大树下,就坐在这棵树下乘凉,慢慢地靠着这棵树睡着了。不知过了多久男子终于醒来,却还是头也不回地走了。佛祖问女子想不想成为那个男子的妻子,如果想的话,她还要修行更长的时间。然而,此时的女子已经身心疲惫,她摇头说不要了,就这样爱着他、守护着他就足够了,没必要成为他的妻子。佛祖听罢,笑而不语。女子问佛祖在想什么。佛祖解释道,这样最好了,因为男子为了能看她一眼,已经修行了两千年,如果她不想成为他的妻子,男子就可以少修行一千年了。

前世的五百次回眸,才换得今生的擦肩而过。偶然相遇,注定了要一起经历各种辛酸苦辣,更何况相遇在异国他乡的恋人,远离亲朋好友,经历着既美好又孤独寂寞的时光。当然,有缘的两个人,在目光交错的一刹那,注定要彼此相爱。

凌萱的小说《那些年,在华沙的日子》成功出版了,在国内取得了不俗的反响。在新书发布会上,她接受了记者的采访。

"凌小姐,我们很想知道您书中的故事是源于现实生活吗?"记者问。

"这些都是从我的记忆里自然流淌出来的故事。"凌萱微笑着回答道。

"您在书中写道,'在华沙曾经刻骨铭心地爱过'。可以跟我们分享一下更多的爱情故事的细节吗?现在您和他在一起了吗?"

"没有……我一直在等着他,希望我们还能见面。"凌萱有些怅然地回答。

"这似乎是一个伤感的故事,不过不要担心,就如同您在书中说的,你们是前世注定的恋人,某一天,你们还会相见的。凌小姐,可以告诉我们是什么动机促使您写这本书吗?"

"有很多原因。有些记忆刻骨铭心,在很多朋友的鼓励下,我就写了出来,这也是我对朋友们的承诺。"

"您在小说中提到,在华沙的每一天都令人印象深刻,在华沙的日子是值得您用一生去珍惜的。您可不可以讲讲您在华沙最大的收获是什么?"

"在华沙的日子是五彩缤纷的。我学会的就是用心去观察这个多姿多彩的世界,学会欣赏周围的美景,在寻找自我的过程中,用心去爱、珍惜和宽恕,我们要相信自己的内心,随着感觉走。"

"谢谢。希望您的朋友看到这本书也会欣喜万分!期待您的下一部作品。"

"谢谢。"凌萱和记者握了握手。

新书发布会结束后,凌萱选择步行回去,因为这时候的交通非常拥堵。这次发布会把她心中所有压抑的情感都翻了出来,凌萱意识到自己三年来的落寞和伤感,记忆中的画面越来越清晰,仿佛时光开始倒流,一瞬间,她无法辨别此时自己是在北京还是在华沙,于是她停了下来,站在立交桥上,看着前方,慢慢地,北京城模糊成了一个点。她叹了一口气,什么时候才能再见到他?

一

"什么？凌萱,你疯了吧？放弃那么好的策划工作,去波兰读什么研究生？不可能,别做梦了!"妈妈怒火冲天地朝凌萱吼道。

凌萱大学刚毕业就在一家大公司找到了一份待遇不错的文案策划工作,家里人乐坏了。为了庆祝,父亲私下里学起做菜,今日按照菜谱亲自做了一桌丰盛的大餐。然而在餐桌上,凌萱突然对父母说,她已经辞掉了这份工作。令他们更为惊愕的是,凌萱还说她已经被华沙大学录取了,她要飞往波兰学国际关系专业。父母感觉很蒙,一点心理准备都没有,觉得凌萱和他们开了个天大的玩笑,她是用自己的命运和青春在赌博。

然而凌萱做出这个决定是经过深思熟虑的。她早就想出去走走,看看这个姹紫嫣红的世界,感受异国的风土人情和美景,给自己相对平淡的生活添加一些佐料,不过主要的原因是她心里一直装着一个重要的人——她的邻家男孩吴建。凌萱在很小的时候就悄悄地喜欢上了这个大男孩,所以当吴建说要去华沙大学读研时,凌萱就下定决心要追随他过去。

凌萱和吴建从小一起长大,小时候俩人几乎形影不离,无话不谈。凌萱第一次发现自己可能喜欢吴建的时候,是在她十二岁,情窦初开的年龄。她发现自己时时刻刻想和吴建待在一起,有事没事的时候,吴建的影子总在她心中挥之不去,如果有一天没有见着他,她就会觉得很无聊很烦躁。有一次,她看到吴建和别的女孩搭话,莫名地生气,耍起了小脾气,好几天都没有搭理吴建。乍一看吴建不是迷倒众人的帅哥,留着平头,爱穿运动裤,但是他穿着很干净,颧骨突出,给人一种强烈的男子汉气息。凌萱喜欢有内涵的男生,吴建就很有内涵。每当她遇到困难的时候,她总会找吴建帮忙。然而随着年龄渐长,吴建开始有意无意地疏远凌萱,凌萱惊恐地发现有时候两个人在一起时很难找到一个共同的话题,吴建似乎不像以前那么乐意交流,往往都是凌萱在说话,他没有太大的反应。总之在他们之间,吴建垒起了一道无形的隔膜,让凌萱捉摸不透吴建的内心。对于吴建的冷落,凌萱感到有些措手不及,几次三番地试探,吴建从来都是一笑了之。一次,凌萱笑着问吴建是不是有了女朋友,吴建说了一句玩笑话,就岔开了话题。

大学即将毕业,吴建突然告诉凌萱,他想出国深造,要去波兰华沙大学学习国际关系专业。为什么是波兰呢?凌萱很好奇。吴建说他觉得波兰是学习国际关系最好的地方,因为波兰的地理位置特殊,位于欧洲的中心,是兵家必争之地,必然成为各种国际矛盾的聚集地。听了这个消息,凌萱不免有些担忧,她并不在乎吴建在华沙学什么,只是担心她马上就要和吴建分开两年。两年啊!这七百多天的日子漫长得足够改变很多事情,也可以让少女的芳心碎了一地。为了爱情,也为了自己心中渐渐苏醒的对未知的渴望,凌萱也悄悄地递交了华沙大学国际关系专业的申请。焦急而又漫长的等待之后,凌萱终于拿到了华沙大学的邀请函,一颗悬着的心落了下来。之后,她毫不犹豫地辞了刚找到的工作,等时机成熟之后,才告诉父母这件事。对于父母来说,他们觉得如同做梦一般,不敢相信一向乖巧懂事的女儿会做出如此草率的决定。说实话,辞了工作后,凌萱心里也微微感到一些不安,对父母也非常愧疚,她一直不敢抬头直视母亲的眼睛。

母亲得知消息的第二天早上,凌萱发现母亲脸上挂了两个黑眼圈。

"你个傻孩子,去工作吧,出国干什么?你也知道家里的经济状况。"母亲觉得责备凌萱已经无济于事,于是决定哄哄凌萱,劝说她改变主意。

母亲的话让凌萱感到一丝不安,她有些心慌地坚持道:"我一直都想出去走走,趁年轻先出去闯荡,看看外面的世界有多精彩,到了一定年龄再安定下来。而且我觉得,出国深造也是知识投资。"

"你真的是这么想的?我怎么觉得你出国的唯一目的就是为了一个男孩?这不是明智的做法。"父亲用手扶了扶鼻梁上的眼镜,把

《环球时报》搁在一边,抬起头,语气里带着他特有的反讽与幽默。

"不是这样的,"凌萱被说中了心事,满脸绯红,"您说的只是一小部分原因。主要是因为……因为我想尽可能地探索这个多彩的世界,追逐心中的梦想。"凌萱努力让自己的话有理有据。

"公司都不想待,你还想做什么?"母亲听后火冒三丈。

"比如我想当一名教授,或者一名老师。我最终的梦想是成为一名作家,大作家,在生命中创作一些有意义的东西。"凌萱觉得有些委屈,坚持道。

"还作家,你不坐在家里就阿弥陀佛了。"母亲挖苦道。

"哈哈哈……"父亲大笑。

"不要笑,我一直都有写作天赋,你们是知道的。"凌萱坚持道。她在心里默默地祈祷着可以得到父亲的支持。她说的天赋是指自己小时候参加了很多写作比赛,还获得了一些奖项。

母亲没再说话,开始晒起了衣服,家里的气氛突然紧张了起来,凌萱感觉到了压在胸口上的空气的压力。

"在国外,我一定会格外节俭的。我会把握好自己,不去奢侈浪费。而且我听说在波兰的学习生活开销也不是很大,学习国际关系对我大有裨益,可以帮我开阔眼界。有机会的话,我还可以环游欧洲,说不定我会写个《欧洲几万里》什么的。"凌萱受不了家里的沉默气氛,紧张地解释道,"爸爸、妈妈,就让我去吧,而且我已经拿到了华沙大学的邀请函,不要浪费这么好的机会。我保证一定不会让你们失望的。"

父亲没有吭声,点了一支烟,家里的气氛瞬间凝固了起来。凌萱的心提到了嗓子眼,仿佛等待判决一般,感到无比焦灼、恐慌,希望父亲赶快宣布对她的判决。时钟嘀嗒嘀嗒地响着,凌萱默默地祈祷时间可以过得再快些。过了良久,父亲抽完一支烟后说道:"好。我和你妈决定让你出去。希望你珍惜这次出去的机会,你一定要想好,为什么要出国,出国后准备干什么,以后要有什么样的人生,可不能浑浑噩噩地混日子。将来无论做什么,你一定要学会冷静地思考,做一个有担当、对自己的选择负责的人。你已经长大了,不要干什么都意气用事。"

凌萱长出了一口气,如释重负。此时此刻,凌萱的心里被高兴填满了,没有其他感觉和想法,也没来得及仔细考虑父亲这番话的深意。她凑上前去,一把搂住了父亲的脖子,狠劲地给了父亲一个吻,高兴地说道:"谢谢您,爸爸!您是世界上最好的爸爸,我一定不会让您失望的。"

母亲看了看凌萱的父亲,又看了看凌萱,却没有办法,只能无奈地摇了摇头。既然尘埃落定,母亲只好省吃俭用,全力支持凌萱出国深造。

中秋节到了,这是一个共享天伦之乐的节日,母亲却怎么都开心不起来。凌萱出发在即,一想到要和孩子分开,母亲心里就各种不舍。母亲很担心凌萱,觉得她不成熟,很孩子气,太任性,怕她处理不好日常生活中的琐碎问题,更担心她太痴情,若对吴建的暗恋成了单相思,怕她承受不了。

父亲安慰母亲道:"不要担心了。让孩子自由地飞吧。她那么年轻,要是出国多经历些什么,对她今后的人生是有好处的。"

"如果她遭受的打击太大,从此一蹶不振怎么办?"

父亲沉默了一会儿,说道:"不,我对这孩子还是有信心的。她身上有很多我们没有发现的闪光点,需要到一个特殊的环境和平台激发出来。"

中秋节过后,家长们送两个孩子到了北京国际机场。凌萱和吴建登机后,他们也没有离开,他们一直等着,直到飞机起飞。

二

  华沙的空气格外阴冷潮湿。虽然只是十月初,但是凌萱觉得这里就和国内的冬天一样。从机场到宿舍的路上,坐在公交车上的凌萱透过窗户看着华沙的街景,心中不禁有些小小的失望。这里的空气很清新,在街道两旁,有一排又一排高大的树木和宽阔的草坪隔离带,看起来华沙的绿化很好。然而道路两旁的建筑物不是很高,上面也没有彩色的琉璃或者瓷砖,而是很朴素,白色的墙壁上还挂满了雨痕。这些建筑物稀稀落落地散落在树丛中,一点都没有都市的繁华,反倒有种乡村庄园的感觉,这和她想象中的华沙一点都不一样。在到波兰之前,凌萱在心中勾勒出很多幅华沙的样子,她觉得华沙要么是一座典型古老的欧洲城市,到处都是中世纪的哥特式教堂和城堡,就和在书中或者从电影里看到的欧洲城市那样;要么像纽约、巴黎那样,是座富有现代化气息的华丽大都市,因为华沙是波兰的首都。她之所以认为华沙很有魅力,是因为在世界历史课本上,"华沙"这个名词被多次提起,比如《华沙条约》,然而她忘了历史书上还写道,在二战的时候,纳粹德国入侵波兰,当看到落后贫穷的波兰村庄时,他们对这些贫穷的波兰人更加鄙夷不屑。二战时华沙几乎全部被炸毁了,她现在看到的华沙,是1945年重建后的华沙。

凌萱有些疲惫,吴建却很兴奋。凌萱一边打起精神笑着和吴建交谈,一边悄悄地观察着他。"太好了,咱们马上就要到华沙大学了。"吴建看向窗外,满眼闪着光。"对了,你不觉得华沙很美吗?我觉得欧洲所有城市的中文翻译,华沙的名字最美,很有文艺范儿。一提到华沙,我就会想很多,觉得这个地方一定有很多故事。"

凌萱有些困惑,华沙很美吗?她顺着吴建的目光,看向窗外,发现有些树叶变得金黄,绿色的草地上也铺满了黄色的枫叶,才意识到这时的华沙是有颜色的。

"你知道华沙这个名字的由来吗?"吴建兴奋地问道。

"不知道,这不就是一个名字吗?"凌萱更加困惑了。

"不,华沙是波兰的一座伟大城市。如同凤凰涅槃一般,它虽然被摧毁了几次,但是顽强地复活了。二战后,人们重建了华沙,让它恢复了中世纪曾经的繁华,成为波兰的商业中心。我听说华沙的波兰语是'Warzwa',意思是'属于Warsz'。相传,在维斯瓦河一带住着一条美人鱼。当时,有一个叫Warsz的小伙子和一个叫Sawa的年轻姑娘沿着维斯瓦河开拓新的家园,这条美人鱼就成了他们之间爱情的见证。后人为了纪念他们,就把这座城市叫作华沙。"吴建耐心地解释道。

"哦,原来华沙和一个浪漫的爱情传说有关啊!"凌萱不禁惊奇地感叹道。

"嗯。"吴建点了点头。

凌萱觉得吴建说得对,华沙是有故事的,比如她就是为了爱情来到了华沙,也许,在华沙她也可以遇到一条真正的美人鱼,来见证她经历的一切。

一个小时后,他们抵达了宿舍。在吴建的帮助下,凌萱办理了入住手续。一路上,凌萱东张西望,心怦怦直跳,想自己的室友会是谁,会不会是一个蛮不讲理的外国人。凌萱曾听一个在国外留学的女同学讲过,这位同学和一名外国女孩分到了同一个宿舍,外国女孩的男朋友每天都光临她们的宿舍,最后竟然留在她们宿舍里过夜,自此两人间的寝室成了三人混住间……想到这儿,凌萱更加紧张了,她在心中默默地祈祷着,希望自己的运气不要太差。

宿舍的门微微地开着,凌萱轻轻地推开了门,从门缝里,看到一个非常漂亮、体态丰满的亚洲面孔女孩正在整理床铺。女孩扭头朝凌萱微笑着,凌萱以为女孩是个中国人,便用汉语主动打起了招呼:"你好!"

"对不起,我不是中国人。"女孩甜甜地一笑,用英文解释道,"我叫索尔,来自韩国。"

"很高兴认识你。我叫凌萱,你可以叫我简,这是我的英文名字。"

"对不起,我可以叫你萱吗?萱更好记一些。"索尔笑着说道。凌萱看到她笑的时候,整个脸上的肌肉都松弛了,非常可爱。

"那更好了。"凌萱回以微笑。她仔细打量着眼前的韩国女孩。女孩穿着咖啡色毛衣和蓝色外套,光着脚丫,被染成褐色的头发松散地披在肩上,就如韩剧里的女主角一样,有着一张迷人美丽的脸蛋。

"你刚到吗?"索尔问凌萱。

"我早上到的。你呢?"凌萱回道。

"我三天前就到了。如果你对波兰有什么困惑的话,可以问我。虽然我对华沙也不是很熟悉,但毕竟我比你多来了几天。"索尔热情地说道。

"谢谢你。"凌萱发现自己对这个韩国女孩立刻产生了好感,接着说道,"你是一个人来的吗?"

"是的,我一个人来的。你呢?"索尔微笑道。

"我和朋友一起来的。"凌萱微微一笑,然后赞叹道,"你一个人来波兰真是太勇敢了,用中国话讲你是个地地道道的女汉子。"

"这不算什么。我曾经一个人在印度待了六年呢!"索尔自信地说道。

"你在印度待过?"凌萱有些难以置信。在她心里,印度是一个非常复杂的国家,她很难想象眼前这个美丽的韩国女孩很小就去了印度,而且一待就是六年。凌萱想,她一定有着惊人的勇气和智慧。

"对呀!奇怪,你怎么也这么吃惊?昨天,我跟一个中国男孩提起过这件事,他也是同样一副惊愕的表情。"索尔有些疑惑。

"我只是觉得你那么小就一个人孤身在外求学,有些不可思议。六年啊,时间真长!"凌萱笑着解释道。

"在印度我学到了很多,受益了很多,起码现在我的英语不差。"索尔的嘴向上咧了一个很大的弧度。

凌萱笑笑,点了点头,继续收拾行李。

"你饿了吗?如果饿了的话,我先给你做饭。"索尔热情地说道。

"哦,谢谢你!不过我得先出去一趟,换些兹罗提(波兰货币)回来。"凌萱心里涌起一股暖流。

"没关系的。你先出去吧,我现在就给你做寿司。等你回来,就可以吃了。"索尔豪爽地说道。

"寿司?哇,太好了,谢谢!"凌萱兴奋地说道。

"别客气!"索尔微笑道。

凌萱很庆幸能和这样一个热情善良的女孩住在一起,觉得自己就像抽了一张幸运签,心想自己一定要珍惜现在的生活。

凌萱下楼后,看到吴建已经在宿舍楼的大厅里等她。"怎么样,还习惯吗?"吴建问道,"你的室友怎么样?"

"还挺习惯的,我觉得一切都不能再好了,屋子的条件很不错。室友是一个韩国女孩,长得非常漂亮,也很友好。"凌萱一边说,一边读着吴建的脸,想知道他到底有多关心自己。然而吴建只是认真地听着,凌萱仍旧看不出什么,也猜不到他在想什么。

"那就好。一个好室友对我们留学生真的很重要,决定了我们每天待在国外的心情和留学的质量。"

"是呀……你呢?"

"我的室友是一个乌克兰人。"

"乌克兰人?人怎么样?长得帅吗?"

"他个头很高,说起话来有些吵吵的。"吴建笑道,"我觉得他有些奇怪,我进屋的时候,他正在吃什么沙拉,咱们都没见过,味道也奇怪极了。而且屋里乱成一团,他也不打扫,不过他看起来还是友好的。"

……

凌萱和吴建肩并肩走在华沙的街头,希望可以找到换钱的柜台。街道两旁的树木非常高大,凌萱有种走在森林里的感觉。在人行道上,许多大胆的鸽子横在路中间,有的在觅食,有的在东张西望。当凌萱走近这些鸽子的时候,它们也没感到慌张不安,而是继续蛮横地站在路中央,一动不动,仿佛在向路人示威:"这是我的地盘,我的地盘我做主,要么你们走开,要么学会尊重我。"

"华沙的鸽子真多,我都有恐鸟症了。"凌萱瞪着刚从她头顶飞过的鸽子,有些吃惊地说道,"它们看起来一点都不怕我们。"

"看那边,是乌鸦!"吴建指着不远处说道。

凌萱顺着吴建的手指看到不远处有只大乌鸦正耀武扬威地欺负两只身材娇小的鸽子,想抢夺它们的食物。凌萱还从没有这么近距离地观察过乌鸦。她突然明白了为什么西方人会把乌鸦和黑魔法联系在一起,因为这里的乌鸦体型要比国内的大,浑身漆黑一片,看着有点瘆人。有趣的是,在中国乌鸦是一种不吉利的象征。

"它们看起来要比我想象的还要猖狂。"凌萱看得有些呆住了。

"你知道它们为什么那么有恃无恐吗?因为波兰有相关法律保护鸟类。如果有人伤害了这些鸟的话,就会被判刑的。"

"难怪它们吃得这么胖,这么霸道!"凌萱哈哈大笑,继续边走边观察路边的景色。

"你为什么要在波兰学国际关系专业,而不学其他专业呢?"过了一会儿,凌萱在好奇心的驱使下,问了这个困惑她很久的问题。

"由于波兰位于欧洲中部,是兵家必争之地,周围国际局势又那么复杂,我可以身临其境地了解世界的国际关系。另外,到了波兰,我还可以周游欧洲呢。你呢?你为什么要在波兰学习国际关系呢?"吴建一边问,一边好奇地打量着凌萱。

凌萱努力凝视着吴建的眼睛,想看清吴建心里到底是怎么想的,想知道他是不是在试探自己,但是他的眼睛如同镜子一般平静,没有一丝波澜。凌萱突然觉得一丝冷风划过内心,一颗火热的心顿时凉了半截,没想到吴建竟然会问这样的问题。她好想大喊"因为你啊,这个白痴",但还是遏制住了情绪,脸色只是微变,马上又如同戴了面具一般平和。她微微笑道:"因为我比较喜欢政治。我想通过学习国际关系开拓我的视野。"

"好啊。我希望两年后我们都会有所作为。"吴建像吃了兴奋剂一样说道。

"会的。"凌萱感到胃一阵痉挛,不想再多说什么,干脆保持沉默,让自己的心先平静下来。

"我们要找一家零售商店。我听在欧洲留学的朋友们说,我们可以在零售商店里买公交车、地铁的车票。等有了学生证后,我们还可以办交通卡,这样乘坐公交车上学会方便很多的。"吴建认真地说道。

"停!你一会儿再和我说,我现在脑袋都要炸了。"凌萱拨浪鼓般地摇头说道,她感到头嗡嗡作响。

"你必须赶快适应这里的生活。我们现在在国外,一定要学会自己照顾自己。"吴建有些同情地看着凌萱。凌萱被吴建这么看着有些发毛,心想,如果不是他,自己决计不会出国的。

"好吧。"凌萱轻轻地应了一声,但是内心很不平静。她感到心里有一团火蛇诱惑着她去直截了当地反问吴建为什么他不来照顾她,但又觉得这样说有些幼稚,就自嘲地笑了笑,只好作罢。

"我希望柜台的工作人员懂英语。"吴建有些担心地说道。

凌萱没有说什么,只是平静地等待接下来会发生的事情。她早听朋友说过,在波兰大多数的年轻人都会说英语,不过上了年纪的人还是听不懂英语的。

他们走进商场,来到一个柜台旁。吴建从钱包里取出100欧元,用英语说想兑换50欧元的兹罗提,当天欧元兑换兹罗提的汇率是1∶4.2。但是工作人员怎么也听不明白,不停地用波兰语说道:"我不会英语,不会英语。"吴建在一旁比画不清楚,工作人员也面红耳赤,却没有任何办法。这时,凌萱灵机一动,她拿出一张纸,在纸上写下了"50",然后递给工作人员。工作人员接着又用波兰语说了些什么。凌萱猜工作人员可能是在问是否要兑换50欧元的兹罗提,就点了点头。于是工作人员把换好的钱递给吴建,吴建在那里目瞪口呆地接过兹罗提。凌萱朝工作人员笑笑,然后拉着吴建离开了。

"你会讲波兰语吗?"他们离开的时候,吴建惊讶地问道。

"不会,我怎么会讲波兰语呢?"凌萱攥着几缕头发,面带微笑,有些得意。

"但你们彼此可以交流,真有些不可思议。你可以告诉我原因吗?我有些糊涂了。"吴建越来越好奇。

"不告诉你。这是个秘密。"凌萱把手背在身后,神秘地笑了笑。

"为什么?告诉我吧!"吴建更加好奇了。

"如果我告诉你答案,你给我多少好处费呢?"凌萱和吴建开玩笑道,想吊吊他的胃口。

"啊?可是从北京到华沙一路上都是我照顾你的呀。公平地说,你给我多少好处费?"吴建反问道。

"好吧,那我就告诉你。其实很简单,我只是在猜她说什么,只不过我用了心,你不明白的话,是因为你一直没有用心。"凌萱意有所指地说道。

"什么乱七八糟的!"吴建对这样的回答没有丝毫准备,他知道凌萱还有话外音,但是故意不去探究她的意思,假装糊涂,也就和往常一样,当作笑话一笑了之了。

在天黑之前,他们回到了各自的宿舍。索尔早早地做好了一盘精致的寿司,摆在了桌子上。"哇!"能吃到地道的韩式寿司,凌萱很开心。她一边吃,一边说:"谢谢你,你做的寿司真的非常好吃。"

"你喜欢? 那就好,原来中国人也喜欢吃寿司。"索尔开心地说道。

三

华沙大学的宿舍是同一个楼层的同学共享同一个浴室、卫生间和厨房。每间宿舍只有一把钥匙。如果凌萱要出去，她的室友恰好也不在宿舍，她就得把钥匙留在前台。在前台的墙上挂着一面大镜子，凌萱每次进宿舍的时候，都会先看到自己在镜子里的虚像，这让她想到小说《哈利·波特》里霍格沃茨魔法学校的学生宿舍里的那面大镜子。

凌萱拉上了窗帘，斜躺在床上，开始读起了小说《1984》。这是她喜欢的小说之一，她不仅喜欢小说的主题，还喜欢小说里的爱情故事和乔治·奥威尔自然又真情流露的叙述风格，凌萱从文字里似乎可以看到作者的内心。凌萱觉得读一部作品就是在认识一个作者。凌萱可以从中看到一个勇敢的战士、作家伟大的胸怀。乔治·奥威尔是她喜欢的作家之一，他不仅是一名作家，还是一名记者。在涉猎了一些经典图书之后,凌萱更喜欢涉及政治的或者有战争背景的小说,比如《战争与和平》《日瓦戈医生》等,因为这样的小说往往可以给读者带来更多的历史感。凌萱平时也很喜欢写作,她觉得作家写作应该有一个目的,或者展现一个时代的精神,描摹人生,或者展现老百姓的生活疾苦,表达对大众的同情和怜悯。凌萱喜欢那些写出了自己信仰的作家。

晚上,索尔参加学校的新生派对回来,凌萱看到索尔脸上挂着灿烂的笑容,额头闪着光,于是好奇地问道:"索尔,派对怎么样?"

"还不错。好几个男生都抢着和我跳舞呢!其中有个中国男孩算是我最好的舞伴吧,我们一起绕着俱乐部转了好几圈。"索尔一边说,一边洗掉脸上浓浓的妆。

"太棒了!可惜我不会跳舞。会跳舞的话,生活该多么有趣啊!"凌萱羡慕地说道。

"谢谢!其实,我一直都很擅长跳舞。在印度的时候,我就常常跳舞。小时候,我曾经想成为一名舞蹈演员,但是由于节食太痛苦了,最后我还是放弃了舞蹈。"索尔有些自我惋惜地说。

"真的吗?在韩国成为演员容易吗?"凌萱问道。

"当然难了。"索尔突然想到了什么,掏出手机,让凌萱看手机里的照片,"萱,你知道这个演员吗?"

凌萱认出了汤唯,笑着说道:"我当然认识她。她在中国很有名的。"

"真的吗?她在中国很出名呀?那真是太好了。"凌萱看到索尔有些激动。

"你喜欢她吗?"凌萱问。

"当然。不仅我,我的很多韩国朋友都很喜欢她。她刚和一名韩国导演结婚了。"接着,索尔让凌萱看另一张照片,并问道,"你喜欢这个人吗?"

这是韩国很有名的一位歌手,凌萱之前听过他的几首歌,她非常喜欢那动感十足的音乐和唯美的歌词,觉得每个音符都触动了自己的内心深处,勾起了她无限的回忆和情思。"嗯,我喜欢他,他很优秀。"

"你觉得他长得帅吗?"索尔接着问道,她紧张又兴奋地期待着凌萱的答案。

"嗯,虽然我很喜欢他,但我觉得他长得不很帅。我倒是非常喜欢听他的歌。"凌萱觉得有点意思,因为在中国她也有一些韩国留学生朋友,和她们在一起聊天的时候,话题往往离不开娱乐电影。

"你觉得他长得不帅? 那就有点怪了!"索尔对凌萱的答案毫无准备,听到凌萱说自己心目中的偶像长相一般,她觉得有些恼火。

"我觉得他不是很阳刚,有些娘娘腔。我喜欢汉子。"凌萱忙解释道,"所以依我的审美,他不帅。当然每个人有自己的审美标准。"

"哦。"索尔的脸色一下子变了,问道,"那你可不可以给我看一张阳刚帅气的男演员的照片?"

"嗯……"凌萱想了一会儿,说出了一个中国男演员的名字,并给索尔看了他的照片。凌萱认为他是帅气和阳刚结合的最佳人选,因为他出演的角色都很玉树临风,气宇不凡。

"哈哈……"索尔突然大笑起来。

"怎么了?"凌萱被这笑声弄得莫名其妙。

"我怎么也想不明白你会觉得他帅!"索尔依然大笑着。

凌萱目瞪口呆,现在她终于明白了不同的文化有着不同的审美标准。就拿对女性的审美来说吧,在中国,人们更喜欢纤细、柔弱、素雅、清新的女子,然而在西方的审美中,人们更注重性感和身材比例的协调。

"是啊,无论如何,我不喜欢他。"索尔移开了视线,掏出巧克力吃了起来。

"索尔,你学什么专业?我忘了问了。"

"国际金融。你呢?"

"国际关系。"凌萱说,"我本科在中国学的是英语专业。"

"哦,我之前也想学国际关系,后来还是改变了主意,因为我更喜欢数学,所以就选了国际金融。"

听索尔这么说,凌萱有些吃惊,说实话,她认识的女孩中,很少有喜欢数学的。所以这个女孩一定很特别,凌萱想。

四

"准备好了吗?"早上七点左右,吴建给凌萱打电话,约她一起出去购物。

"好了,准备好了,我马上下楼。"凌萱很高兴吴建又叫她一起出去,虽然这不是约会,但只要待在吴建身边,她就非常开心。

"好,我已经在楼下了。赶快下来!"

"谁的电话啊?"索尔狡黠地问道,"你的朋友?"

"是的,和我一起来的朋友。"凌萱微笑着说道。

"你们整天都待在一起,关系不一般哦。"索尔打趣凌萱道。

"我们小时候就认识,关系一直很好。我来波兰很大一部分原因就是因为他。"凌萱有些不好意思地说道。

"哇,好浪漫啊!"索尔大声说道。

"我也这么觉得。我先走了,回来再和你聊。"凌萱笑道。

一身黑色毛衣和蓝色牛仔裤的吴建看到凌萱下来,立刻从宿舍大厅的长条沙发上站起来,高声说:"我们今天有很多事要做呢!"

凌萱点点头,快步跟在吴建后面。

"我们今天干什么呢?"凌萱咧嘴问道。吴建今天看起来像打了鸡血一般兴奋和激动。

"今天,我们得去卖电器的商店买网线,还要买炊具和其他生活用品。"

"好吧。我们得自己做饭吗?"凌萱有些沮丧地问。

"当然了,自己做饭能省很多钱呢,况且我们也不能天天都到外面吃!"

"好吧。"凌萱心想,怪不得很多人都说出国后都会学得一手好厨艺。一想到自己的"家庭主妇"生活即将在波兰开启,她就有些心慌。

这时,一个留着长发的男生与他们擦肩而过。凌萱扭头瞪着他的背影,笑道:"看那个男孩,他的头发比女孩的还要长。"

吴建朝凌萱指的方向看去,看到那个男生后,他突然笑了起来。

"怎么了?"凌萱好奇地问道。

"我的邻居,一个瑞士的小伙子也留了长发,比刚才那个男生的还要长,他的头发还带着自来卷,就像我们在电视上看到的殖民时期的英国法官的头发那样。他和我说他绝对不会剪头发,而且要找一个比他头发还要长的女朋友。哈哈……"

"难道欧洲的男生蓄发都是因为喜欢留长发吗?"凌萱想象着那

个瑞士小伙子披散头发甩头照镜子的样子,不由得起了一身鸡皮疙瘩。

"不完全是。有一部分原因是在国外理发费用很贵,因为理发店是服务业,这里的劳动力很贵,所以很多人为了省钱就蓄发。当然,我一定不会蓄发的。"

"这简单啊,剃成光头不就得了?"凌萱故意说道。

"啊?"吴建愣了一下,仿佛被点醒了一般,拍着脑门说,"嗯,好主意,我怎么没想到呢?下次真要好好考虑一下。"

凌萱扑哧一声笑了,说道:"一言为定,我等着看你光头的样子。"

中午,他们去了老城区的一家土耳其餐厅。老城区是华沙繁华的城区之一。这里的城堡建筑风格大多是哥特式的。不过,吴建告诉凌萱,这不是历史上原来的华沙老城,而是二战后重建的老城,原来的老城在二战时完全被纳粹德国炸毁了。据说二战时,波兰人民对软弱无能的政府无法对抗嚣张的希特勒感到很气愤,于是华沙大学建筑系的教授和学生就测量老城建筑并绘制在图纸上,并把这些珍贵的材料藏在了山洞中,这才使得重建中世纪的老城变得可能。这些故事勾起了凌萱心中的英雄情结,她觉得自己仿佛也是这些英勇的华沙学子一员,可以干出一番惊天动地的大事业。

凌萱与吴建并肩走在老城区的街道上,她有种做梦的感觉,不敢相信周围的一切都是真的,尽管她的内心还隐隐地感到一丝不安。凌萱觉得自己心中渴望与失望等无数情感交织着,让她的生活变得简单而又复杂。她默默地期待着内心向往的爱情可以开花。

晚上,他们玩到很晚才回宿舍。市中心的科学文化宫所有楼层的灯都亮了,黄色的灯光给这座建筑增添了一些神秘的气息。

"科学文化宫里是什么呢?"在公交车上,凌萱看着灯火通明的文化宫问吴建。

"我也不知道。有时间的话,我们可以一起过来看看。"吴建提议。

"对,太好了!"凌萱抿着嘴,脸上绽开了一朵花。她觉得华沙的晚上要比白天美多了。她和吴建一起戴上了耳机,听着音乐。透过车窗,她看着马路上奔驰的车辆、市中心街道两旁富有欧式风格的建筑,还有人行道上匆匆闪过的人群,觉得华沙的一切元素犹如跳跃在油画布上的小精灵。

"我记得,科学文化宫是由苏联建造的,对吗?"凌萱问。

"是啊。"

凌萱点了点头。她望着窗外,静静地观赏着夜幕中的这座城市。

凌萱回到宿舍时,索尔刚从浴室里出来。

"回来了?"索尔打招呼道。

"嗯。"凌萱应道。

"玩得怎么样?浪漫吗?"索尔一边问,一边吹头发。

"一般一般,我们就是普通朋友的关系,也没发生过什么惊天动地的故事。"凌萱把头埋在手中说道。在外面和吴建走了一天,她觉得身体累,心也特别累。

"你很喜欢他,对吧?"索尔突然问道。

"嗯,我还是个孩子的时候,就喜欢他了,这也是我到波兰来的一个重要原因。"凌萱坚定地说道。

"真好。"索尔很是羡慕。

凌萱突然想到了什么,好奇地问道:"你呢?你有男朋友吗?"

"你是指现在吗?现在没有。我很想在波兰找一个男朋友。"索尔回道。

"以前呢?"凌萱更加好奇了。

"有三个。"索尔诚实地回道。

"三个!"凌萱大吃一惊。

"第一个男朋友是韩国人,我们一起在印度学习。刚开始的时候,我们也没有说几句话,不过渐渐地熟悉了起来。第二个男朋友比我小两岁,我们是姐弟恋。后来他回到了韩国,我当时还在印度学习,我们就成了异地恋,关系也就慢慢地淡了,最后分手了。第三个和我关系一般吧,说实话我不是很喜欢他。我和第二个男朋友分手后不久,就和他在一起了,他对于我来说更像一个朋友,在我孤独寂寞的时候,他会来安慰我,所以我对他更多的情感是友谊而不是爱情,最后我们也分手了。"索尔坦白道。

"哦,真有意思。至今,我都还没有和一个男生正式约过会呢。"凌萱不禁有些小妒忌。

"我觉得你是因为心里一直有个他,所以就很难看上其他男孩了。"索尔认真地说道。

"对啊,从来不会。"说到这儿,凌萱觉得一阵暖流和一阵寒流同时涌上心头。她不知道未来会是什么样的,她和吴建的结局又会如何,但是她心里很珍惜这个小秘密,这是她青春的恋情,如同钻石一样珍贵。

五

对于大多数人来说第一次都是难忘的,凌萱当然也忘不了在波兰的第一节课。坐公交车去学校的路上,凌萱有些激动,也很紧张,迫不及待地想知道谁会是她的同学,国外的课堂形式又会是怎样的。坐在公交车上,凌萱突然有些不敢相信自己竟然如此大胆,放弃了工作,来到华沙。她瞥了一眼身旁的吴建,希望这一切都是值得的。

华沙大学的各个院系散落在这座城市的各个角落。凌萱所在的政治科学系位于主校区附近的一个风格比较古老的四层建筑。在这座建筑的中心,有一部玻璃围墙自动电梯,在地下室那一层,还有一个午餐吧,下课后学生可以在午餐吧享受各种沙拉和波兰特色美食。在每个楼层都有一个玻璃陈列窗口,里面摆放着教授们最近出版的各种学术著作和最新科研成果。在一楼的墙壁上,挂着政治科学系第一位教授的雕像。凌萱凝视着这座雕像,满眼的敬畏与崇拜。

"到目前为止,你最喜欢华沙大学的哪栋教学楼呢?"吴建看到凌萱带着一副难以捉摸的表情盯着雕像,有些好奇地问道。

"到目前为止,我最喜欢医学院。"昨天,凌萱和吴建参观了华沙大学的建筑,发现每个院系都有自己的风格,不过她最喜欢的是医学院的大厅。在大厅底层有一个拱形门,拱形门连接着一条长长的走廊。走廊的两侧有秩序地摆放着一条条长长的矮椅,矮椅的后面或是教室,或是办公室。整个大厅看起来很像波兰的一个古老的市政厅。凌萱一走进医学院的时候,就觉得像是到了欧洲中世纪时期的医学院校,那时科学和魔法、宗教和王权在激烈地斗争着。

"哦,那儿的建筑确实很古老。不过我更喜欢老图书馆,因为老图书馆给了我更多在欧洲学习的感觉。"吴建说话的时候眼睛里闪着光。

"是啊,老图书馆看起来也很美。"凌萱点头表示赞同。老图书馆是主校区的一座中心建筑物,米黄色,巴洛克风格。走进老图书馆,凌萱忍不住赞叹。在图书馆的墙上挂着很多人物肖像,其中有历年华沙大学校长的雕像,还有主教的画像,整个图书馆就像一个博物馆。

"我真希望赶快毕业。"这时,吴建也盯着眼前这位教授的雕像,感叹道,"希望两年后我们可以有所作为。"

听了这话,凌萱的心噇噇直跳。她仔细琢磨吴建的话,暗暗地祈祷如他所说,自己在华沙的这两年里也可以学有所获。

等教授的时候,凌萱看到两个中国人走了过来,一个是衣着时尚、典雅大气的美女,一个是穿着阿迪达斯、身姿矫健的帅哥。

"你好,你们是中国人吗?"美女主动问道。

"是的。我们在这儿学国际关系。"吴建抢先回答道。

凌萱突然觉得心里有点酸酸的,就仔细地打量起眼前的美女——白色的风衣,一双至膝的黄色长靴,长发飘逸,身上散发着淡淡的茉莉花香味。

"那我们是同班同学了,我们也是学习国际关系的。我叫王天冰,安徽人,曾经在北京工作过一年。"美女一边说,一边把额前的头发掠到耳后。

"听人们说安徽是个美女辈出的地方,果然不假。我是吴建,山西太原人。"

听到吴建的赞美,王天冰很高兴,笑了笑表示感谢。

"我也是,我叫凌萱。"凌萱不想被比下来,于是也大方地伸出了手。

"凌萱?哇,多么好听的名字啊!"一旁保持沉默的男孩突然说道。凌萱微微有些吃惊,以为男孩是在恭维她,却看到男孩表情很自然,满脸真诚。凌萱从来没有想过自己的名字会很好听。她一直觉得自己的名字如她本人一样,就像是一株生命力顽强的杂草,除了具有茂盛的生命力和坚韧不拔的精神外,似乎没有其他闪光点。

"真的,你的名字很有特点,我喜欢那个'萱'字。"男孩说道。男孩的脸很干净,鼻子尖尖的,笑起来的时候露出一口洁白的牙齿,如同一缕阳光一般,让人心情大好。

"谢谢你。"凌萱回过神来,也咧嘴笑了。

"我叫周晟,来自武汉,湖北武汉。"男孩忙自我介绍道。

"哇,武汉?我非常喜欢武汉,这个城市非常美丽。"凌萱有些激动,"三年前的春天,我去过湖北,是去看樱花。我永远忘不了武汉大学那美丽的粉红色的樱花,远远看去,它们如同天边的缕缕朝霞,樱花的香味至今仍在我的梦里,缠绕在我的衣角上。"凌萱的思绪回到了记忆中最美的时候,似乎指尖触摸到了樱花,嘴角掠过一丝微笑。

"是的,武汉大学的樱花是我们武汉的一个旅游景点之一,武汉东湖磨山樱园与日本青森县的弘前樱花园、美国的华盛顿州樱花园并称为世界三大樱花之都。哈哈……这么说你喜欢樱花?"

"对,我最喜欢樱花了。"凌萱边说边想,毕业后一定要在某个春天再去一趟武汉,看看那魂牵梦绕的樱花。

"现在我们彼此都熟悉了。"王天冰说道,"希望我们以后可以互相帮助,国际关系可不好学啊!"

"那当然,我们会的。"大家都这样表示。

其他同学也陆续赶来。凌萱看到她的同学中不仅有来自欧洲的,还有亚洲等地区的学生。同学们互相自我介绍的时候,凌萱得知班里有两个来自以色列的犹太人,凌萱一直觉得犹太人很神秘。

让凌萱感到有些意外的是,班里还有一个日本男孩。他中等身材,有一对八字眉,身穿一件黑色风衣,脚蹬一双擦得锃亮的黑色皮鞋,外表看起来很绅士。这时,日本男孩注意到凌萱在观察他,就扭过头来,直视凌萱的眼睛,接着他扬起了眉毛,向凌萱送了一个秋波。

凌萱的脸唰地一下红了,她急忙扭过头去,心却扑通扑通直跳。

"怎么了?"吴建察觉到了凌萱的紧张,问道。

"没什么。"凌萱一边说,一边忍不住再次偷看一眼那个日本男孩。她惊奇地发现那个日本男孩还在注视着她,她的心又扑通扑通直跳。这一次,日本男孩朝她抱歉地笑了笑,接着转过头去,和旁边一个肤色较黑的男生还有一个白人男生聊起天。后来,凌萱得知那个肤色较黑的男生来自印度,那个白人男生来自美国。

同学们有秩序地走进教室。吴建在王天冰旁边坐下,周晟坐在吴建身旁。凌萱本想和吴建坐在一起,但是看到他那么讨好王天冰,便醋意浓浓,赌气一个人坐在离中国学生很远的位置上。然而下一刻,凌萱就有些后悔了,一个人远远地坐着,她感到有些孤独,心里有点害怕。她时不时地偷偷瞟几眼吴建,默默地希望他可以过来,然而吴建在自己的位置上一动不动。凌萱心里感觉很不是滋味,她深吸了一口气,让自己打起精神来。

"我可以坐这儿吗?"突然,凌萱听到一道富有磁性的声音。她心里悄悄地划过一丝喜悦,充满希望地抬起头来,却看到那个日本男孩站在她面前。凌萱的笑容立刻僵在了脸上。

"可以。"凌萱只好礼貌地回答道。

"谢谢。你真是个美丽又善良的姑娘。"日本男孩咧嘴笑着。听到日本男孩这么唐突的赞美,凌萱有些发窘,一时间不知道该如何回答。说实话,她不太喜欢这个日本人,也不愿意与他有过多的交流,她只是礼貌地笑笑,接着便移开了视线,环顾教室四周,最后把目光落在吴建身上。

"哇,这位教授真帅!"日本男孩用余光看着凌萱故意说道,他想把凌萱的注意力吸引过来。凌萱看到了教授,他五十多岁,穿着整洁,很有派头,一副政治家的气质。

"今天,由我来讲授国际安全课。"教授说道,"我们首先谈谈国际安全和国家安全。当今,世界上存在着很多威胁,我先问你们一个问题,你们认为影响国际、国家,还有地区的主要威胁有哪些呢?"

"对不起,教授,我可以进来吗?"就在这时,一个白人男生推开了门,探头探脑地走进来,显然他迟到了。

"进来吧。"教授和蔼地说道。

凌萱看到班里的座位几乎已满,只有教室最前排的几个座位是空的。

"你可以坐在前面的几个空座上,或者那边那个极左的位子上。"教授笑着建议道。

男孩感受到了教授的幽默,于是选择坐在教室"最左"的位置上。

"哈哈……作为一个波兰人,我不建议你们选择最左边的座位或者什么极左的斗争方式。不过有些时候,我们还是要有愿意为国家牺牲的勇气,必要时要敢于发动一场革命。对于波兰人,一旦我们决定了为自己的国家而战,我们就做好了牺牲的准备,鞠躬尽瘁,死而后已。"教授继续开着玩笑,面带微笑地说道。

见教授这么幽默睿智,凌萱不禁乐了。教授几句简短的话燃起了凌萱学习国际关系的热情。此时此刻,凌萱意识到了"国家兴亡,匹夫有责",在她的内心燃起了一股强烈的责任感。

"有意思吧?"日本男孩突然问道,再次把凌萱拉回了现实中。凌萱木然地看了他一眼,只是微微地笑了一下。

看到凌萱这么冷漠,日本男孩只好耸了耸肩。

"你们觉得影响我们这个世界的威胁主要有哪些呢?"教授继续问道。

"恐怖主义。"很多同学脱口而出。

"核武器。"

"环境威胁。"

"能源荒。"

……

"好。我们做个调查问卷,大家在纸上分别从国际层面、国家层面、区域层面写下你们认为最重要的威胁,然后交上来。"教授说道。

收集了同学们的调查问卷后,教授做了一个统计,然后说道:"根据大家所写的,排名前三的国际威胁分别是恐怖主义、核武器和环境威胁。有意思。不过在我看来,恐怖主义并没有你们想的那么严重。你们之所以认为恐怖主义是头号威胁,很大一部分原因是媒体的宣传,有些时候这些威胁被媒体夸大了。很多情况下,媒体会塑造人们的想法。"

全班同学都安安静静地听着教授的评论,大家都觉得这样的说法很新鲜。凌萱默默地回味着教授的话。在她自己的答案中,也写了恐怖主义是世界上最大的威胁,无论是在国际层面还是国家层面。其他比较严重的威胁,她写的是能源短缺,还有环境威胁。她听教授说核武器威胁是同学们认为排名第二的威胁,之前凌萱不这样认为,不过,当时她瞟了几眼日本男孩的答案,看到他一板一眼地写道"核威胁是全世界最大的威胁"。

"比如,迄今为止我觉得波兰还是一个比较安全的国家。昨天,我看到华沙老城美国驻波兰大使竟然在老城悠闲地散步,令我非常惊讶。不过,另一方面,这也说明了波兰是一个比较安全的国家。我想要是在有些地方,美国大使一定不敢这么悠闲地从使馆出来在街上晃悠。"教授幽默地说道。

"哈哈……"大家都笑了起来。

凌萱突然想到最近读到的一则消息,美国驻韩国大使马克·利珀特在首尔市中心出席早餐座谈时遭到了攻击,她不禁咯咯地笑出声来。

"有什么好笑的?"日本男孩扬起了眉毛。凌萱瞪了他一眼,什么也没说。

至于国家威胁,在同学们心中,排名最高的威胁分别是国家势力扩张、宗教冲突和恐怖主义。

凌萱觉得这节课非常有意思。她很喜欢教授组织课堂的方式,也非常欣赏他拥有丰富的国际关系学知识。下课后,凌萱想找吴建,却看到吴建急急忙忙地跟在王天冰后面,似乎急着和她搭话。凌萱很生气,想赌气不再理睬吴建,却又下不了狠心,正在犹豫的时候,她被日本男孩叫住了。

"喂,你好,很高兴坐在你旁边。我还没来得及自我介绍呢。"日本男孩大声说道,一双黑色的眼睛在凌萱身上肆无忌惮地飞舞。

凌萱有些不自然地笑着说:"你好,我是凌萱,来自中国。"

"中国,哦。"日本男孩沉吟了一下。这几秒钟的停顿让凌萱非常紧张。他继续饶有兴致地看着凌萱,如同欣赏一件艺术作品一般,一副自得其乐的样子。凌萱在他放肆的眼神下不禁有些害怕,她看到其他中国学生已经出了教室,心中有些着急,希望可以早点摆脱这个日本男孩。

"我叫古泽英夫。你以后可以直接叫我古泽英夫。"日本男孩说道。

"古泽英夫。"凌萱轻声说道,她看到古泽英夫正深沉地凝视着她,他的眼里没了刚才的戏谑和嘲讽,突然变得异常清澈干净,如同一摊秋水一般,里面似乎还有其他东西。凌萱不由得一怔,一阵错乱之下,她忙移开目光,只是笑道:"谢谢,这个名字真好听。不过,我得走了,我的朋友正等着我呢。"

"好的,下次见。"古泽英夫目光温柔地说道。

"再见。"凌萱连忙说道。

凌萱匆匆跑到门口,她的朋友还在教室外等着她,凌萱松了一口气。

"你觉得这节课怎么样?"吴建问凌萱。

"我觉得这节课很不错,我喜欢这位教授,受到了很多启发。"凌萱说道。

"我也是,这节课很有意思,和国内的国际关系课有点不一样。"周晟接过话说道。

"在国内你学的也是国际关系吗?"凌萱惊奇地问道。

"对,不过我在国内学到的都是事实,一些历史事件,也就是历史是什么。"周晟边回忆边说道。

"好吧,现在我得走了。"王天冰看了看表说道,"我得回家了,咱们明天见吧。"

"你住在哪里?"吴建拦住王天冰问道,"你不住在宿舍里吗?"

"不。我不想和其他人合住,就在市中心租了一间公寓。公寓里的设备相对比较齐全,有独立卫生间,还有厨房,条件比宿舍好多了。"王天冰的语气里明显带着优越感。

"哦。"吴建有些失望。

"周晟,你住哪儿呢?你不会也在外面租的房子吧?"凌萱语气里带着一丝调侃。

"不,我也住在宿舍里,不过和你们不在同一个宿舍区。我的宿舍在华沙的南边。我住的也是单间,两个人共用一个厨房。"

"太好了。要是有时间,我们可以找你玩吗?"凌萱有些兴奋地问道。

"当然了,欢迎,欢迎!"周晟高兴地说道。

六

自从认识了王天冰,凌萱惊恐地发现吴建和自己单独在一起的时间越来越少。开课以后,吴建再也没有主动约她出去过。每次凌萱找他时,他总是用各种各样的借口推托。凌萱很好奇吴建每天都在忙什么。一个星期天,凌萱独自一人去学校附近的超市买水果。

去超市的路上,凌萱路过一家比较高档的咖啡馆。这家咖啡馆每天生意兴隆,室内的顾客挤得满满的,人们甚至都坐到了摆在室外的餐椅上,边晒着太阳边喝咖啡。凌萱扫视了一眼这家咖啡馆,突然,在人群里看到了王天冰。王天冰正斜躺在椅子上,翻看着手机。她今天上身穿着一件白色的皮草,脚上套着一双锃光发亮的黑色长靴,椅子上放着一个闪闪发光的LV真皮皮包。她的脸上盖着厚厚的脂粉,唇上涂着性感鲜艳的大红色口红。这时,王天冰也看到了凌萱,笑着朝凌萱点了点头。两人彼此短暂对视之后,凌萱就走开了。

凌萱有些好奇王天冰在等谁。

买好水果后从超市出来,凌萱过了马路,来到公交车站等公交车。凌萱下意识地环顾四周,最后目光又落在了那个咖啡馆,突然她看到王天冰身边多了一个人,凌萱有些不敢相信自己的眼睛,觉得那个人好像是吴建,她的世界瞬间变得疯狂起来。凌萱揉了揉眼,想看清楚些,看到的还是吴建的轮廓,没错,就是他!凌萱的心咯噔了一下。她很想冲过马路,直接跑到吴建面前发飙。突然街上驶来好多辆车,汽车的鸣笛声瞬间淹没了对面咖啡馆里的笑声和谈话声,同时也让她冷静了下来。凌萱站在路边等着,想静静地观望之后会发生什么。这时,她等的公交车来了。她看了看手表,想到还得回去预习明天的功课,只好上了车,决定一会儿再做打算。公交车很快开动了,凌萱扭头向后看,心里一阵难受。

七

提到学习,刚开课的时候,凌萱发现自己有些跟不上教授的讲课节奏,其他中国留学生也颇有同感,或者感觉更吃力一些,或因为他们的英文水平不高,或因为除了周晟外他们都不是科班出身,没有国际关系专业的基础知识。教授会要求同学们根据某个话题做一个课堂展示,这就意味着凌萱需要花大量时间泡在图书馆或自习室里,查阅各种资料。这里是小班授课,课堂上,同学们不需要举手,就可以大胆自由地发表言论,当然举手也是很受欢迎的。大多时候,由于同学们来自不同的国家和地区,有着不同的政治观点,课堂上,他们往往会打断教授,一堂和谐、融洽的课堂就变成了关于某个有争议问题的大辩论会,大家争论得不可开交。不过堂课结束后,同学们都会彼此握手言欢。

凌萱来到华沙大学做的第一次课堂展示是在比较政治课上。这堂课需要同学们比较发展中国家和发达国家的政治制度,老师说每个国家都需要一组展示者和一组辩论者。凌萱、吴建、王天冰和周晟四个中国留学生毫不犹豫地选择了展示中国的政治制度。

"让我们欢迎中国组的同学谈谈中国的政治制度,之后由我们的辩论组向他们提问。"教授说道。

此时,凌萱神经紧绷;吴建则有些自负,一副有恃无恐的样子;周晟举止自然,做好了兵来将挡、水来土掩的准备;王天冰则躲在他们身后,打算让同组的其他同学来回答问题。凌萱深吸一口气,暗示自己一定可以做好这次展示,因为有吴建在。

四位中国留学生成功做完展示,然而他们还来不及喘一口气,因为最艰巨的任务才开始,他们需要回答辩论者提出的所有问题。凌萱觉得自己的手心里全是汗。

"你们觉得中国的经济制度会影响到其政治制度吗?"一个印度男孩问道。

吴建绞尽脑汁地想答案,王天冰保持沉默,周晟则不断地抓耳挠腮,在心中着急地组织语言。凌萱有些惭愧,她觉得自己的双颊发烫,此时此刻她可以清楚地看到其他同学正一脸鄙夷地看着他们,而她最不愿意被别人瞧不起,一瞬间,她心中独立自主的精神被激发了出来,只听她清晰地答道:"中国现在实行的是社会主义市场经济体制,以公有制为主体,多种所有制经济共同发展,因而中国的政治制度将不会改变。当然为了适应中国经济的发展,政府会对政治制度进行一些必要的创新与调整……"

在凌萱回答问题的时候,周晟一直看着她,凌萱一回答完毕,周晟就向凌萱竖起了大拇指。刚才神经一直紧张,又一口气说了那么多,凌萱不免有种虚脱感,头有些晕晕乎乎的,就像刚跑完了马拉松一般。看到周晟肯定的笑容,凌萱很感激,高兴又有些疲惫地朝他笑了笑。吴建也松了一口气,面带微笑。

"还有一个问题,你怎么看香港的'占中'运动呢?为什么会有那么多学生参加这个运动?"印度男孩接着问道。

这是一个敏感的问题,全班同学立刻鸦雀无声,他们齐刷刷地盯着这四个中国留学生。此时,凌萱可以听到大家急促的呼吸声和自己的心跳声。教室里越安静,凌萱感到的压力就越大。凌萱硬着头皮说道:"首先,我要说的是,香港的行政长官必须由中国政府进行任免,这个是前提。至于为什么有那么多学生参加,我认为主要有三个原因。首先,学生更容易被那些图谋不轨假惺惺的'普选'等口号所蒙骗;其次,一些学生缺乏辨别意识,盲目地跟风;最后,有些学生得到了国外势力的支持,希望看到中国分裂。"

说罢,凌萱深吸了一口气。印度男孩很惊讶,嘴巴张成了 O 形,全班同学都为这个勇敢的中国女孩鼓掌。

"太棒了!你天生就是优秀政治家的料。未来你一定是撒切尔夫人!佩服佩服!"课后,凌萱正准备出教室的时候,古泽英夫忙拦在了门口,半开玩笑半认真地对凌萱说道。

"谢谢你,你是在赞美我吗?"凌萱笑着反问道。

"当然啦,我对你佩服得五体投地。你一个人回答了所有的问题,其他人则像傻子一样站在那儿,只会点头。我喜欢和聪明的人交流。"古泽英夫认真地说道。

"请你不要这样随便评价人,也不要那么说我的朋友。你根本不了解他们。我可以肯定他们比你想象的要聪明多了,只是没有表现出来而已。有句话说的是,不要只看一件事物的表象,也不要小瞧一个人,每个人身上都有闪光点值得他人学习、尊敬!"凌萱有些激动,话说完之后,她突然有些后悔,觉得自己说得太多了。接着她微微一笑,说道:"对不起,我得先走了。"说完她绕开古泽英夫,匆匆下了楼,留下古泽英夫一个人呆立在那里。

八

"凌萱,你看到华沙大学微信群里的消息了吗?"吴建看向凌萱问道。

"什么消息?"凌萱好奇地问道。

"周五,我们学院所有中国留学生计划去夏宫划船。"吴建回答道。

"哦,我没看到。你去吗?"凌萱问道。

"当然去了。不仅我们去,还有其他大学的国内交换生也去。趁这个机会,我们可以结识更多新朋友。"吴建有些兴奋。

"太好了!"听到波兰还有其他中国留学生,凌萱心中一喜。这时,她突然想到了什么,问道:"王天冰、周晟他们也去吗?"

"当然,这是我们学院所有中国留学生的一次聚会,他们当然要去了。"吴建高兴地说道。

凌萱勉强挤出个笑容。

在华沙的维拉诺郊区的维拉诺夫宫（也就是波兰的夏宫），凌萱见到了其他中国留学生。据说这些交换生都很出色，有的来自北京大学，有的来自清华大学，有的来自厦门大学，有的来自中国传媒大学，等等。

维拉诺夫宫始建于17世纪国王扬三世索别斯基时期，后来其他主人扩建了这座宫殿。这座宫殿在两次世界大战中都幸存了下来，如今成了华沙的一个著名景点。10月，维拉诺夫宫如同童话世界里的建筑一般，颜色非常协调，光与影的对比明显，一切显得平和而美丽。走在宫殿里，凌萱感觉全身的艺术细胞都被激活了。

公园里，遍地都是金黄的枫叶，如同铺上了一条古老的地毯，四周还有绿叶和红花点缀，一切显得那么唯美。金黄的枫叶，飘飘然落在路边的长椅上，人们一屁股坐在上面，发出了清脆的吱呀声，就像猛地一按钢琴键奏出的音符。抬起头来，凌萱可以看到头顶缠缠绕绕的藤蔓，与一旁的树枝纠缠着，仿佛《绿野仙踪》里的世界。有新娘穿着婚纱在这里拍照，这里的确是一个摄影、约会的好地方。巴洛克风格的维拉诺夫宫和周围幽静的自然风光交相辉映着，凌萱盯着新娘美丽的婚纱，呆呆地出神。

凌萱一个人走在前面，吴建、王天冰、周晟在后面和其他交换生聊天。王天冰时不时地停下来，让吴建给她拍照。王天冰在照相机前优雅地摆着各种姿势，就像时尚杂志封面的模特一样充满自信。

王天冰今天穿着一袭白色风衣,身材显得格外纤细苗条,淡紫色的围巾也随风舞动着。凌萱呆呆地看着,心想连自己都这么欣赏王天冰的美丽,此时的吴建又有多么倾慕她!想到这儿,凌萱的心里瞬间如同翻倒了五味瓶,不是滋味。

"你要拍照吗?"突然,周晟快步走到凌萱身边问道。

"不、不。"凌萱脸红了。她悄悄打量了一下自己,一件普通的蓝色牛仔外套,搭配一条简单的蓝色牛仔裤,非常普通的学生打扮,如果这时候自己学着王天冰拍照,一定会东施效颦,贻笑大方。

"哦,这个地方这么美,要是你不拍照,以后一定会后悔的。你不知道,你很迷人哦!人美,景也很美,你那双大眼睛在照片里一定会显得很美的。"周晟想逗凌萱开心,于是用非常滑稽、略带惋惜的语气说道。

听到周晟的话,凌萱觉得内心升起一股暖流来。她非常感激周晟,知道他是在安慰自己,便说道:"好了,别拿我说笑了。我这么普通,不拍照也没什么的,拍了反而会破坏了这么美的景色。"

"你说你普通?开玩笑吧!我可不这么认为,其他人也不会这么认为的。说实话,凌萱,我觉得你外表有些高冷,还有一股淡淡的不食人间烟火的气质。虽然你看起来很简单,但实际上举止投足间透露着优雅,不像是普通人,而像是古代画师笔下的传奇女子。"周晟表情认真地说道。

凌萱看了看周晟的眼睛,发现里面写满了真诚,不由得微微一怔,也就笑了,于是用开玩笑的语气说道:"好的,谢谢先生,那您可以给小女子我拍一张照片吗？小女子将不胜感激。"

"给你拍照是我的荣幸。"看到凌萱终于笑了，周晟心中一喜。于是，他用最滑稽的姿势向凌萱鞠了一躬，从凌萱手里接过手机，在这个最美丽的地方，华沙最美丽的季节，给凌萱拍了一张最美丽的照片。

"看，我一点都没瞎说，你看你有多美。"周晟把手机递给凌萱，"我觉得你比后面这座女神雕塑要美得多。"凌萱看到周晟选景的时候，把她身后的一座正在沐浴的女神雕塑也放入了其中。

"谢谢。"凌萱感激地微笑着。

"不客气。"周晟开心地笑了笑，接着又滑稽地向凌萱鞠了一躬，有些不好意思，然后回到了吴建他们那里。王天冰还在缠着吴建给她拍照，吴建也乐此不疲。看着他俩在那儿一唱一和，凌萱心里千万种滋味，好不容易积攒的小自信立刻消失殆尽。

"凌萱。你叫凌萱吗？"一个女孩看向有些出神的凌萱，问道。

"什么？是的，没错，我是凌萱。"一阵慌乱之下，凌萱伸出了手。

"我是赵汀，来自复旦大学。"赵汀友好地说道。

穿着朴素的赵汀，明眸皓齿，举止大方，与人交流的时候，自带一种特殊气场，让人情不自禁地和她亲近。

"你住哪儿呢？"凌萱问道。

"在一号宿舍楼，离你们的宿舍不远。"赵汀微笑着回答道。

"啊，那太好了！以后我们可以常常见面了。"凌萱拍手笑道。

"是啊！"赵汀脸上绽开了一朵花，之后她转移了话题，有些八卦地看着凌萱问道,"刚才给你拍照的是你男朋友吗?"

凌萱一怔,忙解释道:"不,他不是我男朋友。我现在还没有男朋友呢!"突然凌萱眼里闪过一丝狡黠,说道,"你对他感兴趣吗?要不我给你们介绍认识一下?"

"不、不,我已经有男朋友啦。我看那个男孩对你还是很不错的,看起来善良体贴,也很解风情。"赵汀大方地说道。

"哦,这样啊,不好意思。"这时,凌萱看到赵汀的中指戴着一枚银色的戒指,戒指在阳光下一闪一闪的,心里很是羡慕。

"没关系的。"赵汀的眼睛笑得弯成了一道弧线。

接着,他们路过一个花园。虽然是十月,花园里依然绽放着这个季节盛开的鲜花,有姬小菊、千头菊、蝴蝶花、一串红等等。

"哇!"大家看到秋天的姹紫嫣红,不由得赞叹起来。

"你最喜欢哪种花呢?"赵汀看着凌萱目不转睛地盯着花坛,问道。

"樱花。"周晟无意中听到了这个问题,就接过话答道。

凌萱朝周晟笑笑,说道:"对,樱花是我的最爱。你呢?"

"我喜欢郁金香。郁金香非常艳丽,也很高贵。5月的时候,我想去阿姆斯特丹看看郁金香,荷兰是郁金香之都。"赵汀回答道。

"你喜欢郁金香?我也喜欢郁金香。"一旁的王天冰插话道。

赵汀笑了笑,说道:"花朵要么得颜色鲜艳,要么拥有芳香,这样才可以吸引昆虫给它们传粉,这也是自然界优胜劣汰的结果。"

凌萱盯着眼前的花,好一会儿才说道:"对呀,你们不觉得这花就代表着女人吗？一千种花，一千种女人的姿态，一千种生存的方式。"

赵汀听了，微微有些吃惊，说道："对，我也是这么想的。"

"我们已经到湖边了。"这时，学姐朝他们喊道，"一条船只能坐三个人，我们总共十二个人，所以需要分成四组，大家自由地选择伙伴吧。不过最好每条船上都坐一个男生，由他来划船。"

凌萱自然选择和吴建一组，王天冰也在他们组里。"我不会游泳。"吴建提醒她们道，"我有些担心，如果我们都掉到水里了，我没办法救你们。"接着他尴尬地笑了笑，"到时候，可不要怪我哦。"

"没关系的，划船其实很简单，不要怕水，我会游泳，所以不需要你来救我，我反而可以帮你呢。"王天冰的话打消了吴建的顾虑。

"好的，那就太好了！"听到王天冰的鼓励，吴建感觉备受鼓舞。

"姑娘们，你们最好和我一个组哦。"这时，来自清华大学的男生刘烨大声喊道，"我中学的时候拿了全国游泳比赛的冠军哦！"

"哇，太好了！"话音刚落，很多女孩都一窝蜂地挤了过去。但是凌萱没有改变主意，虽然她也是个地地道道的旱鸭子，从小怕水。

由于凌萱怕水，吴建就扶着她上了船。凌萱一踏上小船，船就开始左右猛烈地摇摆，她不禁害怕地大叫了一声。"坐下就平衡了。"吴建对凌萱说道。凌萱听从了建议，坐了下来。这时王天冰也上了船，并轻巧地坐到了船上。

湖面平静得像一面镜子。当时整片湖划船的人很少，这十几个中国留学生立刻就成了所有注意力的焦点。几条小船先后在静静的湖面上划过，穿过了岸边的垂柳悬挂在湖面上的枝条，船尾划起一道道水花。这时,凌萱突然想到了《白蛇传》里白蛇和青蛇泛舟西湖的传说,白蛇修行千年,幻化为人形,只为了寻找到救命恩人,报一世的恩情,然而由于天条森严,两个人的爱情最后只落得一个悲伤的结局,雷峰塔见证了千年的恋情。爱一个人,爱了一千年,是福是祸,只有白蛇和许仙俩人知道。想到这儿,凌萱不禁有些伤感,她不知道自己在华沙会不会有一段刻骨铭心的恋情,她的恋情有没有一个圆满的结局。

吴建想让小船划得更快一些,可是无论他怎么做,小船依然非常缓慢地游动着。看到其他船远远地把自己的船甩到了后面,他有些着急。

"我们比赛吧,看谁第一个划到湖对岸。"这时刘烨在湖心喊道。

"好。"其他小组也附和着。

"我们得赶快,不然就落后了。"凌萱看着前面的船,有些着急地催促着吴建。

"我也不知道怎么回事,船就是划不快。"吴建开始急躁地挥舞着双桨,但是船还是划不快。

"不要着急。我觉得你应该朝一个方向拉动双桨,要用手臂的力量,身体前倾。对,就是这样。脚用力蹬船!好了,我们的船快速划动了!"

王天冰悉心指导着吴建,时不时地,她把手也放到桨上,和吴建一起划船。吴建没有想到王天冰这么熟悉水,她的鼓励和支持如同给他打了一剂强心针,让他立刻抖擞起了精神。吴建开始用巧劲划船,一边划,一边哼着歌。凌萱看着吴建手臂上的肌肉规则地运动着,觉得吴建现在就像一个水手,感觉到了他强健的男儿气息。船桨激起了更多的水花,溅到了王天冰的脸上,沾湿了她额前的一缕头发。"噢!"王天冰赶忙闭上了眼睛,不过她在开心地笑着。凌萱看着王天冰幸福的样子,面对着吴建生冷的后背,觉得自己就是一个被遗忘的人,她根本没有插话的机会,更别提帮忙了。溅起的水花也溅在了凌萱的唇上,她感觉10月的湖水透心地冰凉。

"我也想试一下。"王天冰笑着问道,"可以吗?"她满怀希望地看着吴建,甜甜地问道。

"当然可以了,不过千万不要太累了。"吴建关心地看了看王天冰的手臂,生怕王天冰这么纤细的手臂没有力气划桨。

"不用担心,我可以的。"王天冰自信地说道,接着她和吴建换了位置。

凌萱的心扑扑直跳。看到王天冰自信地拿起了桨,凌萱的心提到了嗓子眼。王天冰熟练地划起了船,如同水中的精灵一般。

"啊!看!船动了,我们走得多快啊!"王天冰挥舞着双臂,高兴地喊道。

"是啊!"吴建一脸崇拜地看着王天冰说道。

"快,加速,我们赶快赶上他们!"吴建在一旁鼓励着王天冰。

王天冰有些吃力,吴建有些担忧地看了她一眼,问道:"怎么样?要不我来?"

"不用,我可以的。"王天冰兴奋又倔强地说道。她咬了咬牙,使出最大的劲,摇着桨。突然意外发生了,小船卡在了湖面突起的一个枯树桩上,停在了水中央。

"啊,我们该怎么办呀?"王天冰抬起头,看着吴建问道。

"别担心。"吴建安慰道,"我们慢慢划。"

看到这一幕,凌萱却暗暗高兴,王天冰终于犯错了。

"别着急。慢慢地掉转船头,对,慢慢划,朝这边。就是这样,太好了。"吴建在一旁耐心地指导着王天冰,小船终于缓缓地离开了树桩,再次动了起来。为了帮助王天冰,让小船可以划得快些,吴建把手伸入冰冷的湖水中,用手配合着王天冰一起划船。

"吴建,干什么呢?像小姑娘那样戏水呢?"这时,周晟的船超过了他们,周晟看着吴建笑嘻嘻地问道。

听到周晟的玩笑话,凌萱的脸色很难看,她觉得周晟也一定看出了吴建喜欢王天冰。对于周晟的取笑,吴建也不生气,只是佯怒道:"划好你的船吧,不要多管闲事!"

周晟听了,在船上笑得前俯后仰。吴建心里却美滋滋的,他斜着眼,偷偷地瞅了一下王天冰,看她的反应,而王天冰却一直很专注地划着船。吴建看着王天冰的倩影,眼里闪烁着兴奋的光。王天冰似乎感受到了吴建快要溢出来的快乐,抬起头来,和他对视了一眼。她满眼的笑意,看得吴建心里的春波一阵荡漾。

"不介意让我划一下船吧?"凌萱再也受不了俩人无视自己的存在,不停地眉目传情,于是决定采取行动。

"你可以吗?"吴建半信半疑地问道。

"当然可以了。"凌萱有些心虚。

"好。那咱俩换个位置吧。"王天冰说道。小船左右猛烈地摇摆了几下之后,凌萱终于拿起了桨。

"你划船,我给你拍照。"王天冰笑着说道。凌萱却觉得王天冰只是想在吴建面前做好人。

"谢谢你。"凌萱毫不示弱地朝王天冰假笑着。

"王天冰,你可不可以帮我拿一下衣服?我来帮她划船。"吴建打断了她们。

"当然可以了。"王天冰把吴建的大衣紧紧地抱在怀里。

凌萱觉得鼻子很酸,她盯着王天冰怀里的大衣,不易察觉地叹了一口气,她多么希望现在是自己拿着吴建的衣服,闻着吴建身上的气味啊!凌萱突然觉得很泄气,没想到划桨用力过猛,船在水中打了一个转。

之后,无论凌萱如何努力,船依旧原地踏步,一动不动。这时,凌萱听到附近传来了笑声,抬头一看,看到刘烨所在的船是赵汀在划,周晟和另一个男孩所在的船也都是女生在划,她们都得心应手地划着桨,只有她无法掌控坐着他们三人的小船。

"用点劲儿,要向一个方向划。"吴建在一旁不停地给凌萱讲解着划船的要领。吴建越是耐心,凌萱越感觉自己很笨,满脸涨得通红,汗珠从额头上一滴滴地滚落下来,而船却如注铅了一般,还是一动不动。凌萱有些丧气,觉得心神不宁,她感到很丢人,因为她是唯一一个不会划船的女生,更重要的是她无法像王天冰那样,和吴建并肩作战,同舟共济。

"好了。时间快到了,让我把船划回去吧。"吴建似乎感到很累,语气极其平淡地说道。

凌萱低着头,一声不吭地把桨还给了吴建。吴建把船缓缓地划到了岸边。

大家都上岸的时候,已到黄昏。天空映着绯红的晚霞,把周围的一切都镀上了一层淡红色,远处的小湖泛着红色的波光。这样的黄昏非常壮丽,如诗如画,而凌萱却没有心情观赏。

"今天玩得真开心!"上岸后,王天冰有些意犹未尽地说道。其他人也玩得非常高兴,计划着过几天再来玩一次。只有凌萱没有吭声。

"凌萱,有空一定要找我玩啊!"分开的时候,赵汀对凌萱说道。

"好的。"凌萱有些失落地应道。

九

凌萱一推开宿舍门,就看到索尔正和一位陌生的中国男孩聊得投机,时不时地,两人对视一下,然后大笑起来。男孩身高一米八左右,身材消瘦,留着平头。

"萱,你回来了。这是我的朋友金,他也是中国人,之前我和你提到过他。"索尔忙介绍道。

"你好。"凌萱用汉语打招呼,"我是凌萱。"

"凌萱,认识你很高兴。我是金正,来自黑龙江。"金正站起身说道。

听到金正来自黑龙江,凌萱觉得有些难以置信,因为在她的印象里,中国大东北的男孩应该都是彪形大汉。

"我还有别的事情要做,既然凌萱回来了,那我就先走了。"金正接着说道,"再见,索尔。凌萱,再见。"

"再见。"索尔朝金正腼腆羞涩地笑着,凌萱觉得也只有在金正面前,索尔才这么有女孩味。

"萱,你觉得他长得怎么样?帅不帅?"索尔关上门,坐在了床上,一边抚摸着床上的泰迪熊,一边问道。

"一般吧,我觉得不是很帅。"凌萱实话实说道,突然她意识到索尔很有可能喜欢金正,于是忙补充道,"不过,我觉得他很有意思。"

"嗯,我觉得他挺帅的。至少,你不能否认他个子很高。而且他还蛮有趣的。他有着双重的性格,有时候很可爱,有时候很有男人味。"索尔思索道。

"哦,你喜欢他吗?"凌萱问道。

"不。"索尔回答得很干脆。

"你确定?"凌萱又问了一句,并观察索尔的反应。

"我不确定。"半晌,索尔看凌萱没有说话,接着扑哧一声笑道,"不过他真的蛮有趣的!对了,你想找他这样的男朋友吗?我想听听你们中国人自己的看法。"索尔问道。

"也许其他女孩会很喜欢金正这样的男朋友,但我是不会的,因为我早有喜欢的人了。"凌萱实话实说。索尔一边听着,一边玩着泰迪熊。看到索尔这么喜爱手里的泰迪熊,凌萱好奇地问道:"这个泰迪熊真可爱!你在哪买的?"

"不是我买的,是金正送给我的生日礼物。"索尔有些羞涩地说道。

"哦,我觉得你一定喜欢上他了。"凌萱兴奋地说道,"太好了。

我跟你说,中国男人是全世界最忠厚老实、最温柔体贴的男人。你要是嫁到中国来,我就不用专门坐飞机到韩国看你了。"

"你先严肃地回答我一个问题。我听朋友说你们中国人结婚后不需要改变自己的姓氏,对吗?"索尔一脸认真地问道。

"当然不用了。"凌萱有些骄傲地说道。突然间她觉得中国女性是全世界最幸运的女性,享受着和男子平等的权利,至少在法律上,男女平等。

"这样就好。我以为中国和日本一样,结婚后女子需要改自己的姓氏呢。"索尔长叹了一口气,突然她又想到了什么,睁大眼睛,紧张地问道,"那在家庭里,中国女性是不是需要做所有的家务呢?"

"并不是在所有家庭里女性都必须承担一切家务,通常情况下男女共同分担家务。"凌萱实事求是地回答道。

"这样啊!真好!难怪我认识的中国男孩都会做一手好菜。"索尔感叹道,"上次我生日那天,金正给我做了糖醋排骨,真的很好吃。"

"在我叔叔家,通常都是我叔叔做饭,他的厨艺很精湛。逢年过节的时候,都是他下厨,我姐姐一般不愿意吃我婶婶做的饭。"凌萱笑着说道。

"你叔叔赚钱多吗?"索尔好奇地问道。

"多,他是家里的顶梁柱。"凌萱回答道。

"哇,好耶。我要成为中国男人的女朋友!"索尔在一旁乐得手舞足蹈,半开玩笑半认真地说道。

"必须的。"凌萱朝索尔眨了眨眼睛,她真心把这个韩国女孩当作朋友。

"那你呢?在韩国,女性需要做所有的家务吗?"凌萱想到了韩剧,问道,"你爸爸会做饭吗?"

"不会,我爸爸做的饭只能他自己吃,在韩国家庭里一般还是女性做所有的家务。"

"就和我看到的韩剧一样。"凌萱说道。

"对的,不过也没那么悲惨。现在有些家庭里是男人照看孩子,女人上班。虽然不少女人要比男人更优秀一些,拥有更高的学历、更好的工作,但在家里,男人还是希望女人来照顾他们。"索尔解释道。

"好吧。"凌萱感叹道,"做一个韩国女人真累啊!她们需要各方面都很优秀。"

"是啊!"索尔也叹了一口气,沉默了一会儿。

"不要担心,嫁到中国来!"凌萱拍了拍索尔的肩膀,兴奋地说道。索尔则盯着凌萱,满眼的不确定。

十

"凌萱,我今天有点事,不能和你一起去学校了,你不介意一个人走吧?"

一大早,凌萱的手机突然响了,看到是吴建的电话号码,她很激动,也很期待。可当她接通后,却听到了这个令人沮丧的消息,她立刻如同被泼了一盆冷水般,激动的心瞬间冷却了下来。

"那你今天上课吗?"凌萱迟疑地问道。

"上,就是课前有点事。"吴建回道。

凌萱挂了电话,感到非常气愤和失望,她猜想吴建一定是在上课前找王天冰去了。

"怎么了?你看起来很不开心哦。"索尔一边吃着薯片,一边问道。

"没什么。一会儿我得一个人去学校了。"凌萱消沉地说道。

"哦,他今天不和你一起去吗?我觉得你还是把他甩了吧,他不适合你,哪有男孩一点都不关心女孩的?"

"胡说什么呢,我还是孩子的时候就认识他了。"凌萱有些不悦地说道,她的声音微微高了一些。

"哦,好吧,这只是一个小小的建议。"索尔耸了耸肩膀。

凌萱没有吭声,过了片刻,她问道:"对了,你之前真的交了三个男朋友?"凌萱一直想问索尔这个问题,觉得有些无法理解。

"对呀。怎么了?"索尔平静地回答道。

"那你最喜欢哪个男孩呢?我有点想不通,你怎么可能爱了三个人?"凌萱盯着索尔问道。

凌萱一直觉得一个人一生一世只能钟情于一个人,"山无棱,江水为竭,冬雷震震,夏雨雪,乃敢与君绝",所以她有些想不明白索尔这么年轻就已经谈过三次恋爱。

"好吧。"索尔端起了桌边的红酒,抿了一口,说道,"之前我跟你说过,可能我最爱的还是我的第一任男朋友,这么多年来,每当我一个人的时候,就会有意无意地想起他。"

"那么,我是说如果,如果有一天,他回到你身边,乞求你原谅,想和你重归于好,你会答应吗?"凌萱迫切地想知道答案。

索尔沉吟了一会儿,带着少有的深沉说道:"我先给你讲一个故事吧。一个男孩非常喜欢一个女孩,可是女孩变心了,先提出了分手,然后绝情地离开了。这个男孩伤心欲绝,心里却还是惦记着那个女孩,为了忘掉她,男孩就把所有关于这个女孩的记忆都封存在了心底,因为生活还得继续下去。过了很久,他找了一个新女朋友,两人似乎很开心,但这个男孩内心深处总有一个位置是留给他前女友的。终于有一天,他的前女友由于过得很不开心,想重新回到男孩的身边,和他重新开始,不过虽然男孩依然深深地爱着这个女孩,但他并没有答应女孩的请求,因为他不愿意回到过去。这不是原谅不原谅的问题,而是因为他希望自己平静的生活不要再被打扰了,所以最好把关于那个女孩的记忆放在心里,让一切成为往事,生活按部就班地继续。"

凌萱似乎明白了索尔的意思,现在看起来竟然是她自己痴了。凌萱笑道:"索尔,你当之无愧是一位爱情专家。我先去学校了,等我回来,再和你聊聊爱情,我先走了。"

"好,晚上见。"索尔笑道。

公交车晃晃悠悠开到了学校,不到一个小时的时间,凌萱觉得似乎有一年那么漫长。下午第一节课是国际经济课,同学们陆陆续续赶到。古泽英夫走进教室的时候朝凌萱点了点头,凌萱也示意地笑了一下。古泽英夫看到凌萱在朝他笑,嘴角立刻上扬了起来。

这时,吴建来了,他是和王天冰一起进来的。王天冰穿着一条蕾丝短裙,吴建竟换了一套西装。凌萱想起吴建以前说过,他平时只喜欢穿休闲装,也只会在重要的场合,或者见一些重要的人的时候才会穿西装。

"嗨!"没过多久,周晟也进了教室。他和吴建击了一掌,问候道:"哟,穿得这么正式!干什么了啊?"

"我们刚从琥珀市场回来,还去了一家波兰餐厅吃了一顿饭。"吴建乐呵呵地说道。凌萱看到吴建那副意犹未尽的样子,心里有些凌乱。

"你们买琥珀了吗?"周晟问道。

凌萱知道波兰的琥珀在世界上赫赫有名。因为波兰毗邻波罗的海,受到了波罗的海的馈赠,中世纪的时候,就有很多以德国、波兰、法国为起点的琥珀之路向南达到意大利、希腊和西班牙等地,由于地理位置特殊,波兰成了琥珀之路和丝绸之路的交汇地。

"王天冰买了一条琥珀手链。"吴建高兴地说道。

"对。我买了一条蜜蜡琥珀手链。我现在没戴在身上,我喜欢蜜蜡琥珀的颜色,看起来古色古香。"王天冰笑着说道。

凌萱不禁赞赏王天冰的品味,因为她也最喜欢蜜蜡琥珀,觉得蜜蜡琥珀的质地和品位可以说是琥珀中的极品。

"对了,你们在那家餐厅吃的饭味道怎么样呢?我觉得在波兰就没什么好吃的。"周晟说道。

"我们在 Zapiecek 吃的。Zapiecek 是波兰的一家传统美食连锁店,我要了波兰的肥牛肉汤和香肠,吴建点了波兰的饺子。我觉得味道还不错,下次你也可以去试一试。我觉得与英国的食物相比,波兰的食物还不算最差的,波兰人还是比较会做饭的。"王天冰微笑着说道。

"是啊,那个餐厅的波兰美食确实很好吃。餐厅的装潢设计也算是一流的。整个餐厅的墙和地板都是木制的,墙上还挂着很多波兰传统油画,就连女服务员都穿着有波兰民族特色的裙子。"吴建赞叹道。

"波兰传统的服饰是什么样的?"周晟好奇地问道。

"据我了解,波兰的传统服饰可能受到了德国、捷克、俄罗斯、立陶宛、罗马尼亚、奥地利的影响,颜色非常鲜艳,装饰也很华丽明亮。"吴建解释道。

"哟,知道得还不少。和美女共进午餐一定超级浪漫吧,我怎么想到了美女与野兽的组合。"周晟边说边用拳头捶了一下吴建的胸膛,开着玩笑,"对了,饭店里有烛光吗?"

"和王天冰在一起吃饭,当然浪漫了!小子,你嫉妒了吧?"吴建嬉皮笑脸地说道,"当然有烛光了,在餐厅的每张桌子上都放着一个烛台,很多菜都是用蜡烛慢慢煨着。如果你羡慕的话,赶快找一个女孩和你一起吃饭吧!"

"对不起。这儿离教授有点远,我想换一个位置。"凌萱有些听不下去了,她觉得吴建的每一句话如同刺一样,深深地扎在她的心里。凌萱有些心烦地打断了他们,然后故意从吴建和王天冰中间穿了过去。

"好吧。"吴建有些阴郁地说道。

"不,别——"周晟想叫住凌萱,有些后悔自己口无遮拦地说了那么多,然而凌萱早已下定决心,不想让他们看到自己的低落和沮丧。

"不用,谢谢。"凌萱扭过头,朝周晟弱弱地笑了一下。她走开的时候,听到吴建在后面说道:"我不知道怎么得罪她了。"

"你真的不知道?"王天冰阴阳怪气地问道。

"吴建,你真是个混蛋啊!"周晟半恼怒半开玩笑地说道。

凌萱找了一个空位子坐了下来,她的眼睛有些痛,有种想掉眼泪的感觉,但她还是忍住了,决定暂时不去考虑混乱的感情,先好好地听课。

这时,教授走进教室。经济学的教授是一位干练的女士,她最显著的特点是留着一头凌乱的齐耳短发,却显得干脆利落,她说话时语速很快,讲着一口流利的英语。

"我带了一些糖果,你们谁想要呢?"教授出其不意地问道。

大家都颇感意外,一时间,没有人敢贸然举手,大家都不知道教授的意图是什么,在没确定之前,很少有人愿意贸然行事。

"是不是有什么陷阱啊?"美国男孩安泰试探地问道。

"不,没有任何陷阱。这只是我带给大家的小礼物,感谢大家可以到场听我的课。"教授解释道。

这时,有几个胆大的女生战战兢兢地举起了手。教授就走下讲台,把糖果发给了她们。见状,更多学生举起手来。

"把这个礼品袋传下去吧。想要糖果的,自己从袋子里拿。"教授说道。

袋子就这样一个接着一个地传了下来。当传到凌萱这儿时,袋子里的糖果已被拿空了。

"没有糖果了,对吗?"教授问道。

"没有了。"凌萱红着脸回答道。

"好的。你们谁还想要糖果呢?"教授扫视了一下全班同学问道。

有几个学生举起了手。一个白俄罗斯女孩迫不及待地喊着:"我要,我要。"

"好的。现在有很多人想要糖果,可是礼品袋里的糖果被拿完了,事实证明,资源是有限的,人的需求却是无穷尽的。经济学就是要解决这个问题,更好地分配资源。"教授不紧不慢地说道。

教授就这样巧妙地引入了话题,凌萱瞬间觉得有种被点化的感觉,她想其他同学可能也这么感觉吧!

课后,吴建他们三个过来对凌萱说道:"今晚咱们去酒吧吧!下个星期就是圣诞节了,咱们一起去'嗨皮'一下。"

"我不去,我想回宿舍。"凌萱断然回绝了,在酒吧里,要是吴建和王天冰腻在一起说着情话,她只能一个人默默地坐在角落里买醉。凌萱不想知道现实,也害怕面对现实,虽然这有点自欺欺人,也不是什么治愈心痛的灵丹妙药,但总会让她暂时觉得好受些。

"那个酒吧离教室很近的,一起出去浪一下吧。"这时,王天冰也劝说起凌萱来。

"不,我说过了,我今天不想去。"凌萱暗暗地攥起了拳头,她早已下定决心,无论王天冰说什么,她都会唱反调的。

"好吧。那我们就出去玩了。"王天冰满不在乎地说道,然后掏出了口香糖,开始嚼了起来。

"拜拜,一个人回去小心点。"听到凌萱不愿意跟着去,吴建也没有强求,而是像往常一样,嘱咐了两句,接着三个人就离开了。凌萱瞪着吴建的背影,突然觉得心一下子落空了,感到一阵心慌。

"和你的小男友吵架了?"

凌萱扭过头去,看到古泽英夫神不知鬼不觉地来到自己身后。

凌萱微微一怔,不想让古泽英夫知道自己被说中了心事,于是笑嘻嘻地说道:"对不起啊,我觉得这和你没有关系吧?"

"当然和我有关系了!"古泽英夫强调地说出每一个字。然而说完这句话,他没有继续说下去,而是微微地沉思了一会儿,接着他伸出了拳头,在凌萱眼前夸张地晃了一个圈,问道:"你猜里面有什么呢?"

"不知道。"听到古泽英夫这么问,凌萱觉得好奇又吃惊,她不知道他葫芦里卖的什么药。

古泽英夫也不言语,只是神秘地笑着,接着他缓缓地摊开了手掌,仿佛变魔术般,手掌里一下子多了三颗糖果,有巧克力糖、水果糖和太妃糖,外面的阳光透过教室的玻璃窗洒射到教室里,金色的糖果纸在阳光的照射下,闪闪发光。

"哇!"凌萱惊奇地叹道,"你怎么会有这么多糖果啊?"

"这块巧克力糖是我从教授的礼品袋里拿的,其他两块分别是印度朋友和美国朋友给我的。"古泽英夫得意地笑着说道。

"哦。"

"你要吗?我想女孩应该比男孩更喜欢糖果吧。我不爱吃糖,小时候吃了太多的糖,一看到糖就牙疼,现在这些都是你的了。"古泽英夫突然一本正经地说道。

凌萱抬头看了看古泽英夫的脸,发现他的眉毛滑稽地皱在一起,不过他的眼神很真诚澄亮。

"谢谢,不过我也不想吃糖,我也牙疼,而且我刚吃了午餐。"凌萱回绝道。

"不,拿着吧。"说罢,古泽英夫不容分说地把这三颗糖塞到凌萱的手里,然后快步走开了。

凌萱看着古泽英夫黑色的风衣渐渐地消失在楼梯口,半天没有缓过神来。她把这三颗糖放到书包里,然后大步流星地往公交车站走去。

十一

躺在床上,凌萱毫无睡意,满脑子都是吴建,他的一言一行、一颦一蹙。凌萱突然想起自己十八岁生日那天,吴建带她去一家规模不大但是很出名的饺子馆吃饭时的场景。那天凌萱非常兴奋,心狂跳得厉害,因为她马上就要和心里一直暗恋的男孩一起度过自己生命中最重要的一个生日,意义更加深远。多年来,凌萱一直暗恋着吴建,那次吴建约她一起吃饭,她甭提有多么兴奋了。虽然凌萱知道吴建和自己一样都是很听话的孩子,不会做什么出格的事情,但她总觉得这个生日会有什么大事发生,就和每个十八岁女孩的生日那样,充满着神秘、承诺和期待。想着想着,凌萱的脸颊染上了一团红晕,仿佛三四月盛开的桃花。

窗外缓缓地下着毛毛细雨,凌萱透过雨幕看着窗外的城市,觉得此时此刻粗犷的北方大街,在这样淅淅沥沥的雨中摇身一变,变成了南方戴望舒笔下的雨巷。凌萱坐在餐桌旁,一边兴致勃勃地喝着果汁,一边安静地听着吴建在一旁谈天说地,论古道今。不一会儿,吴建讲起了他知道的各种奇闻逸事来,凌萱专心致志地听着,觉得自己从未听过这样精彩的故事。吴建在那绘声绘色地讲着,带着青春的稚气和洒脱。凌萱努力睁着眼睛,脑海里勾勒着吴建描绘的画面,慢慢地觉得心里升起一轮初升的太阳,渐渐地光线越来越亮,照亮了她蒙昧的内心。在凌萱眼里,吴建就是一个大儒,小小年纪,他就通晓历史,熟读《史记》,对中外古典文学作品颇有见地,他就是凌萱的偶像。

"人生苦短啊!凌萱,你现在十八岁了。我去年十八岁生日的时候立志要在我的生命里做一件有意义的事,比如关于文学、关于爱情、关于周游世界的梦想。你呢?你也该想想以后要干什么了。

"另外,我建议你读一读原汁原味的历史书,不要只看历史电视剧,还有那些断章取义的纪录片。真正的知识还是从读书中获取的,读书真的让人受益匪浅啊!"吴建一脸严肃地说道。

"读历史书,对我会有什么好处呢?"看到吴建那么严肃,凌萱觉得有些不可思议,就带着开玩笑的心态问道。谈到历史,凌萱总觉得太枯燥,她只对历史传说,还有野史小故事感兴趣。

"好处多多啊。"吴建有些惊讶凌萱会问这个问题,"这个问题问得实在不好!比如《史记》的本纪和列传,字字珠玑,全是智慧,如果把历史融入你的血液里,以后你在人生的道路上,如果遇到了困难,这些知识就会变得非常有用,你的视野会被打开,你的眼光会变得更加犀利独特,你的心胸会更宽广,处理人际关系的时候你也会得心应手,知道什么时候该屏蔽那些不良信息,对什么样的人又该做什么样的事。至于我,《史记》里我最喜欢《刺客列传》。每当读到里面的故事的时候,我就觉得如读武侠小说一般,被那些英雄的侠肝义胆、浩然正气所深深折服,而且这些故事往往也很扣人心弦,我常常当作闲书来看,乐在其中。"吴建很严肃地说道。

无论是吴建当时的语气,还是他说的话,都给了凌萱很大的触动。凌萱知道吴建是真心为她好,心里非常感激,她默默地将这一切刻在了心里,她一辈子都忘不了这4月的毛毛细雨。

"那我可以变得像电视里的女主角或者历史上的才女那样迷人聪慧吗?"凌萱看着吴建的眼睛问道。

"当然会的。人们常说'腹有诗书气自华',而且正如培根所说的,读史使人明智,读诗使人聪慧,演算使人精密,哲理使人深刻,伦理学使人有修养,逻辑修辞使人善辩。"吴建鼓励道。

"哇,太棒啦!好的,我一定会读历史书的,这个生日,我也要许一个愿望,希望以后可以有机会与你一起周游世界。"凌萱真诚又天真地说道。

"哦?好主意。"吴建没太当真地笑了笑,说道,"也许以后你就不想和我一起旅行了,而是想独自一人探索这个色彩缤纷的世界。其实,独自旅行的收获会更多,一个人在旅行中会思考很多。"

凌萱只是笑笑,也没有反驳,然而她把这个愿望牢牢地记在心里,暗自决定无论以后发生什么,她都会尽可能实现它。

这些年来，凌萱一直都是在吴建的鼓励下，学习才突飞猛进的。那一年，她父亲的公司破产的时候，凌萱觉得天塌下来一般。那段时间，全家人的神经都绷得紧紧的，每天都提心吊胆，害怕债主会找上门讨债。一个小假期，凌萱写完作业后，坐在沙发上和父母一起看电视，突然她父亲的手机响了，母亲的面部神经立即绷得紧紧的。她非常忧心地看了父亲一眼，父亲看了看母亲，又瞅了瞅凌萱，怕凌萱担心，就拿起电话，笑着到了卫生间。凌萱假装继续津津有味地看着电视，脑袋却嗡嗡作响，心悬到了嗓子眼。从那以后，凌萱对电话铃声极度敏感。

一个星期天，父母都不在家，凌萱的手机突然响了。听到了电话铃声，凌萱神经质了，她没有意识到是自己的电话在响，还以为是讨债的，于是接通电话，就朝着话筒大喊道："你到底想干什么？"

电话那边传来吴建平静的声音："怎么了？今晚有空吗？电影《致我们终将逝去的青春》今晚就要上映了，要不要和我一起去看？"

凌萱深吸了一口气，忙解释道："对不起，我以为你是别人呢。我当然要去呢。"

电影院的屏幕上画面飞速变换，影院灯光黑白交织，凌萱看着电影，泪如雨下。

"棒极了！"吴建在一旁兴奋地鼓掌，"这部电影真好看，你觉得呢？"电影里的故事引起了他的共鸣，"我在想我们在二十岁的时候，该干些什么呢？怎么样才可以留住青春呢？"

凌萱没有回答，只是在座位上默默地流泪。吴建扭过头来，看到凌萱的身体在颤抖着。

"怎么啦?"吴建有些吃惊,他第一次看到一个女孩在自己面前哭得这么伤心,一时间不知道该怎么办。

"爸爸的公司破产了,现在有很多债主向他要钱。爸爸妈妈不想让我知道得太多,怕我担心他们,每天都强颜欢笑,这只能让我更加不安心。一年了,我们家特别冷清,很少有朋友愿意来,那些亲戚听说我们借钱,也闭门谢客,每个人都那么冷漠。真的,我不是在抱怨。"凌萱抬起头,看着吴建说道,"吴建,我实在不想看爸爸妈妈受苦,我更希望由我一人承受这一切。"

吴建在一旁静静地听着凌萱说完,他脱掉外套,搭在凌萱的肩上,等着她平静下来。吴建在凌萱的眼里看到了与她年龄不相称的痛苦,觉得有些心痛,也有些震惊。虽然他无能为力,但他希望能够帮助凌萱振作起来,便说道:"你的青春才刚开始,生活就是充满了痛苦,如果你觉得很累、很苦,那就说明你还活着。"

凌萱听到了吴建有力的呼吸声,感受到了他身上散发出来的强烈的男儿气息,吴建每说一句话,他胸膛的肌肉就有节奏地上下起伏着,凌萱瞬间有了安全感,她慢慢地停止了哭泣,小声哽咽着。

"振作起来,凌萱。"吴建拍着凌萱的肩膀说道,"你应该站起来,现在没有钱,没关系,只要人的精神没有垮,就总会有办法的。不要担心你的父母,你就是家里的希望,如果你出人头地了,他们就会高兴的。"

"我可以吗?"凌萱低着头,很不相信自己。

"能,一定可以的,相信你自己!"吴建坚定地说道。

凌萱抬起头,迎着吴建满是鼓励的温暖的眼神,含着泪点了点头,然后跟在吴建后面,默默地走出了电影院。太原的街上人很多,人们摩肩接踵,交通有些拥挤,然而凌萱耐心地等着公交车,并没有感到烦躁,因为吴建一直在她身边。

十二

过去的片段就像放电影一般在凌萱眼前不断浮现着,有那么一会儿,凌萱觉得有些时空错乱,一时间分不清此时是过去还是现在。凌萱有时候觉得自己是背着沉甸甸的过去来到了华沙。她想兑现与吴建一起周游世界的承诺,而吴建变了——吴建不喜欢她,喜欢王天冰。这是一个她不愿意面对的可怕事实。凌萱觉得自己好像一个人在一条漆黑的河流中奋力地游着,挣扎着想游到对岸去,可是水太深,天又太黑,无论如何她都看不到前方的光。

凌萱从床上爬起来,索尔还没有回来。华沙的冬天,天黑得很早,大约下午三点钟的时候外面就漆黑一片。长夜漫漫,一个人坐在屋子里,凌萱感到强烈的孤独,不知道如何打发时间,似乎干什么事都没有精神。这时,她想到了赵汀。自从那次从夏宫回来,凌萱还没见过她,于是她决定到赵汀的宿舍看一看。

"谁呀?"

"凌萱。可以进来吗?"

"当然可以。"赵汀打开了门,"好久不见啊!坐吧,我正在和我的男朋友聊天呢。你不介意等一会儿吧?我们很快就聊完了。"

"当然不介意了。"

"谁呀?"赵汀的男朋友问道。

"我这儿的一个朋友。"赵汀回道。

"我刚才说到哪儿了?对了,台湾的教授想让我和他一起研究一个课题。"

"太好了。你真棒!看来我也得努力了,不然就追不上你了。"

"对了,你在波兰好好写一篇论文吧,上次你说要写有关波兰移民的论文,我建议你可以到波兰移民局调查一下。"

"这个道理我懂,不过你知道我现在单单和外国同学说话都感到紧张,怎么敢去波兰移民局呢?不要讨论我的论文了,我会尽量写好的。"

"好吧,我想和你讨论一下……问你一下,毕业后你希望我们到哪里生活呢?我想在上海找一份工作,就留在上海,你看怎么样?"

"不,我不想在上海生活。我想回老家,过一种简单的生活。"

"你难道就不想和我一起在大城市里并肩奋斗吗?"赵汀的男朋友有些着急了。

"这取决于你的表现了。不过上海离我家太远了,北京还可以考虑。"

"遵命。放心吧,我一定会好好表现的,争取把你绑在北京。"

"我可不会给你什么承诺,我们边走边看吧。"

"我希望能在变中求稳。你那儿几点了?我这儿凌晨一点了。"

"那不聊了。"

"给你一个吻,拜拜。"

赵汀下了线,刚和男朋友聊完,她心情大好,一边哼着小曲,一边问凌萱:"这些天过得怎么样?"

"一般吧,就那么过呗。"凌萱叹了口气,坐了下来。

"这是什么话?你这几天很忙吗?"赵汀关心地问道。

"很忙,有很多课,还有做不完的作业。"凌萱有些无奈地说道。

"你还有作业呀!"赵汀听了非常吃惊。

"我的意思是课后我还得花大力气自学,要不然就跟不上,我本科学的是英语专业。现在上课的时候,我还是很难加入课堂的讨论,有时候听课还有些吃力。"凌萱解释道。

"你真是个好学生。"赵汀认真地说道。

"我不是一个好学生,我只是做了我应该做的。"

听凌萱这么说,赵汀还想说些什么,突然她的电话响了。"对不起,这是刘烨的电话。"

"没关系的,你接电话吧。"

赵汀拿起手机:"喂?"

……

"什么,你要让我帮你上网?你没有开玩笑吧!"

……

"好吧,我半小时后到你宿舍找你。现在我很忙。"

……

"再见。"赵汀挂了电话。

"你真是个大忙人啊。"凌萱说道,不知为什么她心里有些嫉妒。

"那个刘烨老是骚扰我。上周日,他还要我和他一起去逛街。他也真是的,一点都不害臊,一个大老爷们让一个女孩陪着逛街。"赵汀笑着说道。

"他是喜欢你吧。"凌萱开玩笑道。

"嗯,也许吧。"赵汀略一思考说道。

"那你想和他继续吗?"凌萱笑着问道。

"不,当然不了。我已经有男朋友了。"赵汀认真地说道。

凌萱沉默了一会儿,问道:"对了,你平时忙吗?每周要上几节课?"

"我们的课和你们的不一样,我们好像不能选你们专业的课。如果想选的话,还得和你们系里的领导说。到目前为止,我每周只上三节课。"赵汀回答道。

"只上三节课呀?"凌萱有些惊讶。

"你有没有去哪儿玩过呢?"片刻沉默后,赵汀的声音在凌萱耳边响起。

"还没有呢,你呢?"凌萱心中有些遗憾。

"到目前为止,我去了弗罗茨瓦夫、布拉格、布达佩斯,还有维也纳。圣诞节我打算去法国玩。"赵汀眼里闪着光。

"哇。你都去了那么多地方!可以周游欧洲真好!"凌萱羡慕地感叹道,她可没有足够的金钱和时间像赵汀那样把欧洲玩个遍。

赵汀笑了,她的高兴溢于言表。

"哦,时间不早了,我得回宿舍了。"凌萱站了起来,"有时间到我那儿玩吧。"

"好的,一定。"赵汀送凌萱出了门。

十三

凌萱走到宿舍门口,听到里面一片欢声笑语,她微微有些奇怪,就轻轻地推开门,看到索尔正坐在床上和金正一起玩魔方。

"呀,你怎么这么笨啊!"索尔有些不耐烦地说道。

"我才不笨呢,小猪。"金正把床上的一条围巾拿起来盖在索尔的头上,和她开着玩笑。

"是你不会玩魔方,又不是我,你还不承认?"索尔愠怒地说道。

"看看你的腿,那么短,短得都够不着地。你还不是只小猪?"金正嬉皮笑脸地说道。

"闭嘴!"索尔顺势给了金正一拳头。

金正捂着鼻子,一扭头看到凌萱正看着他们,不好意思起来。他板起了脸,往旁边挪了一下,对索尔说道:"不要碰我。"

"萱,你回来了。"索尔笑嘻嘻地看着凌萱,不易察觉地朝她眨了眨眼睛,接着拉长声音说道,"萱,你今天看起来真漂亮啊!"

凌萱猜测索尔是希望自己回赞她,让金正注意到她的美丽,于是回赞道:"谢谢,哪有你美呢!"

"谢谢。"索尔很满意凌萱理解了她的意思,她斜着眼,一脸骄傲地看着金正,嘴角挂着胜利的微笑。

金正则恶作剧地向索尔眨了眨眼睛,突然说了一句汉语:"你好。"

听到金正突然讲中文,索尔一怔,皱起了眉头,也故意讲了一串韩语。

"你说什么呢?"金正用英语茫然地问道。

"不要在我面前讲汉语!如果你说汉语,我就讲韩语。"索尔用英语说道。

"对不起,我刚才忘了你不是中国人了。"金正用最滑稽的方式道了歉。

索尔有些惊讶,微微一笑。凌萱可以看出她对这个回答很满意,也原谅了金正。

"现在我该走了。拜拜。"金正站了起来。

"再见。"索尔把金正送到了楼下。

凌萱拿起床上的魔方,想把相同颜色的转到同一侧,但试了几次,每面总有一个格子的颜色和其他的不同。

"你不应该这样转魔方。"索尔在凌萱身后说道,"如果你这样转,你一辈子都不可能把颜色弄对。"索尔说着,把魔方从凌萱手里拿走。

"那怎么弄呢?你教教我吧!"凌萱认真地说道。

"好吧,看着,你应该先把白颜色的摆好,从中间的格子是白色的这一面开始,先摆一个白色的十字,然后把其他面不同颜色的都摆成十字,记住公式,'前下前前下前'。看到四面都是字母T的形状,然后再把魔方放倒,把上面当成了下面,底下的颜色就摆好了。然后要摆个十字,公式是'右上前上前右'。如果你要转角的话,需要'上右上左上右上左'。你试一试。对了,就是这样的。"索尔耐心地说道。

在索尔的指导下,凌萱终于把魔方四面的颜色对齐了。

"你也很聪明嘛,教了一次就会了。刚才,我教了金正四次,他都没学会。"索尔夸赞道。

"谢谢。"凌萱笑了。

"哦,对了,下周是圣诞节,你有什么打算?想去什么地方玩?"索尔剥开一个柚子,递给凌萱一瓣。

"谢谢。"凌萱接过柚子,塞到了嘴里。

凌萱觉得索尔是一个知道如何享受生活的女孩,她不喜欢单调、枯燥的日子,总让每天充满各种惊喜。当然她也有很多缺点,有一身富贵病。比如索尔喜欢在健身房里花钱运动,而不喜欢简单的走路、跑步,甚至站立,凌萱却认为日常生活中的小动作就可以消耗很多卡路里。索尔还喜欢各种美食,每天晚上都会喝一杯红酒。牛肉、水果、干果是索尔每餐的必备。索尔还很喜欢吃甜食,尝遍了华沙各种面包店里的蛋糕,有时还会带一些回宿舍,和凌萱分着吃。凌萱的零食则是波兰的红黄双色苹果,味美多汁,价格也便宜,别的凌萱也买不起。

"目前我还没有制订具体的旅行计划。"凌萱心里琢磨着和吴建一起去旅行,这也是多年来她梦寐以求的。

"哦,我圣诞节想去布拉格。你和我一起去吗?"索尔问道。

"我先问问我的朋友,明天给你回复好吗?"凌萱犹豫了一下说道。

"当然可以了。"索尔愉快地回答道。

十四

第二天,一到教室,凌萱看到吴建、王天冰和周晟正围在一起讨论着什么。见凌萱进来,他们向凌萱招了招手,示意她过来。凌萱狐疑地走了过去,刚好路过古泽英夫的座位,古泽英夫朝凌萱眨了眨眼睛,叫住了她:"早上好!"

"早上好!"凌萱觉得自己应该朝古泽英夫友好地笑一笑,她想到了古泽英夫上次给她的糖,心里掠过一丝丝的温暖。

看到凌萱对他的态度一百八十度大转弯,古泽英夫颇感意外,心里非常高兴,于是咧嘴一笑:"今天阳光真好,见到你太开心了,你的笑容就如这美好的阳光一样灿烂。"

这时,教授来了,凌萱赶忙在周晟旁边坐下。

"现在欢迎我们的印度朋友拉杰什给我们做'汉斯·摩根索的现实主义六项原则'的展示。"教授保罗说道。

"好!"古泽英夫在底下使劲鼓着掌。印度男孩拉杰什是他最好的朋友之一,他的另一个好朋友是美国男孩安泰。

说实话,凌萱很佩服那些敢在保罗教授的课堂上做展示的学生,因为保罗教授的国际关系理论课是一年级所有课程中最难的。上课前,保罗教授会提前发给学生很多比较难以理解的阅读材料,学生根据这些材料来准备课堂上的展示。最具有挑战性的是,学生在做展示的时候,保罗教授常常不按规矩出牌,他会随时打断学生,问他们一些稀奇古怪的问题,往往是所涉及材料的延伸和扩展,学生常常对此没有丝毫准备。他还会突然叫停,说:"跳过这个幻灯片,到那儿……那儿——为什么?"在做展示之前,学生必须吃透文章的材料,才可以应付得游刃有余,所以学生们觉得这门课是最难的。

拉杰什走到讲台上定了定神,清了清嗓子,说道:"现在由我来讨论现实主义的六项基本原则。第一项原则是,政治是由具有人性根源的客观规律支配的,而人的本性不会改变……"

"停,不要这么讲,直接说说第二个原则吧。"保罗教授打断道。

"第二项原则,利益是由权力或力量来定义的……"拉杰什有些慌张。

"好,你能解释一下吗?"保罗教授又打断道。

拉杰什被教授这么一问,一下子变得脸红脖子粗。他慌忙低下头,快速翻阅着手里的资料,半晌结结巴巴地说道:"这是因为……因为……"

"好,谁会解释这一点?这是六项基本原则中最重要的原则之一。"保罗教授环视教室一周问道。

"我认为国家领导人决策的动机是谋求利益。具体来说,在不同的情形、不同的环境下,国家力量的大小就是决定利益的关键。"古泽英夫答道,一副超级自信的样子。

"那什么是力量呢?"保罗教授继续问道。

"依我看来,权力或者力量就是一个国家的影响力。就是你让别人做什么,别人不得不做什么。"古泽英夫才思如泉涌,保罗教授的问题似乎总难不住他。

"说得很好。力量就是利益,拉杰什继续吧。"保罗教授转向了拉杰什说道。

"要是让我这么做展示,我一定会死在讲台上的。"周晟在凌萱耳边悄声说道。凌萱没有回答,只是盯着古泽英夫,听着教授、拉杰什还有古泽英夫之间的互动,陷入了沉思。

……

"好,很精彩的展示。两个月后,我们将讨论《人、国家与战争》。这本书是新现实主义的一本巨作,我希望有人可以做《人、国家与战争》里战争产生的第三个因素,谁愿意自告奋勇呢?"保罗教授看着下面的学生道。

教室里静悄悄的,没人敢举手。

"我希望以后评估教授的时候,你们不要给我差评。"保罗教授带着一些自我调侃的味道说道,"相信我,虽然课堂的内容有些难,但是考试我是不会难为你们的。"

"什么时候,我们会有教授的评估?"这时,美国男孩安泰问道。

"还不知道,先提出我的希望。"教授心情很不错地说道。

"我们考试的时候会有什么样的问题呢?"一个犹太学生问道。

"我觉得你们犹太人应该是世界上非常聪明的人之一,所以你们一定不会害怕考试的,考试就是供你们娱乐玩玩的。"教授笑道,目光却很犀利地看着那个犹太学生。

"我们只是希望考试不要太难了。"一个美国姑娘插话道。

这时,凌萱悄悄地用余光瞥了吴建一眼,看到他还是默默地坐在那里,一声不吭。突然凌萱想到了一个主意——即使他现在不喜欢自己,至少让他先崇拜自己,然后一步一步把他从王天冰身边拉回来。想到这儿,凌萱就没有再犹豫,而是高高地把手举了起来,说道:"下次我愿意做展示。"

"可以吗?"保罗教授有些将信将疑地看着凌萱。

"当然可以的。"凌萱没有丝毫犹豫地说道。

下课了,所有学生陆陆续续地走出了教室。吴建对王天冰和周晟说:"你们先走吧,我和凌萱说说咱们的计划。"

"好,下节课见。"正要离开时,王天冰突然转过身来,从包里取出一片口香糖,举止亲密地喂到吴建嘴里,"上次,你问我在哪可以买到这个牌子的口香糖,超市里就有卖的。苹果味的,很好吃。"

"谢谢。"吴建含着口香糖,笑着说。

"不客气啦。"王天冰漫不经心地挥了挥手,然后披上了外套,和周晟一起离开了。凌萱这个时候才注意到王天冰穿着一身露着洁白膀子的深蓝色 T 恤,风情万种,性感诱人。

"圣诞节你有什么计划?"凌萱看到吴建盯着王天冰的背影,有些生气。

"哦,我、王天冰、周晟圣诞节想去法国。我们打算在那里玩五天。你和我们一起去吗?"吴建这才转过头来看凌萱。

听罢,凌萱的嘴唇不停地颤抖着。想去,她当然想去了!和吴建一起结伴旅行是她从小就梦寐以求的,更别说是去巴黎,这个浪漫、文艺、灿烂的城市。如果吴建是单独和她一起去的话,她会不顾一切地去法国的,然而吴建要和他们一起去,尤其是要和王天冰一起去!

"哦,去巴黎呀?巴黎是一个浪漫的城市,我当然要去了。咱们几个人一起去呢?"

"我刚才告诉你了,我们四个一起去——你、我、王天冰、周晟。"

"吴建——"突然,凌萱再也忍不住了,她想把该说的都说清楚,让吴建给自己一个答案,"我们可以单独去吗?我是说就我们两个人?你还记不记得我十八岁生日那天,我许了一个愿望,和你一起周游世界?"

"记得,当然记得。我们现在不正在一起游历外面的世界吗?不过我觉得旅行的话,还是人越多越有意思。"

听到吴建那么没心没肺的答复,看到那招牌式的温柔假笑,凌萱的心里涌起一股对吴建的恨,恨他的客气和冷漠,恨他的疏远和假笑。

"我就是不想王天冰和我们一起去!她为什么老是出现在我们

之间？我不喜欢她,我讨厌她!"凌萱再也无法克制自己,这些话如同决堤的洪水一般,猛烈地倾泻了下来。

然而吴建并没有表现出太多激烈的反应,他只是微微有些吃惊,淡淡地说道:"不可能的,王天冰是我们的朋友,我们怎么可以丢下她一个人不管呢!"

"我觉得你对她不仅仅是朋友那么简单吧?"凌萱恨恨地说。

"凌萱,你知不知道你在说什么?"吴建严肃地提醒道。

"我知不知道我在说什么?我为什么到波兰?你难道不知道其中的原因吗?你不知道我为什么从小就爱屁颠屁颠地跟在你后面?你一直把我当成什么了?"凌萱朝吴建大吼道。她觉得心中苦闷郁积,心口妒火中烧,整个胸膛马上就要爆炸了一般,只想不顾一切地发泄出来。突然凌萱意识到自己很像一个白痴,她乞丐般地乞求吴建的施舍,而吴建可能什么都不会给她,她就这么白白地放下了尊严,羞辱了自己!这时,羞愧、爱恋、嫉妒如一张密密麻麻、纠纠缠缠的网,把凌萱裹得严严实实,令她喘不过气来。

"外面好像下雪了。"她听到不远处,古泽英夫开心地朝拉杰什喊着。

"是啊,飘雪的圣诞节。在印度我很少看到雪呢!"拉杰什兴奋地说道。

"凌萱,对不起。我是家里的独子,所以我一直把你当妹妹看,一个除了妈妈外还可以分享我的小秘密的好妹妹。"吴建的声音有些无力。

"闭嘴!"凌萱什么都不想听,厉声打断了吴建,"原来你一直都在和我玩暧昧呢?"

"没有,从来没有,我只是把你当妹妹看。对不起,让你误会了。"吴建忙解释道。

"为什么你不早说呢?为什么不早告诉我呢?现在说这些还有意义吗?我为你付出了多少,你知道吗?"凌萱浑身发抖,歇斯底里地大喊道。

"对不起。你为我做的一切,我一直都很感激,也很珍惜,可是……"吴建有些慌乱。

走廊里变得越来越嘈杂,准备上下一节课的学生也陆续赶到了教室。古泽英夫和拉杰什还在附近嬉戏打闹,时不时传来烦人的笑声。

"现在太晚了。"凌萱喊道,"吴建,你个混蛋!"这时古泽英夫和拉杰什都扭过头来,齐刷刷地盯着他们,仿佛在观看一场闹剧一般。凌萱努力克制住自己的怒火,毅然决然地转身离去。

"凌萱,那你和我们一起去巴黎吗?"后面传来吴建微弱的声音。

"不去,永远不会去的!"凌萱没有回头,心烦意乱地吼道。

十五

虚弱、愤怒、恐慌让凌萱头痛难忍,心烦意乱。她只想回到宿舍,好好地睡一觉,忘掉现在发生的一切。她趿着皮鞋向公交车站走去,却没有意识到自己已经走过了站。她的手脚冰凉,浑身发抖,仿佛发了高烧梦游一般。她始终无法相信吴建从头至尾没有对自己动过心。她不停地想着一个问题,既然吴建不喜欢她,那么她来波兰有什么意义?生活突然一下子变得很空,她瞬间没了目标,感到浑浑噩噩,仿佛这些年来,她一直苦苦追求着一个东西,为此付出了很多,现在却突然被告知这个东西根本就没有存在过。这样对她来说就如同当头一棒。

在英语里,如果有人情场失意的时候,人们会用"Break the heart"(心碎了)来形容,凌萱觉得这个短语可以恰到好处地表达自己现在内心的感受,她觉得自己的心就好像被撕成了两半。凌萱有些想哭,然而眼泪于事无补。即使她哭得撕心裂肺,也没有人理解她的悲伤,没有人来安慰她。无论如何,华沙是不相信眼泪的。

她就这么在华沙的街道上神思恍惚地走着、走着,也不知道走了多远。一路上,她路过了拉风琴的街头艺人、安放着肖邦心脏的圣十字大教堂,还有华沙大学的校门。突然,一阵风吹来,飘来了食物的香味。凌萱意识到自己已经精疲力竭,突然很想吃点东西。前面是一家小瓢虫超市,她决定买些甜食,诸如巧克力、糖果、饼干、蜂蜜之类的,因为现在她心里很苦。她一直笃信胃和心室紧密相连,只有嘴里的味道甜了,心里才会觉得舒服些。

凌萱走进超市,看到水果摊上香蕉正在打折,就随手拿了三根香蕉,放到购物车内,正准备离开时,一位陌生的波兰女士拦住她说:"你的香蕉已经不新鲜了。"

凌萱低头看了看自己挑选的香蕉,发现香蕉皮已经发黑了。凌萱有些难为情地瞅了瞅架子上的香蕉,看到剩下的香蕉也是如此,她有些不好意思,不知道该不该把购物车里的香蕉放到货架上去。

"别担心,我这儿的比较新鲜。"这位波兰女士从自己的购物车里拿出三根好的香蕉,递给凌萱。

凌萱被这位素不相识的波兰女士感动了,瞬间觉得世界还是美好的。

"谢谢您!"凌萱真诚地感谢道。

"不客气!"波兰女士腼腆地笑了笑,然后走开了。

凌萱目送那位女士离开后,又走到摆着巧克力的货架旁,拿起一块巧克力,接着她又拿了一块。这时,突然有人在后面拍了她一下。

"凌萱,你好吗?"一道富有磁性的声音从凌萱背后传来。

凌萱一扭头,看到古泽英夫和拉杰什正站在她身后,她的脸顿时拉了下来。凌萱不想见到他们,不想让他们看出自己的沮丧。古泽英夫的脸上依旧挂着那烦人的笑容,拉杰什还像跟屁虫一样跟着他。突然凌萱想起刚才自己朝吴建大喊大叫的时候,他们俩在一旁看热闹。虽然凌萱知道他们听不懂汉语,但还是隐隐觉得古泽英夫已猜到了什么,这让她很没面子,仿佛她的秘密被当众揭穿,公布于众,她顿时面红耳赤,无地自容。

"你好,我这儿一切都好。"凌萱故意强调了"一切都好"这几个字。

"那就好,希望真如你所说,一切都好。不过,你很凶嘛!刚才我好像听到你朝你那位迷人的中国朋友大喊大叫的,我还以为你们之间原子弹爆炸了。"

"谢谢你的关心。"凌萱要面子地笑了笑,"哦,刚才……我们刚才一直在讨论问题,接着发生了一些小争执,彼此情绪都有点激动,声音就高了一些。"

"哦,就这么简单?你无论说什么,我都不会相信。嘿嘿,别生气。你们到底干什么,和我没有半毛钱的关系。你准备买什么呢?"古泽英夫瞅了一眼货架,"巧克力啊,一点都没有新意,我吃巧克力都吃腻了,现在一看到巧克力就想吐。"

听古泽英夫这么说,凌萱又瞅了瞅货架上的巧克力,突然觉得胃不舒服起来。她开始犹豫到底买不买巧克力。她刚到波兰的时候，由于饮食不习惯，水土不服，就每天拿巧克力充饥，虽然斯拉夫的巧克力在全世界也是一流的，口感很好，苦中有甜，但是巧克力吃得太多，凌萱也有了味觉疲劳，何况对身体也不好。

"这样吧，马上就是圣诞节了，拉杰什和我今天想去酒吧放松一下。你和我们一起去吗？"古泽英夫一脸期待地问道。

"古泽英夫，我什么时候说过今天要去酒吧？"一旁的拉杰什木讷地问道。

"闭嘴。"古泽英夫悄声呵斥道。

"嗯，我也不确定去不去。"凌萱迟疑道。她本想拒绝他们，不过心里着实不舒服，想一醉方休，用酒精彻底麻醉自己，所以她犹豫了。

"不要犹豫了，我们走吧。"话还没说完，古泽英夫拉起凌萱就走。

古泽英夫走得很快，确切地说，他是半跑着，凌萱跟在后面气喘吁吁。这么被古泽英夫拉着在华沙的大街上乱跑，凌萱感觉有些奇特，仿佛自己是警匪片中的主人公，无意中听到了什么不该听到的秘密，黑社会组织开始在后面追杀她，古泽英夫英雄救美，营救她脱离黑社会的魔爪。凌萱自嘲地笑笑，回到了现实中。只见拉杰什也在后面小跑跟着气喘吁吁。突然，古泽英夫在一家爱尔兰酒吧前停了下来，说道："就这儿了。我们进去吧。"

凌萱在酒吧门口蹲了下来，大口大口地喘气。

"你还好吧？我们进去吧？"古泽英夫停了下来，弯下腰，看着凌萱的脸，无比温柔地问道。

突然看到古泽英夫这么温柔，凌萱心中一动，她抬起头，看到古泽英夫那一双乌黑的眼眸正看着自己，里面没了以前一贯的嘲讽，却充满了温柔和担心。凌萱脸一红，为了掩饰心中的尴尬，她使劲地点了点头。

他们一起走了进去。这是一家富有情调的爱尔兰酒吧。酒吧内外的墙壁都被刷成了鲜绿色。每个绿色餐桌上都亮着一盏黄色的蜡烛灯，恋人和朋友们小聚在这个酒吧里，一边喝酒，一边尽情地享受着轻松舒适的氛围。酒吧里播放着肖邦的《平静的行板与华丽的大波兰舞曲》，听着这曲轻音乐，凌萱恍惚觉得自己在平静的湖面上划着一只小船，湖面平静得没有一丝涟漪。突然，一阵风吹来，船在顺风中开始加速，船尾一片涟漪。阳光下，凌萱看到了湖面的波光和自己与小船在水中的倒影。

一位女服务员走过来问他们要点什么。

"我要爱尔兰威士忌。"拉杰什看着菜单说道。

"好的。凌萱，你要什么呢？"古泽英夫眉飞色舞地问道，"你不看菜单吗？"

"不，我对菜单不感兴趣。我只要伏特加。"她只想尽快醉了，越醉越好。

"伏特加？"看到凌萱一点都打不起精神来，古泽英夫很担心，"这种酒太烈了，要不然来杯热蜂蜜酒？热蜂蜜酒在波兰也很有名，而且也很烈。"

"不，我说过我只要伏特加。"凌萱不耐烦地挥了挥手。

"你们点什么呢?"女服务员困惑地问道。

"伏特加。"凌萱斩钉截铁地说道。

"好,一杯爱尔兰威士忌,两杯伏特加。"古泽英夫只好无可奈何地说道。

"请稍等。"

之后,他们三个人又是一阵沉默。凌萱跷起了二郎腿,靠在椅子上,听着酒吧里的音乐。

"凌萱,你喜欢波兰吗?"古泽英夫首先打破沉默。

"我不知道。也许我对波兰又爱又恨。"凌萱面无表情地说道。

"爱什么?恨什么?"古泽英夫追问道。

"我爱波兰的静,下小雨的时候,我总是觉得波兰仿佛一个静立的披纱女子,樱唇轻启,讲述着让人痴醉的故事。至于恨,我恨与我一起来华沙的人。"这时吴建的脸又浮现在她的眼前,过往的回忆再次浮现在她的脑海里,她开始走神,心中充满了恨意。她抬起头来,突然看到古泽英夫正在一旁兴致勃勃地盯着自己,他的眼神非常具有穿透力。凌萱暂且把吴建在脑海里屏蔽起来,害怕古泽英夫窥探出自己的秘密,于是赶忙说道:"有些时候,我觉得这里的每一天都很美,有些时候,这里很灰暗,但是生活总是彩色的,华沙清新的空气、友好的波兰人,就连街道两旁美丽的蒲公英都让人感到欣喜。我很珍惜这里的学习、生活时光,我知道自己还爱着这里,不愿意离开。"

"你喜欢波兰人呀?"拉杰什一脸诧异地问道。他大睁双眼,觉得这是他听到的最不可思议的消息。

"对,我觉得他们很友好,就在刚才我购物的时候,一位陌生的波兰女士看到我挑的香蕉不好,把自己选好的香蕉分给了我一半。我觉得他们很友善。"

"为什么你眼里的波兰人和我眼里的完全不同呢?"拉杰什挠着头说道。

"什么?那你眼里的波兰人是什么样的呢?"凌萱饶有兴趣地问道。

"我对波兰人也不是抱有什么偏见,不过我想和你们说一说最近发生在我身上的事情。那次我去市中心的超市购物,一个男人迎面朝我走来,我无意中看了他一眼,瞬间惊呆了,没有任何敌意的视线就在他的脸上多逗留了一会儿。可万万没想到,那个男子朝我走来,狠狠地朝我啐了一口,然后仿佛什么事都没有发生一样就离开了。我觉得万分羞辱,那个男人践踏了我的尊严,他一定是恶魔转世吧。"拉杰什边说边摇着头。

"你以前怎么没和我说过啊?"古泽英夫听了捂着肚子,哈哈大笑。

凌萱瞪了古泽英夫一眼,觉得他吵吵嚷嚷的,非常讨厌,转向拉杰什,试着安慰他道:"很抱歉听到这些,你还好吧?"

"不要安慰他,凌萱。找个男人来安慰他吧!"古泽英夫还在咯咯地笑着。

凌萱听了大吃一惊,拉杰什则像女孩一样娇羞地低下了头,默认了这个事实。凌萱微微有些慌乱,一时间不知道该说些什么。

"这是你们要的威士忌和伏特加。"这时,幸好女服务员走来,给他们递上了酒水,缓解了凌萱的尴尬。

"谢谢。"古泽英夫这次像一个绅士那样谢过女服务员。

女服务员朝他笑了笑,然后离开了。

"凌萱,不要不好意思啦。拉杰什很可爱,不是一个坏人。和你说,印度呀,是一个非常有趣的国家。"古泽英夫笑道。他察觉到了凌萱心中的不安,于是换了一个比较轻松的话题。

"不,我没有不好意思。"凌萱被说中心事,满脸绯红,问道,"印度是什么样的国家呢?"

"首先不说印度是四大文明古国之一,现代的印度也非常有意思。上一次,拉杰什告诉我,他们印度就是个动物园,人和动物住在一起,动物可以在街上自由自在地乱跑乱跳,在那里,真正做到了人与自然和谐相处。哈哈哈……"

"啊?"凌萱瞪大了眼睛。

"对。我第一次出国刚到波兰的时候,看到波兰街道那么干净,诧异极了。"拉杰什有些羞涩地说道。

凌萱也跟着笑了。她努力想象着这个人和动物共同居住的神奇的国度,觉得印度的大街一定像个大马戏团。她突然想到一个描写印度的故事,问道:"拉杰什,你喜欢印度神话吗?"

"喜欢,有些时候,我觉得印度神话要比古希腊神话好看多了,我至今仍然接受不了希腊人的世界观。"拉杰什有些严肃地说道。

"哦? 那印度人是什么世界观呢?"凌萱好奇地追问道。

"我读到一个神话故事,是关于亚里士多德和印度的一个裸体修行者,两个人有着不同的世界观,亚里士多德想要征服这个世界,裸体修行者觉得人生应该无所事事。在古希腊神话中,希腊人认为生命只有一次,所以他们倾尽一生,也要得到自己想要的东西,觉得生命中必须创造出一些成绩来。而在我们印度,生命是可以轮回的。"拉杰什不紧不慢地解释道。

凌萱笑了起来,也没有做过多的评价,因为她尊重不同的文化。

"别听他胡说,要是世界上所有人都无所事事,那这个世界就会停滞不前,可能我们现在还是茹毛饮血的原始社会呢。"古泽英夫喝了一口酒笑道。

"我们人类只有两只眼睛,不像神那样有一百只、一千只眼睛,谁知道如果世界停滞不前就会不好了呢?"拉杰什用微弱的声音反问道,但他语气很坚决。

古泽英夫笑而不语。

"圣诞节马上就要到了,我现在特别喜欢晚上出去,欣赏华沙的夜景。你们有没有注意到,这几天树木、房屋、路灯都挂上了彩灯,到处都是火树银花、张灯结彩。每每看到这样灯火辉煌的晚上,我就想起了我们国家的排灯节。"拉杰什若有所思地说道。

"那是什么节日?"凌萱觉得谈话变得越来越有意思了。

"那是印度最大最重要的节日,我们一般欢庆半个月左右。在排灯节这一天,我们会点灯,燃放烟火,放鞭炮,到了晚上,火光和灯光把整个城市照得通亮,到处都是流光溢彩,映衬着街上蜂拥而至的男女老少欢乐的笑脸,一片安详幸福。"拉杰什一边说一边美滋滋地喝着威士忌。

"哇,这个很像中国的元宵节。"凌萱说道。

"那也是中国最重要的节日吗?"拉杰什好奇地问道。

"那不是中国最重要的节日,在中国最重要的节日是春节。"这时,凌萱突然想起索尔说过在韩国最重要的节日也是春节,就瞅了古泽英夫一眼,看到他正靠在椅子上,盘着手臂,跷着二郎腿,斜睨着眼,乐呵呵地听着他们的谈话,于是问道:"喂,你们日本过春节吗?"

"什么?问我呢?嗯,我们现在不过春节了。我们的新年是1月1号,习俗和春节差不多吧。不过在古代,我们是过春节的。"古泽英夫依旧乐呵呵地回答道。

凌萱感到他说这些话的时候,眼神里流露出莫名的优越感。凌萱有些微微不安,她莫名地有些想发火,却说不出原因。

"对了,我想顺便问一下,你可不可以告诉我刚才你和你帅气的朋友之间发生什么了?"古泽英夫发现凌萱的面部表情很复杂,心里一凛,忙问道。

"没有,什么都没有发生。"凌萱渐渐被酒精麻痹的内心再次隐隐作痛起来,于是她端起杯子,喝了一大口伏特加,呛得直咳嗽。她没想到伏特加竟然如此烈,她的喉咙被灼烧得生疼。

"慢点喝。这样喝你会伤了自己的。"古泽英夫边说边从凌萱的手里夺过了酒杯,藏到身后。

"不,我不会的,给我!"凌萱有些生气。

"你这样会醉的。"古泽英夫皱着眉头。

"你很在乎吗?"凌萱觉得头有点晕,也不知道自己说了什么。这是她第一次喝这么烈的酒,所以很容易就醉了。

古泽英夫紧绷的眉毛立刻舒展开来,他故意玩世不恭地笑道:"我是怕你喝得烂醉,我们不好送你回宿舍。"

"那就把我一个人丢在这儿吧。"凌萱惨淡地一笑,一把从古泽英夫手里夺过伏特加,又喝了一口,凌萱觉得胸口竟然有一团火在那燃烧。

"别喝了,停下来。"古泽英夫喝道,"让我喝吧。要不我陪你一起喝?"于是,他拿起酒杯,一口气喝了很多,他的脸和脖子立刻变得通红。

"你的脸怎么是红色的?"凌萱指着他的脸,拍手痛快地大笑了起来,带着醉意又问道,"你是不是以前也没怎么喝过酒啊?"

"不,我的脸没红,是你的脖子红了。"古泽英夫也醉了,大笑了起来。

"你不知道你平时有多么讨厌。为什么老是嘲笑我,和我过不去呢?"凌萱带着醉意皱眉问道。

"为什么?"古泽英夫半醉半醒地说,"因为呀……我想给你跪下,亲吻你的脚趾。"

"什么?"凌萱的头嗡嗡直响,根本没有听到他的话,更没有明白他的意思。

"我们要不要做个游戏?"拉杰什在一旁问道。

"好,我们可以玩划拳。"古泽英夫兴奋起来。

"不,在这个优雅的地方玩这个游戏太伤大雅了。"凌萱摇头说道。

"那玩什么呢?"古泽英夫眯着眼问道。

"我们玩……剪刀石头布。"凌萱兴奋地说道。

"好主意!"古泽英夫拍手叫好。

"那是什么游戏?"拉杰什的声音似乎很遥远。

凌萱和古泽英夫喝得酩酊大醉。拉杰什一个人搭着他们俩的手臂,好不容易把他们拖到了公交车上。一下车,凌萱就跑到垃圾桶旁呕吐,仿佛肠子都要呕了出来。看到凌萱吐得那么厉害,古泽英夫则在一旁笑得前仰后合。

"再见,再见。"凌萱不耐烦地朝古泽英夫挥了挥手,继续吐着。

"你确定你没事吧?"古泽英夫带着醉意问道。

"我会把她送到房间的。古泽英夫,你就别担心了。"拉杰什说道。

"不,我要亲自把她送回她的房间。"古泽英夫用力摇着头说。

"你自己都喝醉了,帮不了我的。不用担心,我一定把她安全送回。"拉杰什坚持道。

"好吧。"古泽英夫只好妥协。

拉杰什跟跄着扶着凌萱到了宿舍楼的大厅。他们刚要上电梯的时候,碰巧吴建从电梯里走了出来,看到凌萱醉醺醺的样子,他立刻火冒三丈。

"你们去哪儿了?"吴建压着火气问拉杰什,他以为拉杰什拉着凌萱出去鬼混,故意把凌萱灌醉。

"吴建,我们刚去了爱尔兰酒吧。她喝醉了,你能帮我把她送回宿舍吗?"吴建的愤怒令拉杰什感到莫名其妙。

看到拉杰什这么平静,吴建微微有些吃惊,他生硬地点了点头,和拉杰什一起扶着凌萱上楼,送她回房间。

"进来。"索尔开了门,她先看到了吴建,笑着说道,"萱的中国朋友啊!萱经常跟我提起你。"

吴建没有说话,而是和拉杰什一起把凌萱扶到了她的床上。

"萱,她喝醉了吗?"索尔看到凌萱迷迷糊糊的样子,关心地问道。

"不要扶我,我自己可以的。"凌萱迷迷糊糊地嘟囔道。

"我走了。"把凌萱扶到床上后,拉杰什说道。

"谢谢你,拉杰什。"吴建僵硬地和他握了握手。

"别客气了。她是我朋友的朋友。"拉杰什解释道,"照顾她是应该的。"

听拉杰什这样说,吴建不禁皱了一下眉头,不明白拉杰什说的"朋友"指的是谁。

拉杰什离开后,索尔轻轻地关上了门。吴建凝视着凌萱那苍白、楚楚可怜的脸,上面清晰地写满了痛苦,他微微感到心痛和怜惜,情不自禁地走上前去,轻轻地抚摸着凌萱凌乱的头发。突然他看到凌萱的睫毛上还噙着泪水,心念一动。吴建弯下腰来,轻轻地帮凌萱脱掉了鞋。

"吴建,别走,别走。"突然凌萱一把拽住吴建的衣服,在梦中喃喃道。

吴建轻轻地把她的手松开,转身对索尔说:"我可以用一下你的厨具吗?你这儿有没有剩米饭?"

"有。"索尔说,"你自便吧,别客气。"

吴建拿着食材和厨具去了厨房。半小时后,他端着一碗热腾腾的粥回来了。他在凌萱的床前蹲下,舀了一勺粥,在嘴边吹了吹,喂到凌萱嘴边,却传来凌萱熟睡的鼾声。

"她睡着了。"索尔说。

吴建端着手中的粥,站了起来,一时间不知道该怎么办。

"放在桌子上吧。等她醒来了,我让她喝。"索尔说。

"谢谢你。那我走了,她就拜托你了。"吴建感激地说。

"放心吧。"索尔对他笑了笑。

吴建把粥放在桌子上,便离开了房间。

十六

凌萱不知道自己昏昏沉沉地睡了多久,仿佛她站在一条漆黑的河中摸着石头过河,突然看到前面有一丝微弱的光,于是伸开双臂,想要拥抱这微弱的光和热,然而当她伸手的时候,眼前的光却突然消失,周围再次陷入一片黑暗。

"萱,醒醒,醒醒。"凌萱好像听到河对岸有人在叫她。起初,她以为是吴建,后来眼前又出现了古泽英夫那张极其令人讨厌的笑嘻嘻的脸,凌萱恨得咬牙切齿,她讨厌古泽英夫的幸灾乐祸,她这么消沉,他居然还能笑出声来!一定又是看她笑话的!于是,她伸出手,想狠狠地打古泽英夫一拳,好不容易才睁开了眼睛,看到的却是索尔那张胖乎乎的圆脸,满眼的焦急和关切。

"你刚才做噩梦了,萱。"索尔甜甜地说。

"我这是在哪儿啊?"凌萱半晌不知道自己在哪里,好长一段时间都记不清楚昨天发生了什么事儿,只感到头隐隐作痛。

"在我们的宿舍里啊。昨天你喝醉了,你的中国朋友和一个印度男孩送你回来的。"索尔的声音遥远而又亲切。

凌萱没说什么。突然她看到了搁在桌子上的粥,抬头疑惑地看着索尔。

"这是你的中国朋友专门为你做的。看到你喝得那么醉,他就问我要了食材和厨具给你做,做好的时候,你已经睡着了。他对你真好,我都有点羡慕了。"索尔笑着说。

突然,记忆回来了,昨天发生的一切在凌萱脑海里回放。她记起来吴建如何冷漠地对她说一直只把她当妹妹一样看,想起了当时她一个人落寞地在华沙大街上晃荡,后来又遇到了古泽英夫和拉杰什,之后和他们一起在浪漫的爱尔兰酒吧喝得酩酊大醉,泪水无声地从凌萱脸上流了下来。既然他不喜欢自己,那么自己是醉还是醒,是生还是死,又与他有何相干?现在这碗粥又算什么呢?想到这,凌萱站起来,端起碗,把粥一股脑儿全倒入垃圾桶里。

"萱,你在干什么?"索尔吃惊地看着凌萱。

"我不要他的怜悯和施舍。"凌萱的双眼闪烁着怒火。

"怎么了?"索尔更加糊涂了。

凌萱大哭了起来,然后简单地叙述了事情的发展经过。

"哦,这样啊,没关系的。男人就是这样,他们总不知道珍惜自己现在已经拥有的东西,往往都是井干方知水可贵。总有一天,当他彻底失去你的时候,才会后悔,会发狂地怀念以前和你在一起的日子,不过那时已经晚了。"索尔安慰道。

凌萱摇了摇头说道:"他搞得我一点信心都没了,没有男生会喜欢我了。"

"不要哭,你胡说什么呢!你一定会找到比他更优秀的男朋友的。我觉得现在他告诉你不喜欢你不是很好吗?反正你已经自由了,可以和更优秀的男孩约会,结识更多的新朋友。如果他一直不告诉你,拖着你,和你玩暧昧,那你不是还要在他身上浪费更多宝贵的青春岁月?"

"索尔?"凌萱抬头看着索尔。

"怎么了?"

"你找到圣诞节一起出去的旅伴了吗?"

"还没有呢。你昨天说晚上给我答复的。"

"哦,对不起。昨晚我喝醉了。"凌萱用手揩干了眼泪,问道,"我可以和你一起去吗?"

"当然可以了。那是最好不过了。"索尔开心地说道。

"这个星期六,我们就得打包好行李。星期一上完节前的最后一堂课,很快就是圣诞节了。我们周三就得出发,时间有些紧张,所以我们周末就得做好一切准备。"索尔说道。

"我们可以互相提醒一下对方该带些什么东西。比如你带洗发水,我拿护发素,你带梳子,我拿牙膏。这样我们的包就会轻一些。"索尔提议道。

"好主意。"凌萱拿出了她的黄色帆布背包,把她的外套、笔记本和雨伞放到了包里。

"你准备带几个包呢?"索尔问道。

"就这一个。"凌萱给索尔看了她的黄色大背包。

"哇,真好看。"索尔说道,"你就背一个吗?"

"对,这样在布拉格走多远都不会累。"

"你就拿一件外套?也不多带两件换洗的夹克?"

"不带了。不过我带了换洗的内衣。外套身上这件就可以了。"凌萱笑着问道,"那你要带几个包呢?"

"我带两个,一大一小,我还要拿很多换洗的衣服呢。"

"我只想越方便越好。"凌萱微笑着说道。

"萱,你一会儿想不想和我一起逛商场?我想买一件新毛衣,到布拉格穿。"

"哦,你好喜欢购物啊,如果我没记错的话,你上周刚买了一件毛衣,崭新的,还没穿吧?"凌萱笑着问道。

"你们中国人不喜欢逛街吗?"索尔很好奇。

"不能一概而论,要看情况。有人也喜欢去购物,他们也是购物狂,喜欢疯狂地扫荡各种奢侈品。不过你购物的次数也太频繁了。"

"我最喜欢逛街了,我也是个购物狂。不过说实话,几乎每个韩国人都很注重自己的外表。如果你是一个女孩,在韩国不知道怎么化妆,如何打扮自己的话,会被其他韩国人瞧不起的。"

"哦,这样啊。那男人呢,他们也要打扮吗?"凌萱问道。

"对,男人也得会打扮。你知道我为什么喜欢中国男生比如金正吗?"索尔有些神秘地问道。

"呵呵,你终于承认喜欢他了!"凌萱高兴地笑着。

"萱,我说的'喜欢'不是你想象的那种。我的意思是只要从着装我就可以辨别出哪个是中国男孩,哪个是韩国男孩。"

"哦?"凌萱试着回忆韩剧里的帅哥,寻思着他们和中国男孩的区别。

"中国男孩喜欢穿宽松的牛仔长裤,韩国男孩则喜欢穿紧身牛仔裤。"索尔笑着说道。

"哦,这样啊,真有意思。"

"你到底和不和我一起出去呢?"和凌萱说了这么多话,凌萱依然没有给她明确的答案,索尔突然有些生气。

"去去,当然一起去了。"凌萱讪讪地笑着。

凌萱和索尔一起在商场里转悠。

"你想去哪家店呢?"凌萱问道。索尔只是漫无目的地逛着,一会儿在冰激凌店门口停下,要吃冰激凌,一会儿又到了女孩的饰品店,在那儿逗留了更长的时间。凌萱有些不耐烦了,觉得即使索尔在那里待上十几个小时,也决定不了该买什么。

"不要着急嘛,购物就要放松。人生最难也是最简单的事就是学会放松了。"索尔笑道,"我跟你说,我想买一件淑女风格的毛衣,不能再打扮得跟男孩子一样了。上次,金正说我一点都没有女孩样儿。"

"哦,看来你很喜欢金正嘛。"凌萱笑道。

索尔有些羞涩,一时间不知道该如何回答:"我也不知道。我们去 H&M 吧。如果你想穿得像欧洲学生那样,去 H&M 就可以了。"

凌萱和索尔走进了 H&M。由于是圣诞节,很多衣服都在打折。索尔看上了一件短款红色的针织衫。"我可以试试吗?"她问道。

"好的,我在试衣间外等你。"

当她们在试衣间外排队等候的时候,迎面出来两个中国人。凌萱看到他们不是别人,正是吴建和王天冰,她顿时觉得胸口再次燃起一团怒火。吴建的手臂正搂着王天冰的纤腰,王天冰肩上披着一件深色的呢子斗篷,她正仰着头,噘着嘴朝吴建撒娇。正在笑着的吴建抬起头来,正好和凌萱、索尔面对面,他有些吃惊和不安。

吴建结结巴巴地说:"凌萱,我……"

"凌萱,最近怎么样啊?我听吴建说,圣诞节你不和我们一起去巴黎了,真遗憾啊。"王天冰笑着说道。

凌萱没有搭理王天冰,转身对索尔说道:"这儿太吵了,我先出去了。"

过了很久,索尔提着毛衣从 H&M 出来了,看到站在外面的凌萱,说道:"萱,你在这里啊。"

"你买毛衣了吗?合适吗?"凌萱问道。

"买了,很合适,我很喜欢。"索尔说道,"我会穿着它去布拉格的。"

"穿着这件毛衣,你会更养眼的。"凌萱赞美道。

"你开玩笑了吧。我从来都不漂亮,金正老说我丑。"索尔有些不自信地看着凌萱。

"他和你开玩笑呢。"凌萱笑着说道。

"你怎么出来了呢?"索尔问道。

"我不想看到他们在一起,心里有些不舒服。"

"明白了,她就是你的中国朋友喜欢的那个人。"

"是啊,就是她。"

"上周我在超市购物的时候,看到你的中国朋友在和另一个中国男孩一起选花,我还以为他买花是送给你的。"

凌萱沉默了。

十七

夜晚,窗外飘着鹅毛般的大雪。凌萱躺在床上辗转反侧,久久无法入睡。她满脑子想的都是吴建和王天冰,以及索尔提到的买花一事,于是忍不住掏出手机,给周晟发了一条短信。

"嗨,周晟,你睡了吗?"

凌萱没想到很快就收到了周晟的回复:"没有,还醒着,我在看窗外的雪景呢。你怎么到现在还没睡?"

"我睡不着,你可以陪我一起出去走走吗?"

"现在,你疯了吗? 已经晚上10点了!"

"别问我为什么。你到底去不去?"凌萱发出这条信息后,心里有些忐忑。

"好吧。"

凌萱松了一口气,周晟回复得很快。她也非常感激他,知道周晟是个可以依靠的朋友。

"那我们在哪儿见面呢?"周晟又发来一条信息。

"在学校附近的越南餐厅里。"凌萱回复道。

"不见不散。"

一看到这条短信,凌萱就立刻从床上爬了起来,披上外套,戴上帽子和围巾,蹑手蹑脚地走出了房间,轻轻地关上了门,生怕吵醒索尔。

外面非常冷,鹅毛般的雪花洋洋洒洒地飘落下来,在昏黄的路灯下漫天飞舞,天地之间变得冰清玉洁,粉妆玉砌,大片大片的雪花落在凌萱的衣领里,还有头发上,一瞬间把凌萱变成了一个雪人。她在雪中狂跑着,只想赶上去学校的夜车。

凌萱到了越南餐厅的时候,周晟已经在门口等着她了。他的头上也满是雪花,双手插在口袋里,在门口跺着脚。

"这儿。"看到凌萱,他开心地挥了挥手。凌萱看到周晟的笑脸,不禁有些内疚,也很感动,朝他莞尔一笑,快步走去。

"今天真冷。发生什么事了?要是没什么要紧的事,我决计饶不了你。"周晟半严肃半开玩笑地说道。

凌萱没有回答,只是跟着周晟进了餐厅。

他们在离暖气比较近的地方坐了下来,两个人点了鸡肉炒饭和两杯咖啡。

"找我有什么事?现在可以告诉我了吧?"周晟一边问,一边搓着双手。

"首先谢谢你这么晚、这么冷还出来见我。"凌萱讨好地笑着,先说了一些好话。

"不用谢,不过这时候,这么冷的天叫我出来,我还真有点无语。刚看到信息的时候,我以为你疯了!"周晟表情夸张地说道。

"那你为什么还要来呢?"凌萱接着周晟的话问道。

"因为我的绅士精神啊!我想你一定有什么急事,或者有其他原因才叫我出来的,我觉得你平时还是挺正常的,所以我就来了。"周晟认真地说道。

"也许你是对的,我确实疯了。"看到周晟阴起了脸,她忙赔笑道,"不不不,我确实有些重要的事。我想问你一下,上周,你是不是和吴建一起买花了?"

周晟难以置信地盯了凌萱半晌,仿佛刚听到一个极其荒谬的笑话那样,有些哭笑不得。凌萱被周晟瞅得有些发忧,生怕周晟会生她的气,紧紧地攥着叉子,手心里全是汗。周晟却突然大笑起来,说道:"原来你叫我出来就是为了问这个?"

"是啊,告诉我吧,这个对我来说真的很重要。"凌萱央求道。

"好了好了。对,我们是一起出去买花了。"

"是你自己买花还是吴建买的?"

"当然是吴建买了,我又没有一个可以送花的女孩。"

"给谁买的?"

"王天冰。"周晟一边说一边看凌萱的反应。

凌萱有些哽咽。

"没事吧?"周晟忙递给凌萱一张纸巾。

凌萱接过纸巾,却拿它擦了一下嘴,接着问:"周晟,可不可以再帮我一个忙?"

"你又要让我做什么稀奇古怪的事?"周晟抬起头,看着凌萱,似笑非笑地问道。

"让你帮一个很简单的忙。"凌萱讨好地笑着。

周晟叹了一口气,说道:"好吧。也许是上辈子欠你太多了,只要你不让我做什么违法乱纪坑蒙拐骗的事,我会答应你的任何要求。不过你的要求一定要合情合理啊,不要再让我大晚上的在雪里裸奔了。"

"别紧张,这事儿很简单,办起来一点都不费力,我又不会让你去偷去抢。"凌萱笑着,心里却有些犹豫,不知道自己的要求是否过分,"是这样的,我知道你是吴建的好朋友,那他一定什么都和你说,你可不可以帮我留意一下他和王天冰的关系,然后简单地给我讲述一下他们之间发生了什么,可以吗?"

"什么?"周晟瞪大双眼,吃惊地张着嘴巴,他拿着叉子的手也悬在了空中,叹道,"这是背叛啊!"

"这怎么会是背叛呢?放心吧,我是不会做任何伤害吴建和王天冰的事的。他是你的朋友,也是我的朋友,我只是想知道他们到底发生了什么,不想被蒙在鼓里。"凌萱噘着嘴说道。

周晟还在犹豫。

"我只是想知道他们到底是什么关系,就这么简单的要求。刚才你还说,愿意为我做任何事情的,一下子就变卦了。"凌萱急得直跺脚。

"行、行,我会告诉你的,真服了你了。"周晟埋下头,"不过现在我又冷又饿,改天再告诉你。"

十八

圣诞节前的最后一节课是一门选修课——选举的行为。凌萱到教室的时候,大多数同学都已经入座。凌萱打算坐在周晟前面,而周晟恰巧坐在吴建和王天冰的旁边。在路过古泽英夫的时候,凌萱有些紧张,怕古泽英夫和她打招呼,提起那晚在爱尔兰酒吧喝得酩酊大醉的事,于是低着头,加快了脚步,假装没有看见他。

古泽英夫却不愿意放过任何一次和凌萱说话的机会,他盯着凌萱,兴奋地说道:"嗨,嗨,凌萱,好久不见了。最近好吗?那天晚上睡得怎么样?"他一脸期盼地看着凌萱,想让凌萱抬起头来。此时,凌萱不得不扭过头,面对古泽英夫,迎着他的目光,她有些吃惊地发现他的眼里盛满了笑意。

吴建和周晟都听到了他们的谈话,同时看过来,凌萱的双颊微微发烫。她不愿意让吴建和周晟觉得她和古泽英夫有多么亲近,于是佯怒道:"你胡说什么呢!"

"你今天也喝多了吧?"古泽英夫没有想到凌萱把那个对他来说非常难忘的晚上推得一干二净。

凌萱脸一红,没说什么,快步走开了。凌萱觉得自己的心跳得好快,还有种奇怪的感觉,她觉得古泽英夫还在后面看着她。

凌萱在周晟前面坐下,从书包里掏出了笔记本。周晟则一直在看着她。

"你好!"这时一个犹太学生走过来和中国学生打起了招呼。

"你好!"吴建第一个与他握手。这个犹太学生对中国文化有着浓厚的兴趣,很喜欢和中国人一起讨论中国美食,还有文化艺术。

"你可不可以给我介绍一家中国餐馆呢?我想尝尝中国菜。"犹太学生笑着问道。

"当然可以,嗯……"吴建在想该给他介绍些什么。

"你可以去华都吃。"这时,王天冰在一旁插话道,"在那儿可以吃到地道的中国菜,就是价钱贵了点。"

吴建笑了,觉得王天冰就是个波兰百事通,对于波兰的一切无所不知。

看到吴建满脸都是对王天冰毫不掩饰的仰慕,凌萱心中恨恨的,突然说道:"我觉得你在华都吃不到地道的中国菜。"

吴建、周晟、王天冰一齐看向凌萱,有些难以置信。吴建很想说一些维护王天冰的话,但还是忍住了。看到凌萱如此逞强,周晟不免有些担心。

"为什么?"犹太学生问道。

"因为那儿的中国菜不地道,厨师是个波兰人。"凌萱大声说道。

"不对,那儿就是地道的中国菜,中国特色的南方小吃。我常和朋友去那家饭店。"王天冰反驳道。王天冰再次提到了她那位神秘的朋友,吴建不禁皱起了眉头。

"我之前去过那家餐厅,亲眼看到厨师是个波兰人。"凌萱强词夺理道。看到王天冰气得脸色发紫,她暗自高兴。

犹太学生一脸疑惑,一时间不知道该相信谁。

"不要担心了,如果你想吃地道的中国菜,哪天我就可以为你做。"凌萱故意友好温柔地说。

"嗯,谢谢你。不用麻烦了。不管怎样,我决定先去那家饭店吃一顿,以前没有听过这个饭店的名字,它在哪儿呢?"犹太学生转向王天冰问道。

王天冰舒了一口气,在纸上写下了地址。凌萱在一旁冷眼看着,有些失望,就随手拿起一本书读了起来。

"这样做值得吗?……"周晟在凌萱耳边低声说道。

"我知道自己在做什么,现在不要和我说话。"凌萱有些烦躁地打断了他。

教授终于来了。这门课的教授是一位身材瘦小的年轻女士,她开始讲授性别和选举行为之间的关系。

"一般来说,妇女参与政治生活的概率是比较低的。不仅参与政治的女性候选人很少,即使是那些为数不多的女性候选人,公民也不愿意支持她们,女性有时候也不愿意支持女性同胞,大多数女性更愿意让一个男人来治理国家。所以说实话,在政治上,男人和女人还是很不平等的。一般情况下,妇女们很难在男权社会中参与政治活动……"教授站在讲台上说道。

"但是这个世界上也有很多声名赫赫的女领导人,她们在政坛叱咤风云,比起男性来,更要呼风唤雨,如玛格丽特·撒切尔,还有默克尔。"一个挪威男孩打断教授。

"不错,是有很多优秀的女领导人,不过她们还是用了男人的方式来参与政治,而不是女人的方式。"教授走下讲台说道。

挪威男孩觉得教授说得有道理,就没再发言。接着,教授继续说道:"我曾经去过印度,我知道,比如说在印度,妇女的地位相比男子就比较低。而在北欧国家,比如挪威,妇女则享有很高的政治权利……"

"对不起,教授,"大家都没想到拉杰什这时会打断教授,"我不赞同您的观点。在印度历史上有很多女总统,所以我觉得您说得不正确。"凌萱从来没有想过一向温和的拉杰什今天会这么有精神,去捍卫自己国家的尊严,她瞬间对这个印度男孩另眼相看。

"对,这是事实,不过那也是极少数的情况。并不是所有女人都可以幸运地成为一名女总统,我指的是一般情况。"看到拉杰什没有异议,教授转向一个伊拉克姑娘问道,"你能不能介绍一下伊拉克妇女的选举行为呢?"

凌萱注意到,这个伊拉克姑娘身材有些微胖,穿着一件黄色的长裙,头戴一条黄色的纱巾,纱巾半遮了她的脸。伊拉克姑娘说:"我觉得现在伊拉克妇女和男人已经享有了相当平等的参与政治的权利。比如投票的时候,在候选人名单里,总会看到一名女性候选人的名字。和您之前说的不一样的是,这些女性候选人往往拥有着政治实权。"

全班学生都陷入了沉默,大家都对她的话将信将疑。

"她说的是真的吗?"周晟觉得很不可思议,悄声问凌萱道。

"不知道。"凌萱也很惊讶,"不过也许伊拉克妇女一直以来被压榨得太久了,所以一点阳光就可以让她们无比灿烂。"

"高明。"周晟竖起了大拇指。

"好,可以解释一下中国的选举行为吗?"这时,教授突然来到王天冰身边问道。

"据我所知,在中国参与政治的女性所占比例还是不高。"王天冰不自信地说道。

"那么中国女性地位比较低了?"教授追问道。

王天冰没有回答。

坐在一旁的凌萱脱口而出:"不是这样的。在中国男女地位平等,妇女可以撑起半边天!"

话一出口,全班同学都齐刷刷地扭过头来,大家的眼神在凌萱和王天冰身上徘徊。

"你可以给大家解释一下吗?"教授问道。

凌萱的脑袋转得很快,说实话,她并不喜欢什么时候都维护面子,然而有些时候,我们不得不做一些该做的事,每个人都是有社会属性的人,尤其是这个问题涉及一个国家的身份认同感的时候。尽管凌萱知道她不可能把中国面面俱到地展现出来,但还是很希望可以把某些问题解释清楚。于是凌萱声音洪亮地说:"虽然中国不像其他国家,至今还没有出现过一位女主席,政坛上位居高位的女性也不多,但是在全国人民代表大会,以及各地人民政府还是有很多不错的女政治家。至于普通人的生活,在社会上,男女享有平等的权利,有时候,甚至女性要比男性在学习和工作上更出色些,比如在商界,就有很多女强人、铁娘子,她们是大企业的大老板、CEO,或者经理。"

"那么在商界拥有高职位比如管理层以上的女性所占的百分比大概是多少?在波兰,这样的百分比仅为7%至8%。"教授追问道。

"要比这个数字高多了。"这次凌萱非常自信地说道,她最近刚读过一篇关于这个话题的文章,这篇文章讨论了女性的权益,还有各个国家女性地位的对比,"我不记得具体的数字,大约40%到50%。"

"哦,天啊!"这时,古泽英夫意外地加了一句。

"有意思。"教授说了句客套话。不过凌萱可以看出来,教授一点都不相信她的话。凌萱觉得这个教授的目光很狭隘,教授没去过中国,对中国根本不了解。

下课后,王天冰低着头匆匆地离开了教室,而吴建则快步地跟在她后面。

"她今天丢尽了脸,你很高兴吧?"凌萱收拾东西的时候,周晟凑上前来,把手压在凌萱的书包上,问道。

"没有的事。我只是对我自己的回答很满意。不过看到她出丑,我确实感到痛快。"凌萱朝周晟笑笑,实事求是地说。

"唉,不过这样又有什么用呢?吴建依然喜欢王天冰,不是你,也没改变什么啊!"周晟叹了口气,一针见血地指出了问题。

凌萱觉得心里的伤口再次被揭开,她使劲咬着下唇,强忍着眼泪。

"凌萱?"周晟轻轻地叫着她的名字。

凌萱没有答应,此时她的心中千万种伤痛,此起彼伏,汹涌澎湃。凌萱不想开口说话,怕一说话,眼泪就会掉下来。

"对不起,我不该这样说,我知道你的心会很痛,不过我只是想让你看得更清楚些。"

凌萱依然没有说话。

"既然你不和我说话,我也不浪费口舌了,我本来想告诉你吴建和王天冰之间的故事,现在也只好改变主意了。"周晟懒懒地伸了个懒腰。

"什么?告诉我吧。"凌萱立刻打起了精神,恳求周晟道,"告诉我吧,谢谢你,你一直是我最好的朋友。"

"好好好,这话听起来还比较舒服。不要着急,我跟你讲。"周晟一脸神气地说。

十九

"你昨天一直问我和吴建一起买花的事儿,当时,我没有告诉你具体的细节。是这样的,两周前的一个星期天,上午九点我还赖在床上,因为前一天晚上,我熬夜看完了《权力的游戏》第四季。我觉得床是世界上最幸福的地方,只要可以无忧无虑、舒舒服服地睡一觉,什么烦恼都会烟消云散。躺在床上,我怎么都不愿意起来,可是我的电话响了,一看是吴建的电话,他让我和他一起出去买花。"周晟向凌萱仔细地叙述道。

"我还没有睡醒,在床上迷迷糊糊地说:'你买花干什么?疯了吧?我现在非常瞌睡。你准备自己种花吗?'

"吴建哈哈大笑道:'当然不是我自己种花了。我种花做什么?我是要给姑娘送花!'

"我以为他是要给你送花,就一屁股从床上爬起来,欣然答应了。

我知道你也非常喜欢他,所以很乐意当一次红娘。赠人玫瑰,手留余香嘛。我就说:'好的,马上就好。'

"吴建和我,两个大男孩就在超市卖花的地方瞎转悠。那里香味扑鼻,有黄百合、红玫瑰,还有紫色、粉红色的花,等等,都是非常娇艳的花,但我叫不出它们的名字,各种花争芳斗艳,非常好看。我看着这些花,感到很困惑,说道:'我觉得她不会喜欢这些花吧,她之前不是告诉过我们喜欢樱花吗?'

"吴建拍着我的肩膀叹息道:'你呀,你真是个傻瓜。我要给王天冰送花,王天冰又不喜欢樱花。'

"我顿时傻眼了。也许,我可能确实像吴建说的那样有点愚笨呆傻,我的情商太低了,不过我真心没看出来吴建喜欢王天冰,我以为他们只不过逢场作戏,没有认真,因为我觉得他们不合适,王天冰对于吴建来说太过老到,太有经验了,吴建对于她来说就是一个小男孩。就在这时,我们碰见了你的室友索尔,她也在超市里买东西呢!我们就上前和她打招呼。

"我问吴建:'你觉得王天冰对你有意思吗?'

"吴建一副忧心忡忡的样子,说:'不知道。'

"我捂着嘴,取笑他:'你还没和她正式约会呢。'

"吴建有些忧虑地说:'还没呢。我觉得她的择友要求应该挺高的,就一直没勇气向她表白。不过不要担心我,我有追女神器,当然就是花了,几乎所有女孩子都喜欢花,喜欢浪漫的情调,所以我觉得她成为我女朋友是早晚的事。我倒是担心你,应该多多向我学习,要不然你只好打光棍儿了,哈哈……'吴建突然开起了我的玩笑,我被他说中了心事,不好意思地笑了,然后接着问:'那你告诉我,打算怎么追王天冰呢?'

"吴建不以为然地笑了起来,说:'这很简单啊。'不过他的笑容有些紧张,似乎很缺乏自信。看见我将信将疑地盯着他看,他也有些不确定地说道:'其实我也不知道这个计划可不可行。我想每天给她送一束鲜花,在每束花里放一张写着花语的卡片。花语不要浮华,要表达我的真情实感。'说到这儿,吴建停顿了一下,他看着我,问道,'别光听着,给我提点建议,你觉得这个想法怎么样,会不会有点过时呢?'他一边说,一边挑了一束紫色的花,结了账。

"我问:'这束花的花语,你会写点什么呢?'

"他凝视着淡紫色的花束想了一会儿说:'我会写,从第一次见到你的那一刻起,我就深深地爱上你了。我想用一生一世呵护你,不让你为以后的生活所烦恼。相信我一定可以让你幸福的。'

"我说:'呵呵,真肉麻。'

"吴建担忧地问我:'你觉得她会喜欢吗?'

"我没有回答,大笑了起来。

"过了几天,吴建又打来电话说:'周晟,告诉你一个好消息,王天冰和我开始约会了。'可以听得出,电话那一端,吴建情绪兴奋到了极点。

"说实话,我有些惊讶,我不觉得平时王天冰有多么喜欢吴建,为什么她会这么爽快地答应和他一起约会?我总感觉王天冰身边应该不缺乏男性朋友,她看上去也没我们想的那么简单,可能背景很复杂。就看她的言谈举止吧,和男生说话的时候,一点都不忸怩,不像没出校园的姑娘。

"他说:'你知道我是怎么做到的?那天我给她花的时候,她半晌没有说话,只是直勾勾地盯着我看,看得我心都快要从胸腔里蹦出来了。突然她微启朱唇,问我为什么会喜欢她。我结结巴巴的,一时间说不出一句流畅的话来,尽管之前练习了好多遍,一阵慌乱中,我只是简单地说,希望她永远开心。王天冰的情绪很不稳定,听罢,她突然哭了,毫无准备地,她走到我跟前,轻轻地吻了我。我有些慌乱,没想到幸福会突然降临我身边,我也亲亲地回吻了她。她那性感的唇带着温度,湿湿的、滑滑的。之后,我们就一起吃午餐,一起逛街,一起在图书馆里学习。有王天冰在我身边,和我一起携手游华沙,我就觉得日子每天过得都那么充实,我这才明白为什么人们说人生得一红颜知己足矣。迄今为止,我还没有见过比她更美的姑娘呢。当时,她长发飘飘……'

"'好了、好了,别撒狗粮了。注意,我还是单身呢。'我有些生气地打断了他。

"'哦,我忘了。我不应该说这些故意让你妒忌的。赶快找一个女孩约会吧,要不太孤单了,可以学学我的经验。'说完,他就哈哈大笑起来。

"几天后,我又接到他的电话。这一次,吴建似乎很紧张。

"我问他:'这次又是什么事啊?'

"他紧张地问我:'王天冰约我到她租的房子看看。我一个人去,有些紧张。这个星期天你有时间吗?能和我一起去吗?'

"我说:'嗯,星期天有空。'话一出口,我就后悔了。突然间,我意识到我把大多数的宝贵时间都浪费在他和王天冰身上了,自己的生活却没时间打理,想着有些不平,于是我改口道:'你为什么老让我搅和你和王天冰的事儿呢?为什么老是星期天?我本打算这周日玩《英雄联盟》呢。'

"吴建在电话的那边劝着我:'哎呀,待在宿舍多无聊啊,到王天冰那儿才有意思。'

"我抓住这个机会,和他讨价还价,想占一下他的便宜,就说:'好吧,我陪你去王天冰那里,不过有什么好处呢?我的时间可不能白白地浪费。'

"吴建爽快地说:'我请你吃饭。'看样子,为了让我和他一起去王天冰那里,他愿意做任何事。

"星期天下午,吴建和我按约定一起到了王天冰住的公寓。王天冰果真很阔绰。你不知道她租的那个公寓有多么豪华,她说每月的租金是2000兹罗提。公寓内有浴室、厨房,还有两间卧室。我看到在她的桌子上,摆放着十五束左右的鲜花,有红色的、黄色的、粉色的、紫色的、白色的,还有双色的。她的房间收拾得很干净,米黄色的墙上挂着一个大中国结,还有一些中国山水画。她打开电脑,给我们放了一些古典音乐。之后,她又拿出一些干果让我们吃。

"她还告诉我们,她曾在国内学过萨克斯。吴建感叹要是可以亲耳听到她吹奏萨克斯该是一件多么享受的事情。王天冰不言语,只是神秘地笑了笑,接着从柜子里拿出一个盒子,说她把萨克斯带到了波兰,她现在就可以为我们吹奏一曲。我和吴建连忙拍手叫好。她就为我们吹奏了萨克斯王子肯尼·基的古典音乐《回家》。那音乐如同天籁般美妙,就连我这个音乐盲也被这乐曲深深地打动,觉得整个灵魂都被净化了。吴建在一旁听得如痴如醉,更夸张的是我看到吴建眼里竟隐隐闪烁着泪花。

"王天冰吹奏完毕,吴建在那儿使劲儿地鼓掌,还说他觉得萨克斯是最美妙的乐器,是乐器中的王子。

"王天冰问吴建为什么觉得萨克斯是乐器中的王子,她似乎对吴建简单的评价不满意,期待吴建说更多的细节。

"我悄悄地为吴建捏了一把汗,我以为吴建那么说只是为了讨好王天冰,他对音乐也是八窍通了七窍,然而我错了,恰恰相反,那哥们真的很懂音乐,还有一些精辟的见解。记得他和王天冰谈了很多古典西洋音乐,还有什么巴赫、莫扎特、海顿,我听不懂他们说的具体内容。我只是模糊地记得吴建说当他听王天冰吹奏《回家》的时候,他觉得内心无比平静,如同风平浪静的海面一般宽广。吴建说他喜欢这首浪漫、深沉、流畅的乐曲。他之所以喜欢萨克斯,是因为他觉得萨克斯有时候像一个满腹才华的吟游诗人,有时候又像一个多情风流的才子,时而忧郁深刻,时而慷慨洒脱。王天冰这次满意了。她削了一个苹果,举止亲密地喂到了吴建嘴里。看着他们在我面前卿卿我我,一点都不避讳的样子,我感到浑身不自在,觉得自己就像个电灯泡。"

周晟讲完了。教室里是一阵可怕的安静与沉默,凌萱这才意识到教室里只剩下她和周晟两个人。凌萱记得小的时候,她也为吴建唱过歌,然而吴建似乎不那么在意,更没有感动到流过一滴眼泪,为了让凌萱高兴,只是客气地笑笑,夸赞她几句。落花有意,流水无情。看来,吴建对王天冰的爱要比她想象的还要深。

"凌萱,在想什么呢?"周晟看到凌萱呆在那儿,两眼无神的样子,有些担心。

"没什么,我回宿舍了。"凌萱努力地朝周晟挤了一个微笑,想告诉周晟不要担心,她一切都好。

"你怎么了?如果想哭的话,就哭出来吧。不要有所顾虑,你的秘密在我这儿是安全的。"周晟安慰道。

"没什么,我很好。你以后可不可以继续告诉我他俩之间的故事?"凌萱用尽量平淡的语气问道。周晟看到凌萱眼里满是自虐和折磨。

"什么?你还想知道他们的事儿?你疯了吗?这不是往自己心里捅刀子吗?"周晟有些心疼,厉声对凌萱说,"我告诉你这些是想让你对吴建死心,不想再看到你继续往火坑里跳了。"

"行了。我不要你告诉我怎么做!"凌萱大喊道。周晟有些吃惊,盯着凌萱,也闭上了嘴巴。然而,话一出口,凌萱就开始后悔了,她忙道歉道:"对不起,我不该朝你乱吼乱叫。"

"没关系。"周晟无奈地笑了笑,也站了起来,"我会继续给你讲他们的事的。不过,现在我得走了。"

二十

公交车终于来了。凌萱上了车,一个人闷闷不乐地站在公交车里,心情跌到了谷底。她看着窗外来来往往的车辆和行人飞驰而过,内心一片空白。突然,她听到有人在后面叫自己的名字,仿佛从梦中清醒,扭头一看,只见赵汀笑眯眯地站在她身后。赵汀身穿一身黑色的大衣,戴着一条大红色的丝巾。

"你咋啦?怎么看上去失魂落魄的呀!"赵汀笑嘻嘻地和凌萱打招呼。

凌萱强颜欢笑道:"没什么。"

"对了,圣诞节你打算怎么过啊?"赵汀换了一个话题问道。

"我打算和索尔一起去趟布拉格。"凌萱回道。

"布拉格,太棒了!布拉格是个美丽的城市,而且你是和外国朋友一起去,那更有意义了。祝你旅途愉快!"赵汀真诚地说道。

"你觉得捷克人怎么样呢?"凌萱问道。

"其实我对捷克人的印象不是那么差。比如我问路的时候,还是有很多捷克人愿意帮忙的。当然问路也是有窍门的,我们要会一点相面术,学会判断眼前人愿不愿意帮助我们,还有这个人可不可靠。像我问路的时候一般只问那些路上牵手走来的恋人,因为一般恋人都急切地希望给彼此留下好印象,他们会更愿意帮忙,我们就可以充分利用他们这样的心理。"赵汀接着说。

"谢谢你的宝贵信息。"凌萱说。

凌萱和索尔准备明天就起程去捷克游布拉格。晚上,凌萱忙着在网上搜索布拉格的相关文化背景还有各种旅游攻略,以及捷克的历史,以便更深入地了解捷克的文化,真正地从旅行中学到知识。凌萱惊奇地发现,斯拉夫文化正是古罗马大帝国的后继国,东斯拉夫文化是东罗马-拜占庭文化,而西斯拉夫文化则是拉丁文化。捷克还被德国人称为波西米亚。捷克是斯拉夫的叫法。

"索尔,我查到布拉格有很多好玩的地方。"凌萱扭过头来,对躺在床上吃巧克力冰激凌的索尔说。

"是啊,对明天的旅行好期待啊!我还想去布拉格歌剧院看芭蕾舞剧《天鹅湖》。"索尔四肢舒展地平躺在床上,两眼盯着头顶的天花板说。融化了的冰激凌滴在了索尔的衣服上,她用手擦了一下,坐了起来。

"当然了。我也想看芭蕾舞剧。"凌萱和索尔一拍即合。

"好,那我们就再买两张歌剧院的票！今天咱们得早睡。明天早上4点就得出发了。"索尔双眼闪着光。

"好的,晚安。"

二十一

华沙淅淅沥沥地下了一夜雨,第二天清晨的时候,空气有些潮湿,但给人一种清爽的感觉,如果把头探到窗外,可以看到此时此刻的华沙是座多么安静的城市!街道两旁的路灯微微地亮着,光秃秃的树枝在风雨中轻轻地摇曳。万花筒一般的世界一下子被这雨水滤掉了多余的颜色。街上的行人很少,这时的街道没有白天的嘈杂,给人感觉整个世界变得干净简单起来,周围只剩下自己关心的人——爱人、亲人和朋友。

索尔和凌萱起了个大早,收拾好了行李,就急匆匆地跑下楼,准备赶去往捷克的第一趟车。没想到的是,她们下楼来到大厅里,竟然看到金正半仰半躺地坐在沙发上打盹,好像他已经在大厅里待了好长一段时间了。

"嗨,正。"索尔蹑手蹑脚地走过去,冷不防地拍了一下金正的肩膀。金正猛地打了个激灵,立刻睁开了眼睛。

"你在这里做什么?"索尔看着金正有些憔悴的脸,问道。

"啊,昨天你在网上跟我说,你们两个准备坐波兰长途汽车去布拉格,你还说这是你们第一次坐波兰长途汽车,我有点担心你们找不到车站,那个地方很偏僻,我就想着送你们到车站去。"

"谢谢你这么早起来送我们。"索尔很高兴,甜甜地笑着。

"哈哈,你们要谢我的地方还多着呢。"金正笑道,接着,他从书包里拿出了两个食品袋,递给索尔和凌萱一人一个,"汽车上会发早餐,不过汽车上的面包太硬,我怕你们吃不惯,昨天我就给你们买了这些。哦,对了,这儿还有一本导游小册子,是我当时去布拉格的时候买的,希望对你们有所帮助。"

"谢谢你!"凌萱和索尔齐声谢道。

"甭客气。"金正高兴地说。

金正、索尔和凌萱三人一起急匆匆地走在清晨的雨幕中,外面天还没亮,大街上几乎空无一人,但有金正在她们身边,凌萱和索尔一点也不担心。一路上,金正和索尔说说笑笑,笑声回荡在空旷的大街小巷里,在雨声中更加清晰。凌萱觉得很舒服,和朋友们一起走着,背着旅行包,仿佛感受到了生命的脉动和青春的力量。一时间,凌萱没有了忧愁和烦恼,只有兴奋和激动。

"索尔,和你说实话吧,我昨晚一晚上都没睡踏实,怕早上 4 点起不来,误了事儿。怎么样,我够伟大吧?"金正拍着胸脯骄傲地说道。

"什么,你一晚上都没睡?"索尔睁大眼睛问道。

"对,我一晚上都在大厅里待着。看,我都有黑眼圈了。"金正指着自己的眼睛说道。

索尔听了非常感动,她看着金正的眼睛,真诚地说:"真的非常感谢。"

金正欣然接受了索尔的感谢,也没有说什么"不客气"之类的话,而是一副理直气壮的样子。接着他转向凌萱用汉语问:"你怎么想到和她一起去布拉格呢?"

"因为她是我的好朋友。"凌萱坚定地回答道,然后反过来问他,"那你呢?你又是为什么这么早送我们?"

"因为……因为,我有些不放心。"金正有些腼腆地回答道。说实话,他还是不太愿意承认自己对索尔的关心。看着他们这样,凌萱有些着急,希望金正可以快点正视他对索尔的感情,千万不要辜负这个善良的韩国姑娘。

"你在华沙待了这么长时间感到寂寞吗?"凌萱又问道。在华沙的中国人很少,国外的同学又太独立,因而凌萱平时不免感到有些孤独。

"不寂寞,每天和这个没心没肺的傻丫头在一起,我怎么会感到寂寞呢?"金正边说边撩了一下索尔的头发。

"不要碰我!你们在说什么呢!"索尔听到凌萱和金正一直用汉语聊天,有些生气,噘起了嘴。

"哈哈。看到你和索尔在一起这么快乐,我真的很开心。我真心希望你们之间的爱情可以早日开花。如果你可以把她娶回中国,那样毕业后,我就可以再次见到索尔了。"凌萱真诚地说道。

"也许有一天,我会这样做的。不过在做这个决定之前,我得考虑很多事情,做好一切该做的准备。"金正若有所思地说道。

"你还等什么呢?"凌萱听得有些着急了,她觉得两个人只要相爱,就不应该考虑太多,她希望金正可以尽快地对索尔做出承诺。

"你们两个到底在说什么呢?"索尔听不懂金正和凌萱的谈话,有些着急,瞅了瞅金正,又看了看凌萱,说道,"你们都不会说英语吗?"

"他在说你真的很漂亮!"凌萱笑着解释道。

"真的吗?"索尔对这个回答很满意,笑了笑,也没有太过追究细节。

"这就是长途汽车的汽车站,我们到了。"金正指着前方的站牌,说道。

在汽车站里,有不少旅客在等车。这里鱼龙混杂,有些旅客干脆睡在了地上,有的情侣拥抱在一起,卿卿我我,还有一些无家可归的醉汉手里拿着伏特加,梦游般地游荡着。这时,一个光着膀子满身都是文身的男人朝着电话尖叫,索尔有些害怕,紧紧地靠着金正,而金正则像骑士那样保护着她们。

"汽车再有五分钟就到。"金正看着屏幕上的时刻表,说道。

汽车终于来了。凌萱看到前方一辆双层红色豪华车缓缓进站,看上去很舒适,也很宽敞。凌萱和索尔对视了一眼,比较满意。

"你们赶快上车,一定要抢第一层中间那个有桌子的座位,那儿的空间比较大。"金正嘱咐道。

"可我得先把包放在汽车的后备厢。"索尔说。

"不用担心,这个交给我,我帮你放。"金正敦促着她们赶快上车,索尔就把她的包留给金正,和凌萱上了车。

金正把索尔的包放到汽车的后备厢后,就在汽车外站着,透过窗户看着车里的索尔和凌萱,朝她们挥了挥手。索尔很想下车和金正道别,可是司机怎么都不让她出去,索尔有些抓狂,就瘫坐在座位上,生着闷气。看索尔这样,凌萱突然有了个主意,她建议索尔给金正打电话。"好主意!"索尔的眼睛再次有了光,她忙拨通金正的电话,敲了敲窗户,透过车窗对金正说,"谢谢你,正。司机不让我们出去了,只好这样和你说再见了,谢谢你!"

金正站在车外,对着电话说:"很乐意效劳。祝你们旅途愉快!"

二十二

　　大约十个小时的漫长旅程后,凌萱和索尔终于抵达布拉格。一路上,很多人问她们来自哪个国家。"中国。""韩国。"凌萱和索尔一齐回答道。一下子听到两个不同的答案,大家都感到有些奇怪,他们用诡异而好奇的眼光打量着她们,仿佛面前的这两个女孩也是世界上几大奇迹之一。这时,凌萱和索尔既感到骄傲,又有些尴尬。她们骄傲的是,两个人的感情可以足够深厚,彼此有足够的信任,愿意结伴去另一个陌生的国家探险,探索这个世界的奥秘;她们感到尴尬的是,很难向其他人解释清楚她们之间的关系,其他人也很难理解她们,因为他们一辈子都不知道跨国友谊是什么,大多数的人对来自另一个国家或者另一种文化的人很排斥。于是,为了避免不必要的解释,凌萱和索尔决定当别人问她们国籍的时候,俩人直接回答来自亚洲。

她们离开华沙的时候,天正下着雨,而到了布拉格后,天空异常晴朗。这里非常暖和,虽然是冬天,但是阳光明媚、温暖,竟然给了凌萱在春天的错觉。

"Dzien dobry!(您好!)"

她们到了信息服务台,咨询到旅社的路线,出于习惯,索尔竟用波兰语和工作人员打起了招呼。

工作人员笑了,没有答话。凌萱提醒一旁还在迷雾中的索尔道:"这是捷克,不是波兰,你刚才说的波兰语。"

"对不起。"索尔脸唰地一下通红,"我想问一下怎么可以到背包客青年旅社呢?"

"你可以坐25路公交车,在零售商店那里购买车票。"工作人员回答道。

"谢谢!"索尔笑着感谢道。

她们走出了信息咨询室,在附近的零售商店里买了车票,很快上了电车。欧洲古老的电车在布拉格飞驰着,凌萱觉得在欧洲坐电车有一种古老情调。在电车上,凌萱激动得心扑通扑通跳。她仔细观察着电车里的捷克人,看上去他们要比波兰人长得瘦小一些,也灵活很多。凌萱对捷克人的第一印象是,他们要比波兰人更开放,因为凌萱在很多捷克人的眼里看到了火一样的眼神和不安分的表情。在电车上,很多情侣公然黏在一起,卿卿我我。突然,凌萱想到了著名作家米兰·昆德拉所写的《不能承受的生命之轻》,里面就有很多关于捷克人人性和性的大胆描写。说实话,凌萱来这里的另一个原因是,布拉格是她喜欢的大作家卡夫卡的故乡,因而凌萱很想揭开捷克神秘的面纱,更多地了解这个艺术的国度。

索尔和凌萱终于找到了背包客青年旅社。她们寄存了行李后,准备出发。

"你今晚想做什么呢?"索尔问道。

"晚上我想看看查理大桥。"凌萱说,"我查到查理大桥是历史上的一座著名的大桥,它跨越了伏尔塔瓦河,始建于公元 1357 年,是在国王查理四世的主持下修建的。我很想看看这座桥周围的夜景。"

"好了,好了。萱,你说得让我好紧张啊,我感到压力好大。"索尔有些不悦地说,"千万不要和我说必须看什么,那样我会受不了的,我只想毫无负担地轻轻松松地玩耍。"

"索尔,一定要去查理大桥啊!"凌萱坚持道。

"好吧。或许我们可以先从前台那儿询问一些信息。"索尔说。

她们下了楼。前台站着一个年轻漂亮的捷克姑娘,她头发蓬松地绾了一个发髻,穿着性感的黑色 T 恤。凌萱她们还没有过去,捷克姑娘就远远地朝她们笑着,和她们打起了招呼,拉长了声音说:"您好,有什么需要我帮忙吗?"

"我们想知道布拉格有什么好玩的地方。"索尔问。

"哦,布拉格可是一个非常了不起的地方!"捷克姑娘用非常夸张的语气说道,"在这里你一定会不虚此行,尽情享受吧!出了这家旅社,向右转,你们会看见一个公交车站。乘 25 路公交车可以到老城区。那里有圣诞市场,非常热闹,有很多好玩的东西,你们可以吃到捷克特色巧克力面包圈,喝热酒,吃烤猪肉,等等。还有,在老城区你们可以吃到煎饼和烤牛肉等美食,老城区还有很多捷克特色的餐厅,你们可以大饱口福。对了,在布拉格啊,千万别忘了喝一杯捷克啤酒,捷克啤酒也是捷克的一大特色啊!哈哈……"

"太好了!"索尔激动得不得了,想到可以在布拉格各种玩乐,索尔眨了眨眼,双眼闪着兴奋的光。

"打扰一下,我们在哪里可以看到查里大桥呢?"凌萱打断了她们的谈话,问道。听到捷克姑娘介绍了布拉格一大堆玩耍的去处,却没有介绍可以观光的旅游景点,凌萱不免有些失落。

听凌萱这么问,捷克姑娘觉得有些扫兴,也许她和索尔想得一样,认为旅行就是要吃喝玩乐,尽情享受,人生苦短,要及时行乐,而不是从生命中去感悟什么。捷克姑娘懒洋洋地指着地图,漫不经心地说:"哦,在这里。你可以从老城区往这边走,城堡区就在这个桥的后面。"

"谢谢。"凌萱说。

"我们一定要在圣诞市场吃面包圈,好吗?"在电车上,索尔一直不停地问着凌萱,希望得到凌萱肯定的回答。

"好的,好的。那我们也一定要去看查里大桥。"凌萱和索尔讨价还价道。

"好吧。不过,我宁愿在圣诞市场多玩一会儿。"索尔有些无奈。

她们终于到了老城区。因为是圣诞节,所以广场上比往常更热闹。在广场上走着,看着蜂拥而至的游客和广场上的各种美景、美食,凌萱觉得自己穿越到了古罗马时代。一路上,凌萱看到广场上有各种魔术表演、耍杂耍的街头艺人,还有音乐家、吟游诗人,还有儿童乐园、小吃摊、圣诞市场,等等。广场周围的树木都挂上了彩灯,把夜晚的布拉格照得灯火通明,仿若童话世界。这一切的一切都与周围巨大古老的历史建筑交错在一起,现代和古典交相辉映,增添了布拉格的文化底蕴。凌萱和索尔一起小心翼翼地走在鹅卵石街道上,觉得布拉格是一座非常典型的欧洲城市,精致而古典。

"我太高兴了,萱!"索尔激动地跳着,"哇,在这里一定要买个巧克力面包圈,这是布拉格的一大特色,我一定要吃一个,我一定要买一个!"

"我也很高兴。"凌萱微笑道。她环顾四周,觉得周围的一切都是视觉的盛宴,只不过凌萱的开心和索尔的略有不同,她高兴是因为她感到历史、文化的熏陶。

突然,凌萱听到了钟声。她看到成群的人蜂拥到一座哥特式的建筑前,凌萱看到建筑的顶部有一座巨大的天文钟。人们都仰着头,翘首企盼着下一刻的钟声。凌萱一边凝望着这座天文钟,一边拽着索尔到天文钟底下,感到自己的内心有抑制不住的兴奋:"索尔,过来,看,天文钟!天文钟响了!"

和其他人一样,凌萱挤在人群身后,抬头虔诚地望着这座天文钟,聆听时间的声音,满脸都是崇拜与敬畏的神色。

"我不知道你为什么觉得听这钟声有意思。什么天文钟,不就是一个有骷髅的大表吗?我觉得这钟声和我们学校附近教堂的钟声没什么两样,我宁愿多吃几口巧克力面包圈。"说着,索尔狠狠地咬了一口巧克力面包圈,"天啊,味道美极了!你也应该尝一尝。"

看着索尔贪婪地吃着巧克力面包圈的样子,凌萱突然有些鄙视索尔,觉得索尔就是一个只知道吃喝玩乐、不懂得文化美的俗气女孩,她竟然如此无知,说这件伟大神圣的艺术品是一件枯燥乏味的废品!这也是她认识索尔这么久以来第一次很生索尔的气,觉得索尔有些冥顽不灵,有一点后悔和她一起出来。索尔没有觉察到凌萱的心理变化,一边吃巧克力面包圈,一边真诚地赞叹着美食。凌萱在一旁看着一脸天真的索尔,体会她溢于言表的喜悦,不由得心软了。凌萱暗暗地叹了口气,她明白每个人都是不同的,她不能要求索尔和她一样,喜欢她喜欢的东西,如果那样,那么索尔就不是索尔,而是凌萱了。至于索尔,她只想快乐,因而她就快乐地活着,像天地中的一个自由的精灵,而凌萱则希望索尔可以优秀。索尔有时候和凌萱开玩笑说,优秀的人不一定快乐,而她只要快乐。凌萱没有反驳,但凌萱知道只有自己优秀了自己才会快乐。

如果问凌萱为什么会觉得这个天文钟美,钟声又有什么奇特的地方,她一时也说不出什么门道,她只是被人类伟大的智慧和优美的艺术所深深地震撼着。凌萱对这些历史古迹的感情,也就是她对美和知识的崇拜。她一直深深地迷恋这些神秘的异域文化。凌萱非常喜欢著名作家雨果的《巴黎圣母院》中评价建筑的句子:"建筑是伟大的表现人性的一本书,体现着人们不同发展阶段生活状态的一种主要方式。"无论作为一种力量还是作为一种智慧,不同的年代、不同的文明都有着不同风格的建筑,记录了人们当时的生活风貌,这也是历史的面孔。凌萱知道这些古建筑对她的影响,就是美给她的力量,让她更加崇拜生活与生命。

"在布拉格不吃巧克力面包圈,你会后悔死的。"索尔瞥了一眼还在望着天文钟发呆的凌萱,有些不满地说道。

"好吧。"凌萱点了点头。在索尔的劝说下,凌萱决定尝一尝这个巧克力面包圈。

凌萱看到厨师把一根大粗棍裹上了面团,然后把面团放在火上烧烤,之后又在面团外裹上了一层糖和坚果,最后在面团里注入巧克力。

凌萱接过巧克力面包圈,试着咬了一口。

"味道怎么样?"索尔屏住呼吸,急切地问道。

凌萱又大大地咬了一口巧克力面包圈,她幸福地闭上了眼睛。

"怎么样?"索尔催问道。

"太好吃了!"凌萱长长地感叹道。

"嘿嘿……我就说过你该尝一尝的。"索尔自信地说。

凌萱笑了笑,果真一点都不后悔买了这个巧克力面包圈,也很感激索尔。她看着手里的巧克力面包圈,真的没想到欧洲人也可以做出这样的美食。她又看了看一旁美滋滋的索尔,明白了索尔关注的重点和她所关注的是不同的。她喜欢美丽的事物，索尔喜欢美丽的人；她关注的是艺术，索尔关注的则是生活。

凌萱这么想着，没注意面包圈里的巧克力化了，流了下来，滴在了她的衣服上，而且嘴上脸上都糊上了巧克力。

"哈哈……看看你的样子，太搞笑了，你的嘴一直在漏食物！"索尔在一旁大笑着，一边说一边掏出了手机，给凌萱抓拍了一张照片。

"不要！"凌萱想把手机抢过来。

"我要把它放到互联网上。"索尔准备把这张照片放到Facebook（脸书）上。

看到索尔果真要把照片放到网上，凌萱着急了，情急之下，一把夺过索尔的手机："不要，赶快删了。"凌萱瞥了一眼网页，突然她的脸色变得苍白。在Facebook上，王天冰刚发了一条动态。王天冰放了一张吴建在风雨中紧紧抱着她的照片，上面还配着文字"巴黎很冷，但是人心很热"。一刹那，凌萱觉得自己所有的好心情一下子消失殆尽。

"怎么啦？"看到凌萱的脸色瞬间凝固了，索尔有些担心地问道。

"没什么。"凌萱撒谎道。

"干吗？不要破坏旅行的好心情。咱们一起去查理大桥吧。"索尔拉起凌萱就走。

二十三

沿着马路走了将近两个小时,凌萱才感受到河面上吹来的夹杂着湿气的晚风,她们终于到达查理大桥。

"哇!"凌萱情不自禁地惊叹道。她不敢相信自己的眼睛,觉得眼前的一切都不是真实的,而是一幅印象派的油画。深蓝色的夜幕下,城堡在远处时隐时现,一座古老的绿色大桥横跨在黑色的长河上,河面上时不时地划过几艘游艇,游艇上亮着黄色的灯。河岸边亮着一排排暗黄色的路灯,忽明忽暗,灯光反射在水面上,河水变得波光粼粼。

"哇。太美了!"凌萱和索尔屏住了呼吸。

清爽干净的晚风抚摸着凌萱的脸颊,她在晚风中大口大口地呼吸着。索尔也非常激动,在岸边转了几个圈。凌萱下了台阶,走到了河对岸,蹲了下来,张开双臂,想要拥抱这个美丽的夜晚。

突然,凌萱想马上飞奔到查理大桥上,于是站起来,不顾一切地疯跑着,就好像在沙漠里苦苦跋涉了好多天的寻宝人突然发现了埋藏了很久的宝藏那样兴奋。索尔在后面小跑跟着。到了桥上,站在人群里,凌萱突然又停了下来,环顾四周。

即使是在晚上,桥上依然有许多游客。凌萱偶尔可以听到有人用汉语喊:"过来,过来,我要在这里拍照。"许多人从她的身旁走过,那些年轻、美丽的面孔也从凌萱眼前一闪而过,逐渐消失,最终记忆也变得模糊起来。突然,她有一种奇怪的孤独感——这么多游客当中有不少是中国人,他们面对面走着,四目相对,擦肩而过。

"哇,看,那有画人体肖像的。"索尔兴奋地说道。

凌萱只是瞥了一眼那些画家,随口应着"嗯,太好了",却把目光投在画像背后的雕塑上。凌萱情不自禁地走上前去,惊奇地发现这座雕塑竟然是圣约翰·奈波穆克①的雕塑。凌萱忍不住用手指轻轻地摸了摸那个青黑色的雕塑沧桑的表面,一瞬间觉得她的指尖滑过了关于圣约翰·奈波穆克所有的故事,似乎圣约翰·奈波穆克的一生出现在她的眼前,包括女王约翰娜的供述和圣人的死。

"你在看什么呢?"索尔走了过来,"摸这些石头干吗?"

凌萱觉得索尔真是块木头,竟然诬蔑这座著名的雕塑——重要的历史文化遗迹是一块没有语言、没有内涵的大石头!

"这些雕塑很美。"凌萱发自内心地感叹道。

---

① 圣约翰·奈波穆克是一个有着无限荣誉的大胡子牧师,一个非常传奇的历史人物。

"美是美,但是枯燥乏味,一点用都没有,不能吃也不能喝。"索尔评价道。

凌萱不想强辩,也就无视索尔的这句评价,继续仔细端详着这座雕塑。

看到索尔这么鄙视伟大的艺术,凌萱越想越气,她努力克制着心中的不屑与嘲讽,问道:"听你说你去了印度很多地方,对吗?"

"当然了,我在印度待了六年呀。当时,我是和一个女孩一起环游印度的。除了印度,我们还去了泰国呢。"

"那给你留下印象最深的是印度的哪个地方呢?"凌萱尽量用平和的语气问。

"嗯……"索尔努力回忆着,想说出一两个著名的旅游景点,却一点记忆也没有,她有些不好意思地笑着,极力维护自己的面子,说道,"我也没去专门的景点玩,我只是在街上随便游逛,不过我们尝遍了当地各种特色小吃。"

凌萱觉得自己已无话可说。

"不要生我的气嘛。我又不想成为什么学者或者研究木头建筑的专家,我只是关心现实世界里活生生的事情。"索尔为自己辩护道。

凌萱也没有责怪她。说实话,有时候她自己也很奇怪,她和索尔两个完全不同的人怎么会成为这么要好的朋友?

晚上,回到旅店后,凌萱发现她们住的五人间很幸运地只入住了她和索尔俩人。凌萱和索尔觉得很轻松自在。躺在床上,凌萱听到索尔在给她妈妈打电话。刚开始,她们的交流还很愉快,后来,索尔突然带着哭腔用韩语大喊起来。接着,她挂了电话,裹在被子里号啕大哭起来。

"索尔,怎么哭了?"凌萱问道。

"别问了。"索尔喊道。

"你没事吧?"凌萱有些担心。

"不要问了,别打扰我。"

"好吧。"

躺在床上,凌萱久久无法入睡。她满脑子都是王天冰在网上发布的那张照片,很想知道为什么吴建会在风雨中抱着王天冰,当时究竟发生了什么事,接着又是索尔的哭声,搞得她更加心烦意乱。凌萱想到了自己的父母,想起了临走前,爸爸对她说的话:"你一定要学会冷静地思考,做一个有担当对自己的选择负责的人。"现在,凌萱不禁有些困惑,未来充满着未知,如果说吴建不喜欢她,那么她来波兰的目的究竟是什么?

"萱,你醒着吗?"索尔问道。

"醒着。"

"你有兄弟姐妹吗?"

"我是家里唯一的孩子。"

"你和父母的关系怎么样?"

"他们对我太好了,好得都让我有些内疚。他们总是说为我感到骄傲,不过有些时候,我都不知道自己有什么值得他们为我骄傲的地方。"凌萱平躺在床上,回忆道。

"你的父母真好。在我家,我的父母总是想让我做一些大事,成为一个大人物,却从来不在乎我的感受。"

"父母都是一样的,他们对我的期望也很高。"

"可是我不需要他们的关心。在我还是个孩子的时候,他们就把我送到印度,一个人从小孤身在外,远离家人,我从来都没有感受过他们一点的关心。现在,他们却突然指手画脚地说我该干什么,又不该做什么。已经太晚了,我已经不需要了!"

凌萱沉默了,也不知道该怎么安慰她。

"对不起,我太激动了。"索尔情绪稍微稳定后,道歉道。

"没关系的。"

"萱,我们明天去歌剧院前一定要好好打扮一下。"

"嗯,好的。"

二十四

第二天正是圣诞节,上午,凌萱和索尔参观了城堡,晚上,她们一起去歌剧院观看了柴可夫斯基的芭蕾舞剧《天鹅湖》。凌萱觉得芭蕾舞是最美的艺术,一切语言都在舞蹈面前变得苍白无力。芭蕾舞者用脚尖跳舞,他们用最柔美的肢体语言讲述了一个简单感人又浪漫的童话故事:一个美丽的公主被施了魔法,变成了一只天鹅,王子爱上了她,想尽一切办法来解救她。他们一起经历了千难万险,伟大的爱情终于战胜了邪恶,两个人有了一个圆满的结局。

舞剧谢幕后,演员们向观众鞠躬,台下掌声经久不息。凌萱和索尔也站了起来,使劲鼓掌。芭蕾舞的第三幕给凌萱留下了最深的印象,也就是王子挑选新娘的舞会。在这场舞会上,凌萱还看到了欧洲其他国家的舞蹈,比如狂热的匈牙利舞、热情奔放的西班牙舞、塔兰泰拉风俗的那波里舞等,通过不同的舞蹈和服装,凌萱了解到了欧洲其他国家的民俗文化。

索尔和凌萱在公交车站等了将近半个小时,却没有看到公交车的踪影,凌萱开始担心公交车会不来了。突然,凌萱瞥见公交车站牌上贴了两张不同的公交车时刻表,一张是黄色的,一张是白色的。

"索尔,看这儿有两张公交车时刻表。"凌萱指着站牌说道,她感到非常困惑,"为什么黄色这张上面没有25路公交车。"

索尔瞪大眼睛,说:"什么?不可能吧。这么说,我们晚上回不去了?"她忙走过来,查看公交车时刻表,发现正如凌萱所说的,在黄色时刻表上没有25路公交车。索尔有些慌了,一下子不知道该怎么办:"真的没有呀,那我们该怎么办呢?"

这时,一个捷克人向她们走来。凌萱灵机一动,决定逮住最后的机会,上前问道:"您好,打扰一下,今晚有没有25路公交车呢?"

这个捷克人似乎不懂英语,他茫然地看着凌萱和索尔,不过看到凌萱指着站牌,似乎猜到了凌萱的意思,他指了指黄色的时刻表,又指了指白色的时刻表,然后点了点头,说了一长串捷克语。

"我知道了。他的意思是4路夜车和25路公交车是一样的!"索尔眼里闪了一道光,激动地说道。凌萱茫然地看着索尔,不知道她是如何得出这个结论的。

"快看,4路夜车来了,我们赶快上车吧!"话音刚落,索尔就冲入公交车内。凌萱没有办法,只得跟在后面,心里却对这么草率的决定隐隐感到有些不安。在公交车上,凌萱右眼皮一直跳着,一种不祥的预感袭来,她有些烦躁地看了看窗外。突然凌萱觉得有些不对劲,她看到窗外的景色和来的时候完全不一样,她出了一身冷汗。

"索尔,快点下车!"到了下一站,公交车停车时,凌萱一把把索尔拽下了车。

"啊!怎么啦?"索尔踉踉跄跄地下来,一脸茫然。

"方向反了!"凌萱叫道。

"啊?"

下车后,她们看到面前也有一座钢铁大桥,不过这次不是查理大桥,而是一座漆黑的钢筋混凝土建造的冰冷的现代大桥。

"我们现在在哪儿呢?"索尔看了看周围,绝望地说道,"太危险了,太危险了,离市中心太远了!"索尔很害怕,声音里带着哭腔。

凌萱点了点头,说:"我们坐错车了,到了旅社的另一个方向。"

"啊!那我们该怎么办?"索尔焦急地问。

这个晚上,布拉格的风刮得特别大,由于是圣诞节,大多数的市民都在家里和亲人们尽情地享受着天伦之乐,街上的行人寥寥无几,店铺的大门也早早关闭,到处一片漆黑和冷清。

凌萱努力让自己平静下来,深呼吸了一口,给自己打气,不要害怕,先解决问题。她看着前方不知道向哪个方向延伸的漫长公路说:"我觉得我们应该先穿过这座桥,然后到路那边的公交车站等车。"

"好吧。"索尔没有思考,她已经冷得瑟瑟发抖。

于是凌萱拉着索尔小心翼翼地朝大桥走去,这个地方看起来非常隐蔽,远没有市中心的繁华,大桥附近的房屋大多像是中国六七十年代建造的那种低矮朴素的平房,房顶和房门都布满了灰尘,好像很多年都没人住过一样,也没有翻新。这样简陋、漆黑的环境,更增加了凌萱她们的危险感。凌萱边走边产生了幻觉,担心从某个角落会突然蹿出一个歹徒,举着明晃晃的刀,问她们是要财还是要命,甚至想起了曾经听过的留学生在国外旅游被抢劫的故事。想到这儿,凌萱不禁打了一个寒战,然而她很快克制住自己,不去想这些不愉快、令人丧气的事情。

"我真的很害怕。"索尔在一旁不停地抱怨着,"我都可以听到我们的脚步声了。"

确实,大桥上空无一人,也没有一盏灯。月光下,凌萱觉得周围到处都是阴影,走在大桥上,心有余悸地听着耳边呼啸的风声,凌萱突然想起了小说《呼啸山庄》中的鬼魅。

"嘘。"凌萱想让索尔安静下来。索尔一直吵吵嚷嚷的,搞得她非常心烦。凌萱警觉地看着周围,生怕她们的说话声会被隐藏在某个角落里的危险分子听到。她一边走,一边看着周围,心里一直默默祈祷着,希望老天对她们仁慈一些。

"要是我们回不去该怎么办?太危险了。"索尔没有明白凌萱的意思,还说着丧气的话。她的声音在周围回荡着,清晰得刺耳。

凌萱心里划过一丝恐惧,如果她们真的迷路的话……凌萱又打了个寒战,忙回过神来,用意念遏制住这么消极的念头。虽然她努力振作起来,但是周围阴森恐怖,还是让她有意无意地受了索尔的影响。凌萱不停地说她们一定可以平安回去的,她知道现在她们一定要坚定信心,就像浩瀚沙漠中的旅行者那样，始终要笃信自己可以穿过沙漠，奇迹终会出现，更何况，到目前为止，她们还没有遇到真正的危险。

"不，我们一定可以回到旅社的，我可以保证。"凌萱一边拉着索尔往前走，一边给索尔打气。

她们终于下了这座大桥。"喂，你们也在等25路公交车吗？"突然，一个提着箱包的亚洲女孩上前和她们打招呼，"25路公交车怎么还不过来呀？"女孩看上去也很焦急，额头上布满了细细的汗珠。

"我们也迷路了。"索尔沮丧地说。

"你是哪里人？"这个亚洲女孩好奇地打量着索尔，眼里闪着光。

"韩国的。"

"我也是韩国的！"女孩激动地说。

然后两个女孩用韩语聊了起来。

凌萱看得目瞪口呆。

"她说她是刚从意大利来到捷克的。"索尔向凌萱用英语解释道。

"我的英语不好。"女孩用蹩脚的英语说。

"一个人吗？"凌萱问。

"对。现在韩国有很多大学生边上学边工作，等攒够钱后，就休学一段时间，独自一人到欧洲这边旅游，等毕业以后，他们会有更好的就业机会。"索尔解释道。

"是啊。"另一个韩国女孩说，"我已经出来一个月了。"

"哇，你好勇敢啊！"凌萱说，"一个人旅游，一定可以学到好多东西，思考好多。"

"嘿嘿,谢谢。既然我们都不知道该怎么走,那我就先给布拉格的朋友打个电话问问公交车的事儿。"女孩说。

"对对。"索尔和凌萱都焦急地等着回话。

"他说圣诞节晚上25路公交车不通车,我们可以转乘45路公交车,45路公交车和25路走同样的路线,每三十分钟一趟。"女孩解释道。

"谢谢了。"索尔深吸了一口气。凌萱也觉得一颗心终于落到肚子里,这下她们安全了。

"你的英语说得真好。"女孩一脸崇拜地看着索尔,赞美道。

"谢谢,马马虎虎吧。"索尔笑着说。

她们三人在公交车站一起又等了二十多分钟,公交车终于缓缓驶来。

上了公交车,凌萱瞬间浑身暖和了,她很感激这来之不易的温暖。看到公交车里的捷克人互相友好地握手,说着"圣诞快乐",凌萱突然有一种莫名的感伤。

"索尔,那个女孩似乎很佩服你可以讲一口流利的英语。"凌萱安静地看着索尔说道。索尔正坐在凌萱的后面,查看着自己的手机。

"是啊,是啊,在韩国,会讲英语的都会被高看一眼。"索尔用平淡又疲惫的语调回答道。

在外面流浪了三个小时之后,她们终于回到了旅社。

二十五

凌萱永远不会忘记和索尔一起去布拉格的那个晚上,这次旅行让凌萱感触颇多,让她觉得自己的与众不同,也微微地感到一股沧桑感。人们都说旅行是肉体和灵魂的双重修炼,凌萱每天累得筋疲力尽,回到旅社倒头就睡。

凌萱回到华沙的第一件事就是给周晟打电话,询问他巴黎的行程。

又一次,凌萱和周晟在越南餐厅里碰面。说实话,凌萱并不是非常青睐越南食物,但比起西餐,越南饭菜毕竟还是亚洲食物,更符合凌萱的胃口。

"在布拉格玩得怎么样?"一见到凌萱,周晟就焦急地问,"你和索尔玩得还愉快吧?和外国人一起旅行习惯吗?你们之间有文化差异吗?"

"哈哈,玩得还是蛮开心的。"凌萱笑道,"就是有一点遗憾,韩国女孩喜欢晚上出去,早上起不来。所以,我看到的大多是布拉格夜景。"

"哦,是有些遗憾啊。"周晟皱起了眉头。

"不过总体都很好。"凌萱嫣然笑道,很感激周晟这么关心她。

"那就好。我喜欢这个美丽的韩国女孩,替我和她打个招呼吧。"周晟夹起了一根面条,边吃边笑道。

"周晟,你的巴黎之旅怎么样?"凌萱看着兴高采烈的周晟,小心翼翼地问。

"啊,说实话,我不喜欢巴黎。"周晟有些遗憾地说,"巴黎虽然很适合观光,有着悠久的历史文化,算是座现代与古典并存的城市,但是不适合长久居住,除非你非常有钱。旅游的时候,看到巴黎的物价,我们三个如同落汤鸡一样狼狈,每天都精打细算,想着如何穷游。"

"太不容易了。"凌萱有些难过地说道。

周晟说:"这次旅行后,我下决心要好好学习,争取早日成为一名富有者。"

凌萱笑着点了点头,然后犹豫地说:"周晟——"

"嗯,怎么了?"

"我在网上看到王天冰发了一张照片,天下着雨,照片上吴建正紧紧地抱着她。我很好奇当时他们发生了什么。"凌萱觉得自己的心马上要从胸腔里蹦出来。

周晟盯了凌萱好一会儿,叹了口气:"在巴黎的这五天,几乎天天下雨。出发之前,我们本以为巴黎会很暖和,就没有多带几件厚衣服,然而到了巴黎才发现天气很糟糕,每天阴雨连绵,搞得人心情很差。王天冰这次出来没有穿保暖的衣服和鞋子。我们在卢浮宫等车的时候,她冻得厉害,不停地打喷嚏。吴建担心她会感冒,就脱下了外套,搭在了王天冰的肩上。王天冰还是冷得瑟瑟发抖,吴建就干脆抱住了她。在旅店的时候,王天冰还一直抱怨,她的鞋子都湿了,第二天,吴建就在老佛爷百货公司花了 300 欧元给她买了一双皮鞋。"

凌萱平静地听完了周晟的讲述。

"凌萱,你还好吧?我是不是有些残忍,给你讲了这么多细节?"周晟看到凌萱面无表情,猜不出她心里在想什么,有些担心。

"OK 啦。"凌萱努力笑着,随后她喝了一口蔬菜汤,觉得味道有些寡淡。

"真的吗?"

"真的。"

听完周晟的讲述,凌萱当然很不开心,却没了以前的心痛。凌萱对自己平静的内心有些吃惊,心想这是不是意味着她对吴建的痴迷狂热开始减退了?

二十六

"期末考试前,你们需要做一个关于某个国家金融市场的案例研究。展示的内容要包括一个国家的金融体系、股票市场、中央银行和股票市场指数,等等。要求你们每两人一组。注意了,这个案例研究占期末成绩的30%。"教授说道。

"这个案例研究有什么特别的要求吗?"美国男孩安泰问道。

"有,你们不能只背诵网络百科上的内容,也不能念笔记。我最讨厌学生抄袭了,学术就是要有自己的看法,尤其是学国际关系,必须有自己的意见,不能人云亦云。如果我发现你们展示的时候,这么讲'美国联邦储备体系可以被定义为……',或者用了连你们自己都不知道意思的生僻词,发音都不准确的话,对不起,这门课就不及格了。"教授一脸严肃地说。

"那我们可不可以自己选择搭档呢?"一个犹太学生问。

"这个不能谈判,你们必须无条件地接受我的安排,我已经给你们每个人都分好了组。"教授带着有些诡异的微笑说道,似乎她有意这么安排,等着看她的学生们在她的随机安排下会唱什么好戏。

凌萱觉得有些揪心,不知道自己会和谁分到一组。她听到安泰和周晟分到了一组,一个白俄罗斯女生和一个俄罗斯小伙分到了一组。拉杰什有些抗议自己和一个来自伊朗的男生分到了一组。

"凌萱。"教授终于提到她的名字,凌萱的心猛地跳了几下。

"在。"她举起了手。

"对不起,我的发音不好,希望叫对了你的名字。古泽英夫。"教授接着说道。

"在!"古泽英夫高高地举起了手,从他的声音里可以听到抑制不住的兴奋。同时,他扭过头,一脸坏笑地朝凌萱做了个鬼脸。凌萱的心沉了下来。

"你们俩一组。"

凌萱觉得自己的心跳停止了。古泽英夫却满脸得意。

"凌萱。"古泽英夫嬉皮笑脸地走了过来。吴建和周晟都扭过头看着古泽英夫。古泽英夫没有理睬其他人,继续咧嘴朝凌萱道:"打扰了。你现在有时间没?我们一起讨论一下我们的展示怎么样?"

"好。"凌萱点了点头。

他们朝图书馆走去,在图书馆底层的空座椅上坐了下来。

"我们的案例研究是关于德国的,关于德国,我想我们可以按教授提示的那样,分四个部分讨论,我建议比如从德国的金融史、中央银行、股票市场,还有股票指数这几个方面讨论。你有什么意见?"古泽英夫提议道。

凌萱点点头说:"我没有其他意见,就从这几个方面讨论吧。"

"好!"古泽英夫咧嘴笑着,同时他眉飞色舞地瞟了凌萱一眼。凌萱觉得有些火大,假装没有注意到这些。

"你想做哪个部分的展示?"古泽英夫问道。

"嗯,我想做德国金融体系的概况和历史。"凌萱平淡地说。

"可以。刚才教授说我们下周四就要在全班面前做展示了。这个星期天我会完成我的那部分,然后发邮件给你。你也不必太着急,下周三之前完成就可以了,然后发给我。"古泽英夫说道,他面带微笑,露出了一嘴洁白整齐的牙齿。

"好的。"凌萱笑笑。

"我应该比你更熟悉德国和德国的金融市场。如果你需要帮助的话,尽管和我说。"古泽英夫怪声怪气地强调着,看到凌萱一脸吃惊的样子,他补充道,"我甚至还可以帮你准备材料,如果你愿意的话。"

"不用了,谢谢。我自己可以的。"

凌萱听了,恨得咬牙切齿,对古泽英夫原有的厌恶感再次冉上心头。凌萱觉得自尊心被深深地伤害了,古泽英夫这么和她说话,显然很小瞧她,觉得她什么都干不了,只能等别人的施舍。凌萱恨不得马上证明自己能把这个狂妄自大的日本人比下去,不过她没有把这种想法写在脸上,只是轻描淡写地说:"我做完后发给你。"

"好啊。"古泽英夫又咧开了嘴。

宿舍里,凌萱扎在书堆里,开始查找各种资料。

"你在干什么呢?"索尔从外边回来,看到凌萱在电脑旁一动不动,有些兴奋地猜测道,"你在看色情电影吗?"

"什么色情电影?我在查找资料呢!我马上就得做一个关于德国金融市场的展示,现在是在做准备。"

"哦,那就不打扰你了,我出去了。"索尔找金正一起去参加派对。凌萱看着索尔的背影,心想如果自己也和索尔一样,天天去参加派对,及时行乐的话,那么她一定会找不到自己了,于是摇摇头,继续看书。

晚上11点索尔回来的时候,凌萱依然没有睡觉。

"萱,还在刻苦呢?11点了,你今天是疯了还是'打鸡血'了?"索尔打了个哈欠。

"你先睡吧,我今天就是熬夜也得完成PPT。"凌萱边关灯边说。

"行,那我先睡了。"

夜非常静,除了索尔的鼾声,凌萱可以清晰地听到窗外寒风呼啸的声音。幸好屋里暖和,凌萱心想。终于敲完了最后一个字,凌萱打了个哈欠,伸着懒腰,虽然很累,但心里很高兴,心想这个PPT还是可以挫一下古泽英夫的锐气的。古泽英夫收到这份邮件后会有什么样的表情呢?凌萱闭上眼睛,想象着古泽英夫的八字眉滑稽地拧在一起,满脸失望,小丑般地摇着头说"no no",凌萱越想越开心,差点发错了邮件。她抬头看了看表,已经凌晨1点了。

第二天,凌萱和古泽英夫在美国官员弗兰克·A.罗斯讲授的国际安全与弹道导弹防御的讲座上再次见面。凌萱坐在周晟他们后面,古泽英夫则坐在她的身后。听说弗兰克·A.罗斯是美国的一位重要官员,能听他的讲座,凌萱非常兴奋,因为她很想了解美国的外交政策。而且她更想知道美国政府官员要如何回答学生们的提问,尤其是来自那些被美国军事干预国家的同学,比如利比亚同学的提问。

果然有来自中东的同学问弗兰克·A.罗斯,怎么看待对利比亚的干预和对中东发起的战争。弗兰克·A.罗斯拒绝回答这个问题,说因为这个问题和他今天的讲座无关,这位同学可以问美国政府……

这时凌萱发现弗兰克·A.罗斯是一个容易紧张的人,讲座的时候,他的面部一直紧绷着,很少笑。更有意思的是,他常常用手扶一扶闪闪发光的眼镜,还在桌子底下摇着腿。

"你们还有什么问题要问吗?"弗兰克·A.罗斯又问道。

凌萱想了一下,举起了手,说:"您好,我来自中国。我的问题是,为什么美国不容许土耳其购买中国的导弹呢?"

再一次,凌萱瞥见弗兰克·A.罗斯坐在那里紧张地抖动着他的双腿。

对于罗斯的回答,凌萱听得昏昏欲睡,这些政客真是满嘴谎言,他们明明害怕中国在国际上的影响力会越来越大。

"你的问题很尖锐。"出乎凌萱意料的是,听完讲座后,古泽英夫朝她竖起了大拇指。

"谢谢。"凌萱一愣。古泽英夫没有离开,似乎想和她说些什么。这时,凌萱突然想起了昨晚的成果,她的嘴角向上扬起,笑道:"我昨天给你发了 PPT,你收到邮件了吗?"

"收到了。"

凌萱有些得意地睁大眼睛,期待看到古泽英夫失落的反应,然而古泽英夫的嘴唇上下蠕动着,似乎很想说些什么,又不知道如何开口。在一阵沉默中,凌萱觉得心乱跳着。过了好一阵儿,古泽英夫才说:"我看到了你的邮件,你是凌晨 1 点发过来的!亲爱的,以后千万不要再熬夜了,那样对身体很不好。"

凌萱一怔,没有想到古泽英夫会如此说,虽然她还是不喜欢古泽英夫,但是她清楚地感觉到了一股暖流滑过心底。面对他突然的温柔,凌萱有些不知所措,甚至双颊有些发烫,不过她很快缓过神来,简单地说了声"谢谢"。

二十七

最近凌萱在苦苦练习烹饪。出国后,凌萱意识到每个留学生最好能习得一手好手艺。在国外常常会感到孤独和寂寞,这些都只是小问题,大多数中国留学生最深切的感受是,他们的中国胃到了晚上独处时会刺痛。吃上一两道中国菜,才可以感受到人生的乐趣,到了晚上才可以安心入睡。

中午,凌萱试着煮了番茄鸡蛋面,想让朋友鉴定一下她的手艺,而索尔恰好不在宿舍,她就决定让赵汀品尝一下,她已经好久都没有见到赵汀了。

凌萱正要进赵汀的房间时,刚好迎面碰上了从屋里出来的刘烨,只见他低着头,面色有点不悦。

"你好。"凌萱主动和他打招呼。

刘烨抬起头,看了看凌萱,只冷冷地点了一下头。

凌萱的笑容立刻从嘴边消失了,她压住怒火,出于礼貌问道:"你去哪儿啊?"

"健身房。"

说完,刘烨头也不回地走了,凌萱摇了摇头。

赵汀正坐在电脑旁流涕,显然她和男朋友吵架了。

"你说我没有把你放在心上,你有什么根据啊?你在台湾,我在华沙,相距万里,有七个多小时的时差,根本不可能指望对方长辔远驭。每天早上我起床的时候,你在午休。上完课,我累得精疲力竭,还得给自己做饭,你说哪能和你时时刻刻地聊天?晚上我才闲了下来,你已经睡了,你说这时候你愿意舍弃你的睡觉时间,陪我聊天吗?你说你孤独,那我就好过吗?你知道我是如何熬过漫漫长夜的吗?"赵汀一把鼻涕一把眼泪地哭诉道。

"你晚上可以和刘烨一起聊天啊。"赵汀的男朋友讽刺挖苦道。

原来,她的男朋友吃醋了,凌萱心想。

"那你也可以和台湾妹子说话啊,干吗找我?"赵汀反驳道,声音微微有些发颤。

"你知道你在我心中的地位,我是永远不会背叛你的。"

"那我呢?你觉得我会背叛你,和其他男孩远走高飞吗?我在你眼里就是这样的人?"赵汀生气地说,"如果你这样想的话,我觉得我们没有继续下去的必要了,就放对方自由吧。"

"对不起,对不起。我蠢,我笨,我不理解你,一切都是我的错,不该惹你生气。"对方一下子慌了,立刻放下了自己"爷们"的尊严,开始恳求赵汀原谅。

"你怎么就一点都不在乎我的感受呢?"赵汀还在哭。

"我错了,对不起,我不该这么胡搅蛮缠,我再也不会唱这样的戏了。"

凌萱把煮好的面条放在赵汀的桌子上,在一旁耐心地等待着。这对恋人隔着屏幕四目相对,彼此沉默了很长时间,然后赵汀说:"好吧,这次我就原谅你。我不希望有下一次。"

"我保证,绝不会了。"

终于,他们结束了谈话。赵汀站了起来,用湿毛巾抹了一把脸。

"你和男朋友吵架了?"凌萱小心翼翼地问。当赵汀转过身的时候,凌萱看到赵汀的眼睛哭得红肿。

"是啊。"

"别生气难过了。"

"其实,吵架也是一种交流的方式。如果我们之间存在问题,就需要解决问题。他和我吵,最起码我明白他在想什么,我是在生刘烨的气。刚才,我和我男朋友视频聊天的时候他不敲门就进来了,让我男朋友误以为我们的关系有多么亲密似的,他这才吃醋的。"

"哦,我煮了番茄鸡蛋面,想让你尝尝,鉴定一下我的厨艺合不合格。"凌萱指了指放在桌子上的面,接着她有些遗憾地说,"就是凉了。"

"对不起,辜负了你的一片心意。"赵汀端起面条尝了一口,啧啧赞叹道,"嗯,真的很不错,太谢谢了!"

"真的吗?"凌萱有些意外。

"真的。"

"啊,那就好,我太高兴了。"

"凌萱,你可不可以帮我一个忙?"这时,赵汀犹豫了一下。

"可以啊。帮什么忙呢?"

"你能不能帮我把这个手表还给那个刘烨?我刚才视频聊天的时候,他放在桌子上的,我还没有来得及还给他,他就走了。我觉得你给他比较合适。"

"为什么是我呢?"凌萱有些尴尬地问。

"因为我觉得你是少数他可以瞧得起的人之一。"

二十八

回到宿舍后,凌萱绞尽脑汁想该如何把手表还给那个骄傲的刘烨。她想了各种方案,演练了好多遍。"赵汀让我把这个还给你。"不过她还是感到很难为情,不知道该如何对刘烨说,也不想掺和他们之间的事。

巧的是,几天后,凌萱在公交车上碰到了刘烨。

"你好。"凌萱和往常一样,主动打招呼。

"你好。"刘烨冷冷地说,之后他再次陷入了沉默。

见状,凌萱决定在还刘烨手表之前,让他学会尊重她,于是便试着找一些刘烨可能感兴趣的话题说道:"昨天,我在网上读到了一篇关于著名间谍菲尔比的生平故事的文章,他是英国人,是剑桥大学的一名高才生,后半生却沦落成了酒鬼,他的人生好悲惨啊!"

这时,刘烨抬起头,看了看凌萱。凌萱不由得心中一喜,这是他第一次注意她,凌萱为自己的判断力感到有些扬扬得意,果不其然,刘烨对她说的话题感兴趣。

刘烨却表示不赞同凌萱的看法,仿佛他早已熟知这个故事一样,说:"这一点都不奇怪,很多间谍都是从一流大学毕业的,比如哈佛、耶鲁等大学还专门有社团,就是搞情报工作的,这些人大多是学校的精英。"

"好吧。"凌萱耸了耸肩膀,一时间想不出接下来该说什么。

几分钟的沉默后,刘烨主动说话了:"看那边婴儿车里的小孩,可爱吧?我去过世界上很多国家,觉得波兰的小孩是国外小孩中最可爱的。"

"这儿的小孩确实很可爱,不过我可能有脸盲症,我觉得国外的孩子小时候长得一样,都很可爱。"凌萱看到那个淡粉色的婴儿车里,一个婴儿正在酣睡。

"我觉得波兰女人也长得可美了。"刘烨评论道。一般情况下,波兰女士窈窕纤细,都化着烟熏妆,给人高冷迷人的感觉。凌萱曾经在网上看到,说波兰的女士在化好妆前,绝对不会出门。

刘烨补充说:"金发美女。"

凌萱不得不承认,波兰姑娘们确实很美,她们优雅、甜美。不过凌萱认为不同国家和地区的美女有着不同的魅力,觉得一些来自中东或者北非的美女,比如约旦王后拉尼娅和埃及艳后克利奥帕特拉七世,都是才貌双全、举世无双的大美人,她们的美如同一团魅火,勾人心魄。

"嗯,但你有没有发现,她们的头发是金色的,眉毛却是黑色的?"凌萱盯着一个金发美女说。

"我也一直在想这个问题,也许她们染了头发没有染眉毛,也许因为她们身体的不同部位有不同的色素,所以眉毛和头发的颜色就不同了。"刘烨哈哈大笑起来。凌萱也跟着哈哈笑起来。

"你要去哪儿呢?"凌萱问。

"我要去图书馆。我准备写一篇论文,需要查找一些文献资料。"

凌萱想请教一下他关于国外学习生活的感悟,于是问道:"你有没有觉得大国家的同学要比小国家的同学更开放些,小国家的同学一般都比较内敛呢?"

"举个例子,你的大国家和小国家指的是什么呢?"刘烨问。

"大国家比如德国和法国,德国人、法国人比较开放。"

刘烨不以为然地笑笑,说:"我觉得这不是开放与不开放的问题,而是关于国家实力的问题。就拿中国来说吧,改革开放前,中国人和外国人说话的时候可没有今天这样自信,现在就不一样了,我们可以骄傲地挺直自己的腰板。一个国家的综合实力可以让一个国家的公民自信起来。"

凌萱又不知道该如何接话了。

"这只是我个人的想法,我觉得每个人都是不同的,当然一个人性格的形成,环境也是一个重要因素,但我们不能否认,人人都不同,不能粗糙地下定义。"

"对头。"凌萱干笑了几声。

凌萱觉得刘烨对她没了以前的鄙视和疏远,他们之间的关系也柔和了下来。她想到了赵汀给她的使命,于是从书包拿出了那个手表盒,递给了刘烨。一看到这个手表盒,刘烨的脸变得煞白。

"她让我还给你的。"

刘烨没有立刻接过手表盒,脸色非常难看地在那儿站着。凌萱有些尴尬,就把手表盒塞到了他的手里,然后准备下车。

"她还说了什么?"刘烨在后面突然问道。

"没说什么了。"

这时车停下来了。凌萱下了车,离开的时候,她回头看了一眼,看到刘烨依然盯着手表盒发呆。凌萱摇了摇头,叹了一口气。

二十九

今天凌萱要和古泽英夫一起做关于德国金融市场的案例研究的展示。早上,她披上外套,准备去教室的时候,电话响了,一看是古泽英夫打来的。

"你好。"凌萱礼貌地说。

"萱,你需要打印展示的材料吗?"古泽英夫问道。

"我还没到学校呢,去学校还有一段时间,要是再去图书馆打印的话,怕来不及,很可能会迟到。"凌萱很不好意思地解释道。

"没关系,我现在正在图书馆打印室。如果你需要的话,我把你那份资料一块打印出来。"电话那一头传来古泽英夫的笑声。

"好的,那就麻烦你了,谢谢。"凌萱感激地说,"那我去教室后,再给你打印费。"

"可以,可以。"

凌萱到了教室的时候,古泽英夫还没有回来。她便开始提前看起了《发展经济》这本书,正看到发展中国家的特征时,隐隐感觉到有股热气吹来,吹得她的脸颊发热。凌萱抬起头来,看到古泽英夫正站在她面前气喘吁吁。他坐下来,笑着把一沓资料递给了凌萱,说:"这是你的资料。"

"谢谢。我得给你多少钱?"凌萱边说边掏出了钱包。

"哦,不……不需要给我钱,一切都是免费的。图书管理员没问我要一分钱,因为我给他打了半小时的工。"

"你在开玩笑吧?"凌萱盯着古泽英夫问。

"我是认真的。"古泽英夫故作严肃地说,"事实上,我是从来不会和钱开玩笑的。"

"哦。那就谢谢你了。"凌萱知道他在撒谎,不过还是很感激,觉得一阵暖流涌上了心头。

在金融课上,凌萱和古泽英夫配合得很默契,做了一个非常精彩的展示,博得了全班同学的阵阵掌声。吴建和王天冰讲的关于中国金融市场的案例研究也给同学们留下了深刻的印象,他们的课件别出心裁地用了富有中国文化特色的模板,赚足了眼球。凌萱猜这可能是吴建的主意,因为从认识他的时候,他就一直很有创意,不过王天冰略有逊色,由于紧张,她的声音一直在发颤。周晟被安排和美国男孩安泰一起做关于美国金融市场的案例研究。凌萱惊奇地发现,周晟的英文口语突飞猛进,果真是"士别三日,当刮目相看",人的潜力是无限的。

课后,吴建和王天冰手拉手一起出了教室。凌萱看了他们一眼,继续收拾书包。

古泽英夫突然出现在凌萱面前,说:"今天合作得默契!"凌萱扭头,看到古泽英夫依然咧着嘴笑着,"我们的展示很成功。"

"是啊!"凌萱也笑道。她突然有种奇怪的感觉,觉得这个日本人的笑容不再那么让人讨厌了。

古泽英夫兴奋地说:"我觉得我们的案例研究是最成功的。对了,你还记不记得我说过我很了解德国?其实我说的是实话,小时候我曾随父母在德国待了三年,我还会讲一些德语。"

"你会说德语?"凌萱有些惊讶,因为碰巧她也会讲一些德语。

"当然了。"古泽英夫扬着眉毛说。

凌萱和古泽英夫一边聊着,一边往教室外走去。

"我也懂一点德语,在中国我学的二外就是德语。不过,现在忘得差不多了,我可以听懂别人说什么,自己讲不好。"凌萱莞尔一笑,说道。

"真的吗?嗯,要不这样,我们做个游戏吧。我用德语问你一些问题,你用英文回答,咱们看看你是不是在吹牛皮。"

"我才没有吹牛皮。好吧,你随便问吧。"

"你家有几个孩子?(Wie viele Kinder gibt es in Ihrer Familie?)"

"就我一个。(One.)"

"你想要几个孩子?(Wie viele Kinder möchten Sie selbst haben?)"

"我不知道。(I don't know.)"听到这个问题,凌萱的脸唰一下红了。

"你以后愿意在其他国家生活吗?(Wollen Sie auch in anderen Ländern in Zukunft leben?)"古泽英夫越来越起劲,一个问题接着一个问题,越来越涉及凌萱的隐私。

"看情况啦。好了,够了!够了!你都问了些什么问题!(It depends. Ok. That's enough! What kind of questions you are asking!)"凌萱意识到古泽英夫在窥探她的隐私,忙打断了他。

"不要发火!"古泽英夫泼皮般地笑着,说,"好吧。问你最后一个简单的问题,你平时喜欢干什么,你有什么兴趣爱好呢?(Was tun Sie in Ihrer Freizeit gerne?)"

"看动漫。(Watching animation.)"凌萱不假思索地回答道,"尤其是喜欢看你们国家的动漫,大师宫崎骏是我的偶像,我几乎看了他所有的动漫作品。"

"真的吗?你竟然喜欢看日本动漫?那太好了!跟你说,动漫是日本的一个大产业。当然了,日本生产了大量的动漫,大多数都是经典动漫,但不乏垃圾动漫,比如日本的色情动漫有一些小孩子接吻,或者一些床上的裸体少女等情节,我就不喜欢这种类型的动漫,觉得它们毁了日本动漫产业的形象。不过政府舍不得禁止这种类型的动漫,因为这是一条很大的产业链,涉及很多权钱利益。"

凌萱睁大眼睛看着古泽英夫说:"你也喜欢动漫吗?"

"当然喜欢了,我也是个动漫迷。我最喜欢的动漫电影是《意外的幸运签》,里面有些台词对我影响很深,诸如'人是由许多种颜色组成的,有些是明亮的颜色,有些是灰暗的颜色,而人们自己都不知道自己究竟属于什么颜色,因而我们最好要活在五彩缤纷的当下'。我常常品味这句话,觉得真好,人自己是什么颜色并不重要,重要的是开心地活着。"

"我也最喜欢这部动漫了。"凌萱很高兴遇到了与自己有相同兴趣爱好的朋友,平日里和其他人谈到日本动漫的时候,别人都不感兴趣,有种对牛弹琴的感觉。想到这儿,凌萱的嘴角不易察觉地扬了起来。古泽英夫瞬间觉察到了凌萱脸上的喜悦,心里一喜,抓住机会说:"凌萱,你看,既然我们有相同的爱好,那我们就是好朋友喽?"

凌萱微微犹豫了一下,还是点了点头。

"既然我们是好朋友,你可不可以告诉我你有没有男朋友?"古泽英夫看着凌萱结结巴巴地说。

"嗯。"凌萱有些害羞了,她没有想到古泽英夫会这么问,也从来没有和其他男生公开讨论过关于男朋友的问题,一时有些慌乱,犹豫了一下,说道,"没……没有。"

"那你能不能告诉我,那天你在走廊里朝你帅气的中国朋友大喊大叫,发生了什么事?"古泽英夫异样地兴奋和激动,面部紧张地绷着,"告诉我吧,反正我们现在都是好朋友了。我一定会替你保守秘密的。"

"啊,这么多说辞啊?好吧,之前我喜欢他,但他不喜欢我。就这么简单。"凌萱干脆地回答道。

"呀,那就太遗憾了。"古泽英夫故意拉长了声音说,尽管他用的是同情的语气,但脸上是遮挡不住的喜悦,他双眼发光,心里如释重负。

"其实我觉得这也不一定是件坏事,有句话说'旧的不去,新的不来'。我有一个建议。"突然古泽英夫停顿了一下,想着如何组织语言,"要不这样,你做我的女朋友怎么样?以后由我来保护你、照顾你吧!"古泽英夫凝视着凌萱,他的眼里有一团压抑的火苗。

"不要开玩笑了。"凌萱笑着说道。

"不,我是认真的。"古泽英夫一脸严肃地说,"凌萱,其实我一直想告诉你,从见到你的第一眼起,我就喜欢上你了,我觉得你应该也是知道的,然而你一直对我很冷漠,不给我任何接近你的机会。对我来说,你总是可望而不可即,我觉得我再也不能压抑我对你的爱了,我现在正式向你表白,我喜欢你,请给我一个爱你的机会。"

"你开玩笑的吧,如果你喜欢我的话,就不会老嘲笑我了。"凌萱微怒。

"唉,我之所以取笑你,只是为了引起你的注意。"古泽英夫慌忙解释道,"如果你愿意的话,今后我可以对你像蜜一样甜的。"

接着是一阵沉默。

"好,我也不要你马上就给我回复,如果做不了你的男朋友,希望我们还可以是朋友,我可以在你身边支持你、保护你,与你共同度过华沙大学这两年的美好时光。无论你愿意,还是不愿意,我在华沙的日子与你紧紧地连在了一起,你在我心中永远有个位置。"古泽英夫深沉地说道,看到凌萱一时愣在了那儿,没有回复,他再次用平时戏谑的语气说道,"对了,这个星期天你有没有时间?我们一起出去游玩怎么样?"

"但是,古泽英夫……"凌萱有些犹豫地说,"你不知道,我从小就认识吴建了,我们一起长大,让我彻底忘了他可能需要很长时间。"

"哈哈……"古泽英夫大笑了几声,"这个不是问题,我非常有耐心,我可以等。"

三十

坐在公交车上的凌萱回想着古泽英夫的表白,觉得自己的生活再次成了一个浪漫的童话,现在她的心好像被放在了阳光下,浑身暖暖的。一位头戴一顶鲜绿色帽子、穿着时髦的波兰老太太上了公交车。车速很快,老人佝偻着身子,在公交车上跌跌撞撞地站着。凌萱看到车上的座位已满,就主动站了起来,给这位老人让了座。"谢谢!"波兰老太太朝她微笑,凌萱也回以微笑。

凌萱觉得她的快乐仿佛有感染力似的,上楼的时候,她主动和遇到的每位同学打招呼,其他同学也跟着高兴。凌萱很感动,虽然他们的语言不同、习俗不同,但是彼此报以简单的微笑,就可以交流无碍。有时,微笑就是一座巴比伦塔,可以通向天堂,那里没有战争,没有人间的疾病、饥饿与冲突。

凌萱迫不及待地回到宿舍,想和索尔分享自己的喜悦,没想到开门时却看到了一幅非常奇怪的场面,只见金正紧紧地握着索尔的手,似乎在恳求着什么,索尔则是涕泪涟涟。

"对不起,索尔。对不起,我真的不能离开你。你对我来说真的非常重要,我的生活不能没有你,没有你我会无聊死的。"

凌萱心跳加速,她很害怕索尔会断然拒绝金正,她一直希望索尔和金正的爱情可以修成正果。凌萱很喜欢索尔,她希望索尔可以嫁到中国来,这样以后她们就有机会再次相见。

索尔终于停止了抽泣,哽咽道:"好吧,我答应你。"站在门口的凌萱松了一口气。

"那么我现在可以正式邀请你约会了吗?我可以成为你的男朋友了吗?"金正的眼里闪烁着激动和喜悦。凌萱暗暗地为他们高兴。

"行,好了,好了,萱在看着呢!你就像个孩子一样。"索尔有点羞涩地说。

"哈哈。你们这是演的哪一出啊?"凌萱觉得很有意思,故意大声说道。

"明天见,亲爱的。我爱你。"金正鼓起勇气,在索尔的额头上轻轻一吻。

"再见,凌萱。"已经走出门的金正突然想到他还没有和凌萱说再见,忙回身补充道。

"再见,演员先生。"凌萱在后面笑着。

送走了金正后,索尔回到宿舍,坐在床上,凌萱依稀看到索尔眼里噙着泪水。

"索尔,发生什么事了?"凌萱坐到她旁边,笑嘻嘻地问。

"金正和我明天就要正式约会了。"索尔把这个消息告诉凌萱,看起来索尔也松了一口气。

"我等这一天好像等了一个世纪那么漫长。他终于向你表白了。"凌萱躺在床上,鼓掌叫好,她对这个结果很满意。

"对呀。"索尔笑道。

"这个周日,我准备和古泽英夫一起去老城区玩。"凌萱突然说道。

"那个日本人?"索尔惊讶地问道。

"是的。"

"等等,这个星期天吗?"索尔问。

"是啊,有什么不对吗?"凌萱一脸疑惑地问道。

"你傻啊,那天是情人节!"索尔大声道。

接着,凌萱就把古泽英夫向她表白的事告诉了索尔。

三十一

星期天,按照约定的时间,凌萱准备下楼和古泽英夫碰面,这时她的电话响了,是周晟的电话。

"你好,情人节快乐!"凌萱心情很好,接起电话对周晟说。

"谢谢。你今天有时间吗?我有重要的事向你汇报,跟你说,最近吴建和王天冰之间发生了一件大事。"电话那边传来周晟焦急的声音。

"今天?恐怕不行。改天怎么样?一会儿我和朋友有约。"

"你今天有约会?"电话里传来周晟近乎尖叫的吼声,"和谁?"

"这不是约会,我就是出去玩一玩。这个人你认识的,咱们班的同学,古泽英夫。"

"那个日本人啊!"电话那边突然传来周晟的大笑声,"一定要小心啊,日本男人很危险……"

"你胡说什么呢,干吗这么扫兴?"凌萱生气地打断了他,她看了一眼手表,说道,"现在没有时间了,下次见面和你说。"

"那吴建的消息呢?"

"先在你那放着,完了我找你。"

在楼下,凌萱看到了古泽英夫。古泽英夫今天看起来格外精神,似乎还特意打扮了一番。他身着蓝色大衣、黑色宽松牛仔裤,脚穿一双深蓝色运动鞋,他还换了发型,看起来很帅气,又不失绅士风度。凌萱不由得眼前一亮,发现古泽英夫长得真不难看。

见到凌萱,古泽英夫很开心。

"你的发型真不错,很帅,有男人味。"

"谢谢,你喜欢就好。我可是特意为你换了发型的。"古泽英夫带着一脸坏笑说道,"喂,你知道今天是什么日子吗?"

"星期日啊。"凌萱假装不知情。

"你是故意气我的吧?还是假装不知道?"古泽英夫有些着急,他走到凌萱跟前,侧着身子,在她耳边低语道,"今天是情人节!"

"那有什么区别呢?"凌萱故意板着脸,反问道。

"区别嘛,如果是情人节,你会收到一个礼物,看——"接着,如变戏法一般,古泽英夫从身后拿出一盒心形巧克力,递给凌萱,"这是给你的。"接着他静静地看着凌萱,满眼都是希冀的神情,希望凌萱可以欣然接受这个礼物。

一时间,凌萱迷失在古泽英夫专注的眼神里,觉得他眼里有很深沉很美丽的东西。但是,她还是没有立刻接受这份礼物。

"这盒巧克力味道很棒的。"古泽英夫笑着说。

"那么,我就不客气了。"凌萱轻快地说,接过了巧克力。她觉得心里有点慌乱,怕伤了古泽英夫的心,因为她看得出古泽英夫非常希望她可以接受这份礼物。

"太好了!"古泽英夫摘下围巾,往空中一抛,哈哈大笑起来。

情人节这天,华沙大街上的行人很多。因为春天的到来,天气渐渐回暖,凌萱觉得心情也越来越好。凌萱感受着和煦的阳光触摸着自己的肌肤,特别舒适。道路两旁的商店里也是熙熙攘攘的,很多商品都打折出售。有些商人还穿着卡通服装,推销着他们的商品。街上摆着的鲜红的玫瑰花,散发着迷人的幽香。一对对情侣手牵着手,甜蜜地走在大街上。

"看,那对老夫妇多么恩爱啊!"古泽英夫指着不远处的一对白发苍苍的老夫妇,说道。

凌萱顺着古泽英夫指的方向看去,看到前面一对佝偻着身子的老夫妇,紧紧地牵着彼此的手,步履蹒跚地走着。他们的头发已花白,腿脚也很不利索,但看起来很幸福。他们扭过头的时候,凌萱可以看到他们脸上挂着惬意的微笑,那笑容非常平和,他们相依相偎,感受着半生的眷恋和幸福。凌萱出神地盯着这对老夫妇,觉得他们就如同一部黑白电影里的男女主角,讲述着平凡却又感人的半世爱恋的故事。

"你不觉得这样一起白头是一件非常幸福的事吗?"古泽英夫的声音似乎很遥远。

"当然了。我觉得这是世界上最浪漫的事。"凌萱说道,她仿佛刚从梦中醒来,朝古泽英夫笑着说。突然,一个念头在凌萱脑海里闪过,她说道:"我们跟在他们后面吧。"

"什么?"

凌萱示意古泽英夫不要问太多的问题,就悄悄地跟在了这对老夫妇后面。凌萱现在不想多说什么,觉得所有的言语都是多余的,会毁了这份宁静。

古泽英夫明白了凌萱的意思,于是两个人就蹑手蹑脚地跟在老夫妇后面,同时小心翼翼地和他们保持一定的距离。

这对老夫妇突然在前面的一个小摊前停了下来,老奶奶在老爷爷耳边低声说了些什么,老爷爷凝视了老奶奶一会儿,然后朝她笑笑。老爷爷走到小摊前,和摊主说了些什么,之后摊主递给了老爷爷一个很大的心形粉红色气球,老爷爷接过气球后,乐呵呵地把它递到了老奶奶手里。老奶奶接过气球后,却松开了绑在气球上的绳子,气球瞬间腾空升起。老爷爷和老奶奶就在阳光下,彼此搀扶着,一起凝视着空中缓缓上升的气球,满脸幸福。看到这一幕,凌萱的双眼不由得湿润了。

"不要这么多愁善感了。"一旁的古泽英夫注意到了凌萱眼里的泪水,想逗她开心,"看看周围,看看其他好玩的东西,我们已经到了老城区的广场了。看,那些人在滑旱冰呢!"古泽英夫指着广场上滑旱冰的人们说。凌萱看到周围有很多人穿着旱冰鞋飞驰而过,如同踏着风火轮一般,羡慕得不得了。

"你想滑旱冰吗?"古泽英夫看到了凌萱眼里的渴望,问道。

"当然想了。我最喜欢滑旱冰了。"凌萱的目光追随着从她身边飞驰而过的人们说道。

"你看,我带了什么?"古泽英夫立刻从他的包里"变"出了两双旱冰鞋。

凌萱对这一切毫无准备,她傻傻地盯着这两双旱冰鞋问:"哇,你怎么知道我要滑旱冰的?"凌萱觉得古泽英夫就是一个魔法师或者预言家,可以算出她心里的想法,"你又是怎么算到我们会来广场的?"

"我知道关于你的一切。"古泽英夫哈哈大笑,"别说了,快试试吧。"

凌萱感激地笑了笑,迫不及待地穿上了旱冰鞋,站稳后,小心翼翼地迈着外八字步,在广场上慢慢地滑了起来。看到古泽英夫也笨手笨脚地穿上了旱冰鞋,她哈哈大笑起来,于是加快了步伐,跑了起来,不想被古泽英夫赶上。此时此刻,凌萱觉得自己就是一只快乐的小鸟,在美丽的春天里滑翔着,感受到无限的自由。然而,古泽英夫要比她娴熟得多,没过一会儿就从后面赶了上来。

"噢,噢!"古泽英夫一边滑着旱冰,一边吹着口哨。

"凌萱,"突然古泽英夫靠近了她,大笑道,"你滑得真慢。把手给我,我们一起滑吧。"

凌萱把手递给了古泽英夫,古泽英夫开始带着凌萱在广场上旋转起来。凌萱突然觉得这个世界变得不再真实,她似乎在舞厅里和一位异域王子翩翩起舞。

突然,古泽英夫放慢了速度。他弯下了膝盖,把凌萱拉近到他的身边,又弯下腰,想把凌萱背起来。就在这时,古泽英夫的旱冰鞋磕到了广场的一块石头上,顺势,两个人都失去了平衡,摔倒在了地上。

由于他们都穿着旱冰鞋,两个人怎么都站不起来,古泽英夫就爬到了附近的座椅旁,扶着椅子,好不容易挣扎着爬了起来,之后他脱掉了旱冰鞋,把凌萱也拉了起来。凌萱也脱掉旱冰鞋,开始大口大口地喘气。两个人就这么你看着我,我看着你,几分钟的沉默后,突然大笑起来,古泽英夫更是笑得前仰后合。

"我们真笨啊!"凌萱大笑着说。

"你没事吧?"古泽英夫关心地问道。

"没事。你呢?"

"我很好。"

他们还是笑个不停。

"我有点饿了。"过了一会儿,凌萱瞅着街上的小吃,说道,"我想吃烤面包。"

"好的。"古泽英夫就在小吃摊买了两个烤面包。

"嗯,真好吃。"凌萱叹了口气,"真希望明天早上还能吃上这个!"

古泽英夫笑了起来,说:"你喜欢这个烤面包呀。太好了,我也很爱吃。"

他们在外面整整疯玩了一天,两个人都开心得很,凌萱更是感到少有的放松。坐车回宿舍的时候,凌萱突然有了一个想法,她问古泽英夫:"日本人也过情人节吗?"

古泽英夫扬起了眉毛,用一副很难读懂的表情看着凌萱,反问道:"你觉得呢?"

"我不知道。所以我才问嘛。"

"其实,日本人不喜欢过情人节,尤其是日本女人。她们很头疼过这个节日,因为一般情况下,情人节这天,都是女人给男人送礼物。比如日本女性会给男人们买很多很多的巧克力,这也是她们社交的一部分,所以这一天也被称为'人情节'。在公司里,人们通过互送礼物来扩大人脉。"

"这么说,你有些后悔送我礼物喽?"凌萱反问道。

"没有,没有,从来没有。"古泽英夫哈哈大笑。

三十二

和古泽英夫在一起的时光短暂而又甜蜜。因为珍惜,所以每一天都过得十分充实。凌萱有时候想是否可以和老天讨价还价,这样时光就可以慢下来,她可以有更多心情去沉浸式地感受。一晃一个月就这么过去了。这一天,凌萱要做《人、国家与战争》一书中关于战争形成的第三个因素的展示了。她起了个大早,准备早点赶到教室。

奇怪的是,起床后,凌萱发现索尔不在。凌萱不知道索尔一大早干什么去了,索尔一向是个夜猫子,喜欢熬夜,还喜欢睡懒觉。凌萱出门后就锁了门,把钥匙留在了前台,这时,她收到古泽英夫的一条消息。

"凌萱,早上好。你在去学校的路上吧?祝今天的展示成功。"

凌萱情不自禁地笑了,她合上手机,觉得很感动。

春日的阳光让一切开始慢慢升温,坐在公交车里,凌萱有些小感伤,在华沙的日子,虽然岁月静好,却很令人难忘。

凌萱来到教室的时候,古泽英夫已早早地坐在教室里。他朝凌萱挥了挥手,示意到他的身边来。凌萱稍微有些尴尬,但还是红着脸,在古泽英夫旁边坐下。

古泽英夫从包里掏出一个食品袋,递给了凌萱,说:"打开看看里面是什么。"

凌萱有些好奇,就打开了食品袋,惊奇地看到里面有一个香喷喷的烤面包,这烤面包和昨天她在老城区吃到的烤面包一样。

"你昨天说今天早上还想吃这个,所以我就早早去那里给你买了一个。"

古泽英夫的体贴细心深深地触动了凌萱。凌萱也不知道该说什么,只是发自内心地笑着,她仔细品尝着面包,觉得味道特别美。

"谢谢。"凌萱低声说。

"不客气,你喜欢就好。"古泽英夫笑着说道。

这时周晟也进了教室。"嗨。"他和凌萱打招呼,凌萱朝他莞尔一笑。周晟看着凌萱,期待着她问问题,但是凌萱把昨天周晟给她打电话的事忘得一干二净,看到周晟还站在她旁边,似乎有话要说的样子,不禁有些困惑,但怎么也想不起来该和他说什么。周晟一下子就明白了凌萱没有把昨天的话当回事,也就笑笑走开了。他似乎松了一口气,但微微有些感伤:一方面,他很高兴凌萱从吴建的阴影里走了出来;另一方面,他为自己感到有些惋惜,一直以来他总是在为别人做嫁衣。

王天冰和吴建相继来到了教室,但是凌萱没有注意到他俩并不是一起来的。

这时教授保罗来了。"大家好,今天我们讨论《人、国家与战争》中战争形成的第三个因素。让我们欢迎中国学生凌萱给大家介绍一下这个问题。"

凌萱走上了讲台。座位下面那些平时有些瞧不起中国学生的外国同学窃笑着,还有一些在交头接耳,凌萱不免有些紧张。当她看到古泽英夫和别的同学不一样,而是正襟危坐,仿佛期待着一场重要的演讲时,凌萱备受鼓舞,深呼吸了一口气。

"战争形成的第三个因素是国际混乱的体系。无政府状态是产生冲突的原因,因而战争不可避免。"凌萱自信地开场道。

"你可不可以告诉我们这一原则的应用有哪些?"教授问。

"嗯,书中提到有两种方式的应用,一好一坏。好的方面是为了更长远的利益,国与国之间应该相互合作,减少贸易壁垒;坏的应用是国与国之间寻求力量的均衡。"

"什么是力量均衡?"

"力量均衡就像是零和游戏。各国尽可能保持国际体系中的势力均衡。"

"你能解释一下什么是零和游戏吗?"

"就好像大伙一起分一块馅饼,有些人会受益,有些人必然会吃亏。我们得到的与我们失去的总是相等的。"

"说得好!"同学们肯定道。

凌萱做完展示后,古泽英夫使劲地鼓掌。看到凌萱的展示如此顺利,吴建不由得暗自佩服凌萱。

"你的展示很棒。"凌萱没想到,下课后,吴建突然主动和她这么说。

凌萱一怔,却又不想和吴建多说话,只是冷淡地回了一句"谢谢",然后就走开了。吴建愣在那儿,想着凌萱脸上冷漠的表情,不免有些失落,他原地不动地站了一会儿,看着凌萱离开的背影。凌萱没有回头,吴建只能无奈地摇了摇头。

"做得好,你的展示非常出色。"课后,教授赞扬凌萱道。

"谢谢您。"凌萱听了非常高兴,心中不由得有些骄傲,起码教授的赞扬是对她的努力的一种肯定。

"我知道做这个展示对你来说难度非常大。"教授说。

"是有些难度,我本科学的是英语专业,国际关系的专业知识比较缺乏,所以有些时候,理解材料会很困难。"凌萱实事求是地说。

"但你已经知道一切了。"教授会心地笑着。

"谢谢。"凌萱脸上洋溢着喜悦。

"她是一个超女。"古泽英夫在一旁插话道。

"哈哈……"教授笑了起来。

"你打算一会儿干什么呢?有什么计划?"他们边往教室外走,古泽英夫边问凌萱。

"我想去图书馆借斯德哥尔摩国际和平研究所的年鉴看看。"

"就是国际安全教授第一节课上建议我们看的那本书?"

"对。"

"我非常喜欢那个教授,他不是一个一般的老师,讲得很好,人也很正直。"古泽英夫真诚地评价道。

"嗯,我也超喜欢他。"凌萱非常赞同古泽英夫,"他不仅很博学,上课严肃认真,而且人也很好,经常鼓励学生。上一次我和他说,我的梦想是成为一名作家,他说:'哇,太好了,那我们中间有望诞生一位诺贝尔文学奖的获得者了!'接着,他语重心长地教导我,'如果你想成为一名作家,就必须不断地学习、学习。出色的语言加丰富的经历才可以写出一部好的作品。'"

"哇,你也喜欢写作?"古泽英夫屏住呼吸问道。不止一次,古泽英夫看到自己与凌萱身上有很多的相似点,也许这也是凌萱在他眼里总是那么迷人的原因。

"我经常写一些东西,不过迄今为止还没有写出一本完整的小说。"凌萱说,"我一直想写一本小说,但试了很多次,都没有成功,也不知道该如何下笔。"

"哈哈……我们真有缘,注定在一起。"古泽英夫乐得手舞足蹈,"我也非常痴迷于写作。在日本,我每天都坚持写博客。之前,我还一直写网络小说,在日本点击率还蛮高的,我因此赚了一笔小钱呢!"古泽英夫笑着说道。

"真的?"

"真的!"

三十三

"索尔,你今天一大早去哪儿了?你今天起得好早啊!"索尔一回来,凌萱就笑着问道。

索尔扭过头来,显得很兴奋,朝凌萱眨巴着眼睛,说道:"我早上去厨房做早饭了。"

"去厨房做早饭?那么早!你不是一般不吃早饭的吗?这可不像你哦!"凌萱好奇地打量着索尔,说道。

"是这样的,早上,我还在睡梦中的时候,收到了金正的短信,叫我和他一起去越南餐厅吃早餐。我眯着眼,看了看手表,才早上7点。7点钟就去餐馆?我想他一定疯了,我告诉他我可以为他做早餐,不用去餐馆了。于是我就爬了起来,给他做了寿司。我的厨艺向来很好,又用了心,味道自然差不了,他狼吞虎咽地吃光了所有的寿司,没有给我留一个,连一句'谢谢'都没有。"索尔有些感慨地说道。

"真是不是冤家不聚头啊!"凌萱哈哈大笑,她被索尔和金正这对欢喜冤家逗乐了,觉得他们之间的故事很有意思。

"别笑!"索尔有些不悦。

"好的,我就是替你高兴,这也不懂。"凌萱做了个鬼脸,说道。

"唉。"索尔轻轻地叹了口气。

"怎么了?"凌萱问。

"我发现你们中国人都是百灵鸟,金正也喜欢早上购物,早上去饭店吃饭。那个点,我一般都起不来。"

"那你们韩国人都是夜猫子吗?"

"年轻人喜欢夜生活。我们韩国人一般很少吃早餐,尤其是年轻人,他们的早餐就省了。我们一般会好好地吃午饭和晚饭的。晚饭是三餐中最重要的一顿。"

"怪不得呢。"凌萱点了点头。

这时,她的电话响了。看到消息后,凌萱很意外,竟然是刘烨给她发来的短信。

"你好,凌萱,你有空吗?晚上 7 点钟在 Costa 咖啡馆见面怎么样?你能来吗?我有些话想要对你说。"

"怎么了?"索尔看着凌萱异常的反应,好奇地问道。

"没什么,是一位普通朋友发来的短信。"凌萱把手机扔到床上,漫不经心地说。不过,当然了,她一定会去见刘烨的。

晚上的华沙要比早上更繁忙、更热闹些,街上的人群、车辆川流不息。

凌萱按约定的时间到了 Costa 咖啡馆。咖啡馆里的空气中弥漫着浓浓的可可粉味和诱人的巧克力味,勾引着人们的胃。咖啡馆里,有些人一边读报纸一边喝咖啡,也有一些人坐在角落里聊天消磨时光。此时,凌萱想到了 J. K. 罗琳,她的小说《哈利·波特》就是在咖啡馆里完成的。

"喂,凌萱,这儿!"刘烨朝她挥了挥手。凌萱发现刘烨看上去比以前消瘦了很多。

"哇,你怎么暴瘦了!"凌萱惊叹道,"怎么,是因为害了相思病吗?"

"没有那么夸张。主要是我每天去健身房锻炼,这样就瘦下来了。"刘烨轻轻地干笑了几声。

"这样啊。"凌萱松了一口气。

"我马上就要回国了,回国前想向你道个歉,再道个别。"

"你要向我道歉?"凌萱好奇地打量着他,看到刘烨很真诚,就更觉得奇怪了,"找我道歉干吗?你又没有做什么对不起我的事。"

"我很抱歉,因为,"刘烨喝了一口咖啡,"因为我在你们面前总是表现得那么狂妄傲慢、目中无人,我觉得有时候我可能太尖锐了,伤害了你。"

"没有的事。只不过有时候我在想,你是不是来自星星,不属于和我们这些普通的地球人打交道?"凌萱笑道。

"别讽刺我了。自从那次赵汀让你把手表还给我后,我想了很多,这也是我人生中的第一次失败,我意识到自己性格的缺陷,我太盲目自大、目中无人了。世界不可能总跟着我的意愿走,也不是我想要什么,就一定可以得到什么的。"刘烨苦笑道。

"真的很抱歉听到这些。其实不是这样的……"凌萱小心翼翼地说。

"对不起,和你说了这么多没用的。"刘烨尴尬地笑笑。

"没有、没有,说实话,有些时候我还是很佩服你的。"凌萱回忆道,"我从你身上学到了很多东西,你有一种激发人上进的正能量。虽然之前我不喜欢你,但我不得不承认是从你那受到了很多启发,是你的精神一直激励我不断挑战自己。"凌萱一五一十地说。

"真的吗?"刘烨这下乐了,问道,"我怎么激励你了?"

"有一个星期六,天气极其糟糕,寒风凛冽,阴沉沉的,虽然是白天,整个华沙还是被黑暗笼罩着。我本打算到图书馆查找一些关于波兰15世纪宪法的资料,但看到外面天气好差,就退缩了,想在宿舍里窝着。我赖在被窝里玩手机,突然看到你在华沙大学微信群里发了两张独自一人在波兰南部爬山的照片,你说你喜欢做一个背包客!一看到这个词,我立刻从被窝里爬了出来,对你的钦佩之情油然而生,还是照原计划去了图书馆。"

"哇!我记得是有这么一件事。没想到我在你眼中居然是个有正能量的人。听你这么说,我觉得你也是个非常有心的姑娘。我不觉得其他人可以从我这里感受到什么,当然我本身也没什么可值得学的。"

"你太谦虚了。我做梦都没想到,之前你连和我打招呼都不屑一顾,现在居然和我一起聊天喝咖啡!"凌萱笑道。

刘烨有些不好意思起来,尴尬地说:"对不起。"

"没关系,不要放在心上。"凌萱心情很好。

接着,刘烨陷入沉思。过了一会儿,他用平缓的语气讲道:"我以前从来不知道谦虚是什么。尽管之前我游历了很多国家,看了很多美丽的风景,但我感受最深的还是要好好享受人生这段旅程。生活确实教会了我们很多东西。"

刘烨继续说道:"说实话,以前我从来都不懂尊重他人,对自己也是超级自信。在家里,我一直都被家人溺爱着,于是养成了任性和自负的性格,总觉得自己是天下最了不起的人,别人都得敬我三分。说实话,也是在赵汀拒绝我之后,我才意识到我太把自己当回事了。"

"别太难过了。"

"谢谢。我明白。我很高兴在我要离开华沙的时候,我们成了朋友。"

"我们现在是朋友了?"凌萱有些不敢相信自己的耳朵。

"当然。"

"那太好了。"凌萱笑道,"你什么时候回国呢?"

"一个月以后吧。"

"这么早。赵汀还要在这里待一年呢。"

"我知道。"

"最近还在这儿干什么?"

"在健身房练拳击。"

"酷毙了。"

"你知道吗？昨天我在健身房练拳击的时候，一个波兰男孩在健身房里练咏春拳。他知道我是中国人后，问我会不会打咏春拳，我告诉他，我只会散打。他就开始取笑我，说我一个中国人居然不会真功夫，只会一些旁门左道的跆拳道什么的。我听了无比羞愧，只想钻到地缝里去。"

"那么，回中国后你要学咏春拳吗？"凌萱问。

"对。"

"哦，你是认真的？"

"对，我是认真的。"

三十四

又一个学期开始了。凌萱和古泽英夫一起走在去学校的路上。由于是初春,华沙依旧春寒料峭,天气刚好转了没几天,突然又下了一夜的雪,第二天气温骤降。早上起来的时候,似乎又回到了冬天,风刮在脸上如刀割一般疼。古泽英夫担心凌萱着凉,摘下了自己的围巾给她戴上。

"谢谢。"凌萱轻轻地咳嗽了一声,说道。

他们一边走,一边聊天,途中经过一家面包店时,凌萱闻到了空气中传来的烤面包味,勾起了她的食欲。古泽英夫进去买了两个面包,和凌萱一人一个。他们从面包店里出来的时候,一个乞丐拦住了他们。

凌萱注意到每当天气变冷,或者逢年过节的时候,华沙街上的乞丐就多了起来。记得上个圣诞节前夕,走在街上,每几步,她就会遇到衣衫褴褛的乞丐或者流浪汉。

凌萱和古泽英夫分别给了这个乞丐一些兹罗提。乞丐喃喃地说了些感激的话,之后还在面包店外徘徊,透过橱窗看着里面各式各样香喷喷的面包。

"我突然想到了小说《罪与罚》里冬天的莫斯科街道上那些无家可归的人。"凌萱看着乞丐可怜的背影,轻轻地叹了口气。

"是啊,世界各地穷人和富人的差距就这么大。"古泽英夫叹息道,"极少数的人掌握了全世界多半的财富!"

"是啊。对了,日本的贫富差距大吗?"

"我们有一些差距,但远不如其他国家那么明显。"古泽英夫笑笑,"我们是世界上最一致的人之一。"

"好吧。"凌萱耸了耸肩。

他们一起向学校走去,没有再多说什么。

到了教室,凌萱坐在一个印尼男孩前面,古泽英夫坐在她的旁边。

不一会儿,王天冰来了。凌萱终于注意到王天冰是独自一人来的,过了好一会儿,吴建和周晟一起进来了。凌萱有些狐疑,却没有太当回事。

"你有镜子吗?"前排的一个白俄罗斯女孩转身向凌萱问道。这个白俄罗斯姑娘很优秀,不仅学习很好,而且活泼开朗,外表美丽,在班里一直都很强势。平日里,凌萱心里对这个白俄罗斯姑娘微微有些畏惧,她突然搭话让凌萱有些不知所措。

这时,王天冰抢先道:"我有。"接着,王天冰从包里拿出一个漂亮的小镜子,递给了白俄罗斯姑娘。

"谢谢。"白俄罗斯姑娘接过了镜子,笑道。此时,屋子里很热,白俄罗斯姑娘想脱下外套,但她衣服的拉链卡住了。见状,王天冰主动上前帮助了她。

"谢谢。"白俄罗斯姑娘对王天冰笑了。吴建在一旁默默地看着这一切,面色阴郁。

"你今天怎么这么消沉啊?"白俄罗斯姑娘突然转向凌萱问道。

"因为……"凌萱想说些什么。

"因为现在是早晨。"一旁的古泽英夫接过话来,"天这么冷,她还没睡醒呢。"古泽英夫想维护凌萱的面子,可这只能让凌萱更尴尬。凌萱看到王天冰和其他同学流畅交流,举止落落大方的样子,相比之下,自己显得粗俗愚笨,就很生自己的气,她也很想和其他外国朋友流畅地交谈,结识天下朋友。

凌萱想挽回面子,于是对旁边的印尼男孩说:"过几天就是中国的春节了,春节是中国最重要的传统节日。对了,在印尼最重要的节日是什么呢?"

"重要的节日?"印尼男孩想了一会儿,"我也不确定,在印度尼西亚,我们一般庆祝各种穆斯林和基督教节日。"

"你们过春节吗?"

"不过,但印尼的中国人庆祝印尼版的中国新年。"

"哦。"

"我们叫它 Imlek。"

"哈哈,真有趣。"凌萱笑道。

"这和春节是一样的。"古泽英夫很不耐烦地插话道,"也就是春节。"

"你们印尼人会说汉语吗?"凌萱接着问。

"很多印尼人都会说汉语。在印尼有很多中国人,他们大多在经商,不过现在越来越多的印尼人讲阿拉伯语。"印尼男孩很健谈,古泽英夫不由得皱起了眉头,觉得他真是个话痨。

就在这一刻,他们听到了教室外的鸟叫声。

"这不是真的鸟叫声。"美国男孩安泰说道,"学校用录音机录下了鸟叫声,然后每天播放这段录音,来驱赶老鼠。在美国就有很多大学使用了这种方法。"

"哦,真有意思。以后我可以练习口技,那样也能驱赶老鼠了。"印尼男孩开玩笑说。

"对,这绝对是个好主意。"凌萱迎着印尼男孩的话,笑道。

听凌萱这么说,古泽英夫的脸色一下子很难看。

课后,古泽英夫和凌萱一起回宿舍。一路上古泽英夫一句话都没说。

"你怎么不说话?"凌萱问道。

"你和其他男生调情我能高兴吗?"古泽英夫尖刻地说道。

"什么?"凌萱有些不敢相信自己的耳朵,"你说什么!你疯了吗?"

"我没疯!刚才你是怎么和那个愚蠢又狂妄自大的印尼人一起说说笑笑的!"古泽英夫一边说,一边恨得咬牙切齿。

"我没有和他一起笑,我笑是出于礼貌。你也不想要一个无聊乏味的女朋友吧?"凌萱愠怒地说。

古泽英夫一怔,他是第一次听凌萱提起"女朋友"这个"神圣"的词,瞬间觉得内心百般感慨,一股幸福感涌上了心头。他也顾不上妒忌,只是吞吞吐吐地问:"你刚才说什么呢?"

"你聋了吗?"凌萱故意反问道。

"没有,没有。对。"

"好了,好了。我说你不想要一个没意思的女朋友,对吧?"

"当然不想了。"古泽英夫站在那里,一个劲地傻笑。

"真笨。"凌萱噘起了嘴。

"哈哈……"古泽英夫心情变得大好。

三十五

和古泽英夫交往了之后,凌萱变得活泼开朗了起来。古泽英夫每天都有说不完的新鲜事,天天嘻嘻哈哈的,日子平静而又快乐,上课的时候凌萱也格外精神抖擞。爱情如同一支强心剂,凌萱突然觉得生活充实了起来。

华沙的天气却依然很糟糕,虽然到了3月底,但是街道依然如冬天时一样萧瑟,整个城市的背景色依旧是灰暗,大多数的花草树木都还没有萌发新芽。要不是古泽英夫一直陪伴在她身边,凌萱觉得自己对祖国的思念会让她接近崩溃,她做梦都想着国内生机盎然的春天,想着美丽的樱花,还有那些由红变白的杏花、粉红的桃花、金黄的迎春花……

凌萱觉得和古泽英夫交往以后,自己多多少少有些改变,她逐渐对其他国家的文化抱着更理解的态度,对其他生活方式也格外尊重。

有时候,她觉得欧洲人与亚洲人相比,更开放、直接。课堂上欧洲学生要比亚洲学生活跃得多,当然古泽英夫是个例外。有一次,那个犹太学生戴着一顶奇怪的虎头帽来到了教室,一问才知道那天是犹太人的万圣节。还有一次,准备展示的时候,凌萱和一个伊朗男孩被分到了一组,当她提出周六可以和他一起讨论展示的内容时,伊朗男孩却说他周六没有时间,因为那天是伊朗的新年。原来伊朗和其他国家用着不同的日历。后来凌萱得知,在伊朗,每年的第一天从春分开始,每周五都是休息日。这时凌萱深切地感受到正如教授所说,文化就像一座巨大的冰山,人们只能看到冰山一角。

凌萱喜欢和外国学生一起聊天,偶尔也会和他们说一些闲话,凌萱尤其受男生的欢迎,这让古泽英夫很抓狂。有时候,古泽英夫觉得凌萱很忙,她的周围总是围满了同学。他常常看到她和美国男孩安泰一起讨论问题时开怀大笑,他心里很不是滋味。

晚上与凌萱一起在泰国餐馆吃饭的时候,古泽英夫的态度极其冷淡。凌萱一开始没有过多注意到古泽英夫态度的变化,还像往常一样侃侃而谈,她没有意识到古泽英夫会妒忌其他男生。

吃完晚饭后,凌萱和古泽英夫一起坐车回宿舍。在楼下分别时,凌萱上前热情地拥抱了古泽英夫一下,古泽英夫却板着脸,站在那里如木头人一样一动不动。

"再见。"凌萱看到古泽英夫反应这样奇怪,笑容有些僵硬地说。

古泽英夫什么也没有说,居然无动于衷。

"你今天怎么啦?看起来好傻啊,像个木头人。"凌萱开玩笑道。

古泽英夫的嘴唇上下颤抖着,他似乎想要说什么,却把肚子里的话咽了回去。他努力压着心中的怒火,带着酸酸的醋意说:"你这些天似乎格外高兴啊!"

"当然高兴了,和你克服了千难万险,终于成朋友了。"凌萱奇怪地皱了一下眉头,还是笑道。

"我觉得你高兴不是因为我吧!"古泽英夫尖锐地说。

"你什么意思?"凌萱皱着眉头说。

"你应该清楚我的意思。我觉得你更喜欢和其他男生交往,而不是我吧。"古泽英夫尖酸地说。

听到这儿,凌萱打了一个寒战,她没有想到古泽英夫到现在依然这么不相信她。她控制着自己的情绪,冷冷地说:"如果你这样想,那就是这样的吧。"这时,晚上的风猛烈地刮了起来,凌萱纤细的身体站在大风中,衣角被风吹得轻轻扬起。古泽英夫在一旁呆呆地看着,觉得凌萱如天仙下凡一般,他从来没有见过这么清丽脱俗的女子。

古泽英夫的内心被欲望和妒忌折磨着,他试图控制自己的怒火,然而他对凌萱的感情是如此强烈,让他失去了自控。只听古泽英夫声音尖锐地说:"那你为什么在学校里不搭理我,下课才找我?为什么你总和其他男生待在一起?这你又怎么解释?"

被古泽英夫这么胡搅蛮缠地质问,凌萱很受伤,认为他有些不可理喻。她本想解释她和别的男生说话,只是为了多交朋友,她心里只装着古泽英夫一人,然而古泽英夫的蛮横无理让她改变了主意,她想故意气气古泽英夫,于是说道:"我就是不想和你说话。我当然觉得其他男生要比你温柔很多,有趣很多,我就是喜欢他们!"

古泽英夫一下子信以为真,他红着双眼瞪着凌萱,如同一只受伤的狮子。他咬着牙恨恨地说:"凌萱,你不知道你有多糟糕。你就是个会调情的娼妇!我最受不了女人的不忠。我就是看不惯你每天和其他男生眉来眼去。现在,你必须做出一个选择,选他们还是我?"

凌萱觉得古泽英夫莫名其妙,不知道他哪来的浓浓醋意,竟然会出这样的选择题。凌萱觉得自己不是古泽英夫的一个附件,而是一个独立的个体,有着感情,有着尊严和自由。面对古泽英夫毫无理由的妒忌,凌萱只是淡淡地说:"你在开玩笑吧?"

"我是认真的。"古泽英夫严肃地说。

凌萱收起了笑容,冷冷地说:"这不是一个问题,也不是一个选择。"

"好吧。既然这是你的答案,那就晚安了。"古泽英夫恨恨地转过身,愤然离开。

突然,凌萱觉得自己的世界清空了。她感到很心慌,害怕古泽英夫就这么离她而去,心里不停地小声喊着:"古泽英夫,你快给我回来,一定要回来。"然而古泽英夫依然毫不犹豫地向前走着。"回来,回来!你还不了解我吗?我真没有其他意思,我和其他男生说话,只是为了多交朋友,我只深深地爱着你。难道你没有发现我只有和你说话的时候才会脸红吗?不要让我失望。如果你还不回来,那就永远不要回来了。"凌萱盯着古泽英夫的背影,低语道。

前面的古泽英夫突然停了下来。

"一、二、三。"凌萱在心里默默地数着数。

突然,古泽英夫转过身来,跑过来紧紧地抱住了凌萱。

"对不起,我疯了。我只希望你可以多关心我一点点。"古泽英夫在凌萱的耳边悄声说道。

凌萱使劲捶着古泽英夫的背,欣慰地说:"古泽英夫,你不知道你有多么坏,你不单单是个坏蛋,还是个疯子。"

三十六

凌萱坐在电脑前,一遍又一遍地看着赵汀在冰岛拍的照片。冰岛简直就是一个地理奇迹,全岛一片冰清玉洁,没有其他杂色的污染。凌萱一遍又一遍地翻看赵汀拍的冰岛瀑布的视频,飞流直下,如同白练,壮观无比。读着赵汀的旅行记录,除了佩服外,凌萱心里还有种酸葡萄的滋味,因为她知道,无论如何自己是支付不起去冰岛的旅行费用的。而赵汀的双脚却已踏到了世界的尽头——北极圈。

凌萱反复回忆着与赵汀的谈话。回宿舍的路上,凌萱恰巧碰到了刚从冰岛回来的赵汀,凌萱当时没有认出赵汀来,因为赵汀的气质变了很多,可能因为旅行的阅历丰富了人生,洗掉了她满身的俗气,给她带来了智慧的冷静和深沉,还有自内而外的自信。虽然赵汀还穿着一身旧衣服,脸上也没有涂过多的脂粉,但是凌萱觉得她别有一番气质,有种素面朝天的美和优雅。认出赵汀的一刹那,凌萱就察觉到了她的变化。

"冰岛之旅怎么样啊?"凌萱问道。

"美极了!水天一色,非常干净。火山岛、海岭、大西洋中脊、板块边界,每走一步都渐渐地印证了书本上的所有知识。我亲眼看到了冰岛这块神秘的土地是什么样的,仿佛见证了地球演变的历史。"

"那你在冰岛上吃什么呢?"

"当然吃鱼了。"

"冰岛上有没有学校、街道、交通设施什么的?"凌萱问道。

"有,当然有了。不过全冰岛只有一座城市,其他地方都是小镇和农村。"

"冰岛一定很冷吧?"

"不,没有我们之前想象的冷,因为北大西洋暖流,冰岛也只有零下三度左右。"赵汀又一次展示了她的博学。

"哦,有些时候我真的很羡慕你!"凌萱说,"这么年轻,就已经踏遍了整个欧洲。"

"谢谢。你也可以环游欧洲的呀,只要有钱和时间就可以了。相反,我才羡慕你呢,你有很多与外国人交流的机会,而且还可以和他们交朋友,从中可以学到不同国家的文化,那样也算环游了世界。我记得看到的一句话说,有两种旅行的方式:或者走出去,亲自踏遍天涯海角;或者打开门,欢迎世界各地的朋友走入你的世界。"

"谢谢。"凌萱笑了起来。

"凌萱,你们班有没有一些派对之类的活动?"

"有。"

"下次可以带我一起去吗？我想结识新的朋友。"赵汀满怀希望地问。

"没问题！如果有这样的活动,我一定会告诉你的。"

"谢谢。"

没过多久,凌萱收到古泽英夫朋友的派对邀请,她很高兴,可是想起自己对赵汀的承诺,她不由得有些纠结,不知道该不该叫赵汀一起过去。

一般而言,凌萱是个信守诺言的人,然而最近看到赵汀每天在QQ空间里发布的状态,她还是不由得嫉妒了。凌萱打心眼儿里羡慕赵汀,赵汀是她见过的女孩子中为数不多的在各方面都很优秀的人。赵汀家庭条件很好,亲戚们相处得很融洽,都有很广泛的社交圈。就赵汀自身而言,她游历了很多名山大川,有着极其丰富的阅历。而且赵汀很聪明,博览群书,拿到了国内一流大学的文凭。尤其是当得知赵汀还会说四个国家的语言时,凌萱更是无比惊讶,在凌萱眼里,赵汀就是个全才。想到这儿,凌萱狠了狠心,决定不告诉赵汀派对的事。凌萱在宿舍里仔细打扮了一番,跟着古泽英夫一起去了国际生的派对。

在派对上,同学们买了很多饮料,有的同学还带了自己国家的特色美食。一个巴基斯坦女孩带了巴基斯坦的恰巴蒂粗面大饼,一个格鲁吉亚男孩拿了正宗的烤吧吧（Kebab）,一个伊朗男孩拿了伊斯兰风味的甜点,一个法国女孩拿了甜面包圈,一个美国男孩则拿了几块巧克力大棒,而一个酷爱巧克力的白俄罗斯女孩,一手拿着一块巧克力,毫不客气地吃了起来。大家都很开心。

凌萱和古泽英夫从桌子上拿了印度饺子,蘸上辣椒酱,然后坐了下来。古泽英夫顺手端起一杯啤酒,边喝边和周围的朋友们兴致勃勃地聊天。凌萱好奇地看着拉杰什和另一个从未见过的印度男生一起秀"亲密"。这个印度男生看起来要比拉杰什粗大很多,长得黝黑壮实,更男子汉一些。

这个印度男生发现凌萱在看着他们,主动和凌萱说道:"你好,你是哪个国家的?"

"我来自中国。"凌萱礼貌地回答道。

"中国?啊,我可不喜欢中国。我想你也应该知道印中之间存在着领土争端问题,你们对我们发动过战争。"

听到这个印度人的诋毁,凌萱情绪有些激动,她反驳道:"怎么能说中国对印度发动战争呢?是你们印度最先挑衅中国,我们只是自卫反击,而且战争结束之后,我们主动撤军,我们只是表示我们的国家领土是不可被侵犯的。"

这个印度男孩满脸恶意,继续和凌萱狡辩,凌萱觉得他就是一个张牙舞爪的恶魔。

这时,凌萱用余光瞟了一眼古泽英夫,无意间看到他的嘴角微微地抖动着,仿佛在强忍着笑一样。

凌萱越说越火大,这个印度男孩立刻变了脸色。

"请你以后不要是非不分、颠倒黑白!"凌萱带着胜利的微笑说道。

凌萱很想用国际关系学的知识和这个印度人好好讲讲理,然而她满脑子储备的都是文学和哲学知识。凌萱发现了一个奇怪的现象,在课堂上,当同学们就一个炙手可热的国际问题争论不休、唇枪舌剑的时候,如果大家都僵持不下,用复杂的国际关系学知识解释不清,这时用文学、哲学来解释,往往可以让人豁然开朗。可悲的是很少有人愿意用文学或哲学来解释国际关系,国际关系永远是国与国之间的权力斗争,大国间的游戏,世界也远没有我们想象的那么简单。有时候她真觉得政治太血腥,还是艺术温柔美丽。

"我不想和你说了。"印度男孩冷冷地说,"你搞坏了派对的气氛。"

凌萱觉得有些疲惫,也不再理他。她瞅了一眼还在那儿莫名其妙兴奋的古泽英夫,皱了皱眉头,问:"我想离开这里。你是待在这儿,还是和我一起走呢?"

"嗯……"古泽英夫犹豫了一下说道,"我还想在这儿和拉杰什说一会儿话。"

"好吧。"凌萱不耐烦地说,然后离开了古泽英夫,去找其他同学了。

凌萱加入美国男孩安泰他们的聊天。他们在讨论如何学习波兰语,还有即将来临的复活节旅行。凌萱在一旁听着,心不在焉,有些心烦意乱。她扭头瞅了古泽英夫一眼,看到他还在和拉杰什还有那个狂妄的印度男孩聊得火热,不由得火冒三丈,心里狐疑着什么话题可以如此吸引人,让古泽英夫对她"不管不顾"。突然间,凌萱感到一丝担忧,这种担忧从成为古泽英夫女朋友的那一天起就埋在了她的心中,她一直害怕某一天,这种担忧会成为现实。

"你在学波兰语吗?"安泰瞅着一旁心不在焉的凌萱,问道。

"啊?对,我在学波兰语。"凌萱心不在焉地答道。这时,她看到古泽英夫在座位上笑得前俯后仰,心里莫名冷冷地咯噔了一下。安泰还想和凌萱说些什么,凌萱却笑着打断了他:"对不起,我有些事,先走了。"然后她朝古泽英夫走去,她每走一步可以听到自己心跳的声音。

"我才不管中国政府说什么,我永远支持我们的首相……"古泽英夫笑道。

凌萱站在古泽英夫身后,脸色非常难看。古泽英夫说的每一个字,如同一根根刺生生地扎在她的心里,之后又被拔了出来,她觉得自己的心很痛,千疮百孔的感觉。她的第一反应是自己被欺骗了,古泽英夫从来都没有尊重过她。

"拉杰什,你在看什么?"古泽英夫看到拉杰什神色慌张,有些奇怪地问。拉杰什指了指古泽英夫身后的凌萱,不断地给古泽英夫使眼色,古泽英夫却一时没有领会到拉杰什的意思。

"你怎么看起来魂不守舍的,拉杰什?吓破胆了吧!哈哈……"

拉杰什又小心翼翼地指了指古泽英夫身后。古泽英夫这才扭过头,正好和凌萱面对面。俩人四目相对,目光在空中凝聚成了一点,然后黯淡下来。凌萱的眼里充满了失望和痛苦,古泽英夫的眼里则满是恐惧和懊悔。古泽英夫定了定神,慌张地说:"对不起,我胡说八道的,我和他们开玩笑呢。"

凌萱没有回答,扭头就走。

"凌萱,快尝尝这个寿司。"一个同学在后面叫着凌萱。凌萱仿佛没有听到,继续往外走。古泽英夫忙站起来,追了过去,不小心把寿司弄翻在地,地上一片狼藉。凌萱没有回头,而是往公交车站跑去,就这样她穿过了马路,刚好来了一辆公交车,凌萱快步上了公交车。而在马路另一旁的古泽英夫被飞速驶来的车辆挡住了去路。十字路口正好红灯亮起。

三十七

凌萱觉得自己的大脑停止了思考,心脏停止了跳动。她不知道自己是如何回到宿舍的,觉得身体已经不由大脑来支配了。她一个人魂不守舍地爬上了宿舍楼,和刚从宿舍里出来的金正撞了个满怀。

"嗨,凌萱。"金正高兴地和凌萱打招呼。

凌萱没有心情寒暄,只是微微点了点头,就直接进了宿舍。

"萱,回来了?今天我和金正一起去看了一场精彩的篮球比赛,简直太棒了!我们宿舍附近就有一个体育馆,在那儿还可以游泳呢。"凌萱刚进屋,索尔就笑着对她说道。

凌萱没有听到索尔在说什么,她一声不吭地坐在桌子旁,随手拿起一本书,假装读了起来,但她满脑子还是刚才在派对上发生的事情。

"怎么了?"索尔注意到了凌萱神思恍惚的样子,有些担心地问。

凌萱没有回答,还是发呆地拿着书。

"今天怎么没看到你的日本男友送你回宿舍啊?"索尔试探地问,"你们之间不会发生什么事了吧?"

"我们结束了。"凌萱听到自己的声音如此苍白,她的心很慌。

"什么?"索尔差点把水喷出来,"你在开玩笑吧?"索尔有些不相信凌萱说的话,觉得这比演戏还要夸张,因为刚才他们还有说有笑地一起出去。

凌萱没有回答。索尔意识到凌萱说的是事实。

"这样也好。"索尔安慰道,"我也不喜欢那个日本人,因为日本政府从不正视历史,二战时,给亚洲国家带来了那么多灾难。"

"你别说了,我现在想一个人静一静。"凌萱烦躁不安地说道。

"好,那我就不打扰你了。"索尔整理了一下头发,说,"我先上网买一瓶可以让头发速长的洗发水。"

凌萱没有搭理索尔,一个人坐在椅子上,她的头很疼,仿佛要爆炸似的。凌萱开始在纸上乱涂乱画,以此来发泄情绪。

"萱,你什么时候吃晚饭?"索尔问。

"我不饿。"凌萱木然地回答。

第二天,凌萱刚到教室的时候,就看到古泽英夫已早早地在那儿等着,凌萱假装没有看到他,坐在离他很远的地方。古泽英夫的目光始终都没有离开凌萱,他一直寻找机会和她搭话,凌萱却小心翼翼地不给他机会。当凌萱无意间路过古泽英夫的座位时,古泽英夫一把抓住了她的衣角,说:"对不起,给我一个解释的机会吧。我错了,我真的错了。"

"我不想听。"凌萱低声又坚决地说道。突然,她看到美国男孩安泰站在不远处,于是绕过古泽英夫,主动和安泰打起了招呼。

"安泰,你好吗?"

"好。你呢?"

凌萱想借和安泰谈话,甩开古泽英夫。她用余光看着古泽英夫,古泽英夫脸上写满了痛苦,而凌萱的心情也很复杂。古泽英夫看到凌萱没有和他说话的意思,最后怏怏地走开了。

"我记得你以前去过布拉格吧?"安泰欣然问道。

"是啊,去年圣诞节去的。"凌萱瞥见古泽英夫已经离开,就没心情继续和安泰寒暄了。

"太好了。我只能待在波兰,我得在这里工作。"

"你为什么不回美国呢?"

"在这儿待着比较舒服,在美国只有那些有想法的人才可以生活得很好,而我……"

凌萱没有听完安泰的话,就说了一声"对不起",回到了自己的座位。

"你们需要做一个展示,讨论某个国家的文化对其国际关系的影响。在做展示前,每组需要提供两篇观点相悖的论文,做完展示后,需要写一个报告。"讲授多元文化课的教授说道。

"什么是文化呢？您可以给我们举一些例子吗？"一个犹太同学问。

"文化有着很广泛的定义，不同的人对此有不同的理解。比如，某个国家的人在过红绿灯的时候，会不会在红灯前停下来，这就是文化。民族问题、宗教问题等都是文化的一个方面，当然文化还有其他方面的表现，比如语言、文字、习俗，等等。"

这节课似乎异常难熬，教授的信息量很大，凌萱的脑瓜子也生疼，她浑身发抖，一会儿冷，一会儿热，仿佛同时感受着冰与火的双重试炼。

"你还好吧？你的脸色很苍白。"一旁的周晟关切地问。

"嗯。"凌萱应了一声，但她眼前越来越模糊。

晚上回到宿舍后，凌萱突然发起了高烧。她裹在被子里不停地颤抖着，不一会儿就烧得陷入了昏睡。随后发生了什么，她也记不清楚了，只依稀觉得有人一直在旁边陪着她，给她喂粥，又给她量体温。迷糊中，她似乎听到了开门和关门的声音。一个男孩问："她怎么样了？"一个女孩回答："她现在好多了。""她体温多少？""降下来了。"

"古泽英夫。"凌萱迷迷糊糊地叫着，她似乎听到那个男孩就是古泽英夫。

"在，我在这里。"

凌萱觉得有一只手紧紧地握住了她的手，接着她又迷迷糊糊地睡着了。

两天后,凌萱终于清醒了。她刚一睁开眼睛,就看到古泽英夫那一双黑色的眸子正凝视着她,满眼的疲惫和喜悦。

"啊,你终于醒了。太好了!"古泽英夫的声音富有磁性,充满喜悦,对于凌萱来说那么熟悉又那么遥远。凌萱默默地看着古泽英夫,先前被睡眠麻痹的疲惫再次席卷内心,凌萱想起之前发生了什么,再一次感到了痛苦。她皱了皱眉头,挣扎着想要从床上爬起来。

"你在床上已经躺了两天了。我刚才还在考虑是不是该给你叫救护车。"古泽英夫笑道。

"萱,你醒了,太好了,太好了!"索尔紧紧地抱住凌萱说道,"吓死我了!你刚从学校回来就栽倒在了床上。你发烧了,失去了意识。"

"谢谢你们的照顾。"凌萱虚弱地说。

"你想吃什么?我去做。"看到凌萱好起来,古泽英夫很开心,他站起来,准备去厨房。

"不麻烦你了,谢谢。"凌萱淡淡地说。

"你还在生我的气呢?"古泽英夫的声音有些颤抖,他用极其温柔的语气问。

凌萱疲惫地摇了摇头。

"那么,我们可以重新开始吗?"古泽英夫似乎看到了希望,屏住了呼吸,心里冉起一丝喜悦。

"不行。"过了一会儿,凌萱又费力地摇了摇头。

"为什么?"古泽英夫觉得刚刚的一丝希望突然破灭,他的心一下子变得冰凉,无奈的绝望感再次袭来。

凌萱没有回答他。

"我们什么时候还能像以前那样成为好朋友呢?"

"永远不可能。"凌萱咳嗽了几声,她固执又激动地说道。

古泽英夫半晌沉默不语。屋里的气氛突然变得异常压抑。他什么都没说,只是默默地站了起来,一个人走出了房间,轻轻地合上了门。当凌萱起床时,她看到古泽英夫在她的桌子上留下了一朵已经枯萎的红玫瑰。

三十八

凌萱觉得身体好一些的时候,就去学校上课了。回来的路上,她碰到了赵汀。

"凌萱,听说前段时间你病了,现在好些了吗?"

"谢谢,我好多了。"

"前段时间我在 Facebook 上看到你的一张照片,好像是在一个派对上,当时的你好像很生气。发生什么事了?"

凌萱的脸一下子变得惨白。这些天她一直不愿想的事,又重现在她眼前。

"对不起,我有些累了,我先走了。"不等赵汀回答,凌萱就先行离开了。

凌萱回到宿舍的第一件事就是查看 Facebook,却看到了很多古泽英夫道歉的留言,无论如何,古泽英夫还是在乎她的。

这时,索尔从外面回来了,神色有些不悦,她张开嘴,有些迟疑地看着凌萱。

"萱,有些事,我必须得告诉你。"索尔犹豫地说道。

"怎么了?"凌萱疑惑地问道。

"你还记得上次我和你提到过的那个总知道自己想要什么的朋友珉宣吧?"

"记得。"

"她告诉我,昨晚那个日本人与她发生了一夜情。他们打算这个学期一结束就订婚。"

凌萱拿在手里的手机掉在了地上。

三十九

凌萱康复那天,古泽英夫亲耳听到凌萱说他们之间已经没了可能,他感到身心疲惫,一个人漫无目的地在大街上游荡着。他走着走着,不知不觉来到了第一次和凌萱喝伏特加的那个爱尔兰酒吧。他走进酒吧,昨日似乎就在眼前,一切都那么熟悉,空气里充满着凌萱的味道,还有过去的记忆。古泽英夫有些无奈地笑了笑。

"先生,你想要点什么?"还是上次那个女服务员走过来招呼道。

"我想喝伏特加。"

"好的,请稍等片刻。"

很快,酒便被端了上来。

古泽英夫坐在上次的座位上,一个人喝起了闷酒。此时的他如霜打的茄子一样,整个人都蔫了。他攥着酒杯,猛喝了一杯又一杯的伏特加,他只想快点把自己灌醉,让滚辣的酒水麻痹自己的神经。不远处传来女孩的说笑声,他下意识地扭头,看到索尔和另一个美丽的亚洲女孩在一边喝酒一边聊天。女孩留着齐耳短发,身材纤细,肤色白皙,长得极其标致。看到古泽英夫正在看着自己,女孩也不害羞,而是妩媚地朝他眨了眨眼,古泽英夫也朝她笑了。

"长得真不难看。"古泽英夫醉醺醺地说。

"索尔,你认识那个人吗?"韩国女孩问道。

"认识,我室友的男友,日本人。"

"他长得真帅。"女孩寻思道。

"是啊。据我观察,他还是一个很贴心的情人呢。"索尔随口说道。

"索尔,你先回宿舍吧,我想和那个日本人认识一下。"女孩已经有了自己的打算。

"好的,你要小心,他应该喝醉了。我室友刚和他闹了矛盾,我猜他现在心情肯定不好。总之,千万小心日本人的坏脾气。"

"知道了,知道了。"女孩有些不耐烦地说。

索尔有些犹豫地走出了酒吧,临走前她不放心地回头看了几眼,看到古泽英夫还在那儿喝着闷酒。

女孩朝古泽英夫走去,古泽英夫正要倒酒,女孩却把她的纤纤细手放在酒瓶上,坐了下来,柔声说道:"你一个人喝吗?"

"是。"

"为什么呢?为情所困?"

古泽英夫醉醺醺地点了点头。

"要不要我陪你一起喝？"女孩拿起了酒杯。

古泽英夫似乎觉得这个女孩是凌萱，于是痛苦地笑了起来："好啊，太好了，你来了！"

"我陪你喝酒，你不需要给我什么，一切都是免费的。"女孩拿起酒杯喝得一干二净。

恍惚间，古泽英夫越来越觉得面前的女孩就是凌萱，于是情不自禁地把手放在女孩的手上，喃喃道："凌萱。"

女孩没有听懂古泽英夫在说些什么，也没有抽出自己的手，而是温柔地把另一只手也放在了他的手上。古泽英夫突然情绪很激动，一把将女孩推到墙角，开始如饥似渴地吻她的唇和脖子。一瞬间女孩感到心里似乎有团火，古泽英夫滚烫的唇和强壮的手臂让她有些喘不过气来，体内燥热。古泽英夫把手伸进女孩的内衣，摸着她丰盈的乳房，用舌尖舔舐她的舌头。

现在的古泽英夫就是一个雄性动物，他疯狂地渴望着女人柔软的身体，充满情欲地抚摸着女孩。几个小时的缠绵后，古泽英夫虚脱般地和女孩躺在酒店的床上，他突然意识到自己虽然满足了一时的欲望，却永远失去了一些东西。古泽英夫知道自己已经犯下一个不可原谅的错误，现在凌萱是永远不会回来了。

"我希望你可以记住我的名字。"女孩认真地说，"我叫珉宣。"

"珉宣。"古泽英夫仰面躺在床上，机械地重复道。

"对。这是我的第一次。"

古泽英夫看到床单上鲜红一片。

"你要多少钱呢?"古泽英夫两眼无神地盯着天花板问道。

"我说过,这是免费的,但是——"女孩把手指放到古泽英夫的唇上,"但是,我要你。"

古泽英夫没说什么。他坐了起来,点燃了一支烟。

四十

凌萱感觉自己的心如同被掏空了一般,这个世界周围的一切都开始褪色,就像夏天的泡沫一样,迅速地消失,人生中的一切都轻如鸿毛,她感到了生命所不能承受的轻。这个日本人伤害了她两次,一次比一次伤得深,尤其是这一次,他犯了不可原谅的原则性错误。他们之间的一切彻底结束了,所有的浪漫、所有的爱情,都化作一道微不足道的青烟,消失在空气里。那些甜言蜜语在现实面前竟然都那么脆弱不堪。凌萱苦笑了一下,觉得自己真傻,爱上了一个不该爱的人。凌萱觉得自己很幼稚,竟然相信一个男人的承诺。正如《玩偶之家》说的那样,一个男人是不会为了自己心爱的女人放弃他的尊严和荣誉的,同样的道理,古泽英夫也不会为她而改变自己的信仰和生活习惯。凌萱觉得自己的脸颊很烫。她想冷静下来,好好梳理一下自己的感情。外面正在下着雨,凌萱突然很想到雨中静一静,让雨水冲掉一切不愉快,希望一切都可以从零开始。

"你要去哪里?"索尔担心地问。

"到外面呼吸一下新鲜的空气。"凌萱没有回头。她不想让索尔看到此时自己那张无比失落的脸,也不需要别人的同情和安慰,只想一个人默默地承受一切。于是她背对着索尔,朝索尔挥了挥手,走出了宿舍。

"带上伞——"

凌萱并没听到索尔的话,她已经出去了。

整个华沙黑云压城,空气沉重得让人有些喘不过气来。瓢泼大雨从空中直泻下来,如同瀑布一般,打在地上。凌萱没有打伞,就这样一个人在大雨中走了将近一个小时,从头到脚都湿透了,却感到酣畅淋漓,非常痛快。她仰着头,已经无法分辨流入嘴里的究竟是泪水还是雨水,只觉得心里很痛。

凌萱来到华沙大学的校门口,透过模糊的眼镜镜片,凝视着学校的校徽,那是一只戴着皇冠的波兰老鹰。她看着皇冠上的五颗星,不禁感伤自己在华沙的幸福日子就这样结束了,皇冠上的金星永远不可能在她的记忆中闪烁了。她立在那儿一动不动,来往的路人好奇地打量着她。突然,她头顶上的雨停了。她抬起头,看到一把淡蓝色的大伞挡在了自己的头顶。是周晟站在她身后,为她撑着伞。

"我刚才去你宿舍了,索尔告诉我,你没有打伞就跑了出来,我就一直追着你,想你一定是来了这里,果然你在这里。"

凌萱没有说什么,只是在无声地流泪。

"我都知道了,那个日本人不值得你流泪。"周晟的声音很平静,仿佛在说一个再明显不过的事实。

"我就是心里很不舒服,不知道以后该怎么办。我觉得我可能以后都不会再相信别人、相信爱情了,我可能这辈子都不会再爱上别人了,我身体里仅剩的一点点勇气都没有了。"凌萱一边流泪一边说。

"你胡说什么呢?你才多大啊,你怎么这么容易就被击垮了呢?还不相信爱情,这么幼稚!在这个世界上,有许多人都是值得珍惜的。人们只不过需要多留心周围,这样才可以发现身边一直爱你的隐形人。"周晟有些激动。

"怎样才能忘记那些刻骨铭心的人呢?"凌萱抬起头。

"我也不知道,但我相信无论如何你都会忘记的。随着时间的流逝,你会原谅每一个伤害过你的人,忘记一切该忘记的事,无论伤口多深,总会愈合的。时间是治愈一切的良药。有个比喻是,在时间的海水里,海水异常冰冷,潮涨潮落,大多欢乐和痛苦都会被水冲走,只留下金色的沙滩,和我们愿意留下的东西。"

凌萱仍在啜泣。

"凌萱,我知道你很擅长写作。为什么不把这一切都写下来呢?用笔去记录你的爱、你的忧伤、你在华沙的失望和喜悦。我觉得你会写一部大作品的。你看咱们的生活这么精彩啊!"周晟建议道,"我记得之前你告诉过我,你一直都想成为一名作家。"

"我不知道,我不知道。"凌萱蹲了下来,用手捂住自己的脸,"我什么都写不出来。我现在非常困惑,不知道我是谁,我想要什么。"

周晟不再说话,只是默默地站在凌萱的身后,一直为她撑着伞,而他自己却站在伞外,浑身湿透了。

四十一

第二天,上课的时候凌萱没有和古泽英夫说一句话。晚上,古泽英夫敲她的房门,在门口不停地叫着凌萱的名字。凌萱坐在床上,手里紧紧地攥着枕巾,却没有让索尔开门。她已经下定决心,无论如何自己是永远不会原谅他的。

凌萱对他越是疏远,他对凌萱的渴望就越强烈。每天晚上,他满脑子都是凌萱的音容,心中纠缠着渴望、爱恨和绝望。终于他忍受不了心中的煎熬,决定一定要见凌萱,和她面对面说话。

星期六晚上,古泽英夫早早地来到宿舍楼道里等着。晚上天气异常热,宿舍楼里的窗户紧紧地关着,楼道里还没有停止供暖,空气沉闷得让人有些喘不过气来。凌萱从图书馆回来,上楼时,远远地在楼梯拐弯处看到了古泽英夫的影子,心里不免有些慌张。她没有想到古泽英夫会在这里等着自己,也不知道自己该如何面对他,于是深深地吸了一口气,抬起头,径直朝房间走去,假装没有注意到他。

"你要去哪里?没看到我在这儿吗?"古泽英夫突然一把抓住凌萱的衣袖,拦住了她。凌萱看到他的脸色很难看。

"你想说什么?"凌萱背对着古泽英夫说,"我觉得我们之间没什么好谈的。"

"凌萱,你扭过头来,看着我,看看我这张脸,你觉得我还和以前一样吗?现在,因为没有你,我什么都不是了,我的人生彻底完了。"古泽英夫抓住凌萱的肩膀,狠狠地摇着她。

凌萱从古泽英夫的手里挣脱,同时也悄悄地打量着他,发现这张英俊的脸确实消瘦了很多。以前古泽英夫很爱干净,衣服上常飘着淡淡的香味,但是现在的他不修边幅,头发脏乱,胡子拉碴,满身都是刺鼻的烟味。凌萱有些厌恶地皱了皱眉头。

"怎么,瞧不起我,对吗?"古泽英夫察觉到凌萱厌恶的神色,提起音量讽刺道,"我现在成了这样,全是拜你所赐。"

"这不关我的事。"凌萱没带任何情感说道。她只想马上离开这里,远离他。

"凌萱,亲爱的,亲爱的凌萱,不要走!我们之间还有可能,对吗?"古泽英夫突然语气变软,开始恳求道。

"不,我们之间已经结束了。"凌萱声音很低,但一字一句非常清楚。走廊里出奇地安静,凌萱清晰地听到古泽英夫急促的呼吸声。

"你为什么对我这么残忍!难道我们在一起的美好时光对你来说什么都不是?"古泽英夫歇斯底里地质问道,看到凌萱的厌恶,他回过神来,又如同梦游一般,表情非常痛苦地自言自语道,"珉宣要我和她结婚,可我一点都不喜欢她。我只爱你,我一生中只爱你一个人,但是你不爱我。如果你爱我的话,早就原谅我了,也不至于后来发生那么多事。"

凌萱没有说什么,她觉得古泽英夫一定喝醉了。

"你为什么不说话?为什么要伤害我?"古泽英夫双目通红,恶狠狠地瞪着凌萱。

"我们必须为自己所做的事负责,你应该和珉宣结婚。"凌萱低声又坚决地说,同时她也感到一阵难过。她的脑海里再次浮现出国前父亲和她说的话,她觉得什么时候都没有现在对这句话的理解深刻。

"让责任见鬼去吧!凌萱,如果你给我一点点鼓励,我就会和珉宣说明一切,我们可以在一起的。"古泽英夫情绪激动地紧紧握着凌萱的手,央求道。

"你一定疯了。"凌萱从古泽英夫的双手里挣脱出来,转身准备离开。

"不,不,不要走。"古泽英夫突然上前紧紧地抱住了凌萱。他发狂地寻找着凌萱的唇,如饥似渴地吻着凌萱。凌萱感到一阵恶心,有些喘不过气来,想竭力摆脱他,可是古泽英夫身上浓烈的男儿气息渐渐地让她没了力气,她也不明白自己为什么这么容易就范,或许自己还爱着他。突然,古泽英夫的手开始在她身上乱摸,想解开她的衣服。凌萱一下子恢复了理智,用尽所有的力气挣脱他的怀抱,重重地扇了他一个耳光。

"混蛋!"凌萱喝道。

"好,好。"古泽英夫用手轻轻地摸着自己的脸,露出一嘴洁白的牙齿,笑道,"我知道你还爱着我的。"

"我再也不想见到你,以后也不会和你说一句话!从今以后,我不认识你!你最好离我远远的!"凌萱大声吼道。

古泽英夫立刻垮了下来,瘫软在墙根,看着凌萱匆匆地走开。

四十二

"你和那个日本人之间究竟发生了什么？你们怎么看起来怪怪的,像仇人一样？"

全球一体化这门课结束后,凌萱在核对笔记时,周晟问道。

对于凌萱来说,上课已经成了她唯一的乐趣和安慰,她把注意力都放在了了解世界上。

"你听到我问你什么了吗？你怎么和那个日本人怪怪的？"周晟让凌萱看着自己,重复了这个问题。

"我以前也不和他说话呀。"凌萱不敢直视周晟的眼睛,撒谎道,"他干了那事儿以后,你怎么还指望我对他笑呢？"

"不、不,我觉着你们之间一定还发生了什么。你是不是有什么没告诉我的事儿？不对,你怎么了？他是不是欺负你了？"周晟的眼神如炬,非常犀利。

凌萱微微有些吃惊,没有想到自己的一举一动都逃不过周晟的眼睛。一想到昨天发生的事,凌萱就心有余悸,不由得脸红了,不再说话。

看到凌萱不再说话,周晟抬头看了一眼正在和拉杰什交谈着的古泽英夫,恨得咬牙切齿,攥紧了拳头。

"你要干什么?你要去哪儿?"凌萱立刻察觉到周晟的变化,猜到了他要干什么,慌忙拉住了他。

"我要好好教训他一下。"周晟用拳头重重地打了一下椅子,恨恨地说道。

"你疯了?难道还嫌我的生活不够乱吗?我告诉你,他没有对我做任何事情。即使他想做什么,也不会成功的。别管他了。我现在真的很累,只想安安静静地好好学习,好好地度过在波兰剩余的时光。对了,你是想让波兰警察找你麻烦呢,还是想有什么不良记录,让他们把你遣送回国呢?"凌萱劝说道。

听了凌萱的话,周晟冷静了一些。不过,他还是放心不下凌萱的安全,就想了个主意:"要不我每天送你回宿舍怎么样?反正我也没有别的事儿可做,就当锻炼身体了。"

"不、不,不用了。"凌萱赶忙说道,"谢谢你的好意,我可以照顾好自己的。如果你想为我做什么的话,现在可不可以离开我,让我一个人待会儿?我想回宿舍了。"

周晟挠着后脑勺,讪讪地笑着说:"好吧,祝你今天愉快。"

"谢谢。"

凌萱拿起包,走出了教室。然而她不知道,周晟一直在后面悄悄地跟着她,直到她安全地回到了宿舍,他才离开。从这天起,周晟默默地当起了凌萱的护花使者,一直守护着她。

凌萱没有想到在公交车上,又碰到了刚从市中心采购回来的赵汀,想起上次派对没有喊赵汀,她就非常惭愧。

凌萱怕赵汀发现自己,一直下意识地低着头。她觉得有时候赵汀就像一面镜子,总可以让她看清自己的缺点。然而一想到赵汀马上就要回国,不知道以后什么时候还能再见面,凌萱心里多多少少有些不舍。

"你好,凌萱。"赵汀拍了一下凌萱的肩膀,说道。

凌萱慢慢地扭过头来,讪讪地笑着说道:"你好。"

"好久不见。最近你还好吗?"赵汀真诚地问道。

"马马虎虎吧。"凌萱微笑着说,"你马上就要回国了吧?"

"对,今天我来了一次回国前的大采购。我买了一条裙子、一个皮包、一双靴子,还有一大堆化妆品。你看,这么大一个包满满都是。"赵汀拍着购物袋说道。

"哇,这条裙子真好看,和你现在穿衣的风格一点都不一样哦。"凌萱瞥了一眼赵汀的购物包,看到里面有一条鲜艳的大红色的裙子。

"希望这条裙子穿在我身上会合适。我马上就要实习了,再也不能打扮得灰头土脸了,我要好好地装扮一下自己。"赵汀笑了起来。

凌萱佩服地看着赵汀,觉得赵汀总是知道在正确的时间做正确的事。"赵汀,对不起,上次,我……"凌萱支支吾吾地说道。

"没关系。"赵汀笑道,所有的尴尬和不愉快都在这笑容中烟消云散。

"赵汀,说实话,有时候我真的很羡慕你呢。你不仅接受过很好的教育,而且还有一个非常幸福的家庭。你的足迹遍及大江南北,游走了世界各地,见识和学识都非常广博。"凌萱真诚地说道。

"谢谢。我也很欣慰自己有机会到世界各地旅行。"赵汀愉快地说。

"你毕业后打算在北京或上海工作吗?"

"不,我可不想在大城市生活,太辛苦了。我以后只要有一个可以糊口的工作和一个温暖舒适的家就行了。我打算毕业后就滚回我的老家。"赵汀笑着说道。

听她这么说,凌萱不禁有些诧异。她一直以为像赵汀这样高学历的女孩,一定是野心勃勃的,希望有一个远大前程,追名逐利,然而万万没想到,赵汀的要求很简单——她只要安安稳稳地过日子。凌萱终于理解了为什么赵汀QQ空间的个性签名是"从野心出发,经过慧心,回归平常心",原来她的人生追求,就是做自己想做的事。

"别嘲笑我没有什么崇高远大的目标。"赵汀自我调侃道。

"不、不,我真的很佩服你呢。"凌萱说,"这才是真正的雄心壮志。我觉得能够享受生活、把握人生才是人生的最高境界。你愿意观赏人生路上的美景,而不是只做一个赚钱的机器。我应该多多向你学习。"

"呵呵,谢谢了。"赵汀露出了自信的笑容,"哦,对了,我马上就要回国了,有些东西是带不回去的,比如我的厨具、衣架、一些药,还有卫生纸之类的,就都留给你了。"

"啊?谢谢。"凌萱有些感动了。此时,凌萱意识到,一直以来是她自己没有气量,心胸狭隘,她感到有些无地自容。她突然好希望时光可以倒流,可以好好地珍惜与赵汀之间的友谊。

"我觉得,如果你有时间,应该到其他国家看一看;如果没时间,最好去一下意大利,意大利真的很美,它是文艺复兴的发源地,西方文明的摇篮。那里有很多古罗马的建筑,那儿的教堂是欧洲最美的教堂。"赵汀真诚地建议道。

凌萱张着嘴,使劲儿点了点头,说道:"我会攒钱,去那里看看的。"提到旅游,凌萱想到了一些问题,问,"你现在已经绕着整个欧洲环游一圈了吧?我曾经听讲授欧洲机构的教授说过,可以通过欧洲各国共有的文化和历史来判断一个国家是否属于欧洲国家,也就是欧洲国家共同的身份认同感。他说,在欧洲旅行的时候,你会发现欧洲各国都有中世纪的教堂,而且大多是哥特式风格的,还有很多相似的城堡、园林,等等。你对欧洲是什么印象呢?"

"嗯,说实话,这个问题一时半会儿还是很难用几句话解释清楚的,不过欧洲各国确实有相同的文化起源,欧洲文明都来源于中东地区。不过当你旅行的时候,会发现西欧、东欧、南欧和北欧还是有明显差异的。例如,东欧的大多数国家的人们对待其他国家的客人都不会过分友好。在东欧的老式酒店里,人们也不会苛求酒店的舒适度。不过西欧就不同了,相比之下,西欧更开放、更奢华。住在地中海沿岸的欧洲人要比北欧人更有激情、更有活力。而在我看来,北欧则是欧洲最安全、最和谐的地方。"

凌萱钦佩地看着赵汀说道:"哇,你说得太棒了!我真的服了你了!"

"没什么的,你可以比我做得更好。"赵汀真诚地笑着。

"在我来欧洲前,我以为英国就是欧洲,现在我才知道,英国人从来不把自己当作欧洲人。"凌萱叹了口气道。

"这说明你进步很大。我觉得在国外学习就是个不断积累、探索的过程。不过,我觉得自己还是有点不适合到国外学习,我更喜欢国内教授的课堂讲授方式,还有国内学校的管理学习方式。在这里,我就像脱缰的马,一下子找不到方向了。"赵汀有些遗憾地接着说,"这次来波兰游学的唯一遗憾是,我在学术上没有太大的进展。"

就在这时,公交车到站了。

"对了,晚上我到你宿舍,把东西拿给你。"赵汀说。

"好的,晚上见。"凌萱笑着说道。

凌萱看着赵汀拎着购物袋摇摇晃晃地上了楼,不禁有些惆怅。为什么天下没有不散的宴席?为什么离别总是让人这么断肠?

四十三

凌萱躺在床上胡思乱想着,有些精疲力竭。最近突然发生了那么多事,让她觉得在华沙的日子一下子变得越来越艰难,烦恼、困惑一个一个接踵而来,剪不断,理还乱。她周围的朋友、恋人,出于这样或那样的原因,好的或是坏的,都渐渐地远离了她。生活就像一个迷宫一样,很多熟悉的人一个转身,便消失在了岔路口。凌萱对造物者的安排百思不得其解,既然不能相恋,何必相见?为什么人们只有在失去后才知道珍惜?

"萱,和你说一件事,我转班了,和金正在一个班。"索尔凑过来与凌萱分享自己的喜悦。

"太好了,这样你和金正就有更多时间待在一起了。"凌萱说,"希望你们之间一切进展顺利。"

"我们关系很好,都没怎么吵过架。"索尔脸上挂着幸福的微笑。

"太好了。索尔,问你一个比较隐私的问题,你最喜欢金正什么呢?"

"我也不知道,我只知道自己很喜欢他,可能我喜欢他的性格吧,他很可爱,也有意思。"索尔思索道。

"真好,每个人都知道自己想要什么。只有我不知道。"凌萱说,"对了,赵汀马上就要回中国了。"

"真的吗?这么快!"索尔用指头算了算日期,吃惊地说,"时间过得真快啊,转眼间一年就要过去了,听说她在欧洲玩了很多地方,是吗?"

"是的。"

"哇,那她家一定很有钱咯,我要是像她那么旅行,早就破产了。"索尔笑道。

这时,有人敲门。凌萱从床上一骨碌爬了起来,开了门,正是赵汀,她左右手各拎了一个大包,就这样跌跌撞撞地进了屋。赵汀把包放在凌萱的桌子上,说:"这个包里有一些药品,还有卫生纸,那个包里是电线、笔芯,还有一些好吃的,不是很多,希望对你有些用。"

凌萱已经感激涕零,说道:"谢谢你,谢谢你的帮助。"

赵汀想了一下,说道:"哦,对了,我还给你拿了一些头孢氨苄药片,发烧的时候,可以吃这个药。不过希望你健健康康的,这些药都有副作用,千万不要乱吃。对了,电线坏了的时候,可以用我的这个,公牛的,质量很好。"

"谢谢。"凌萱觉得全身浸泡在暖流里,这时候,除了谢谢,凌萱说不出其他话来。

"别客气。"赵汀笑了,露出两个浅浅的酒窝,"我们马上就要分别了,希望你还可以记住我。真不知道我们什么时候可以再相见。"

"离别"这个词清晰地出现在凌萱的脑海里,现在她终于明白了这个词背后包含了多少人生伤痛与无奈。是啊,真不知何时才可以再见到赵汀。凌萱不能原谅自己的是,到了最后一刻,她才知道什么是真正的朋友。

"我们可以再见面吗?"凌萱有些感慨地问,"离别太痛苦,天下无不散的宴席,这句话简直太残忍了。"

"是啊,离别是痛苦的。不过,在波兰的这段日子里,我过得很开心,结交了这么多好朋友,每一天都很难忘,我觉得回国后可能会把他乡当故乡。不过,至于再见,我相信我们很有缘,我也相信命运的安排,既然我们曾经相遇,我们的人生多多少少就绑在了一起,上天一定会让我们某天在世界的某个角落再次相见的。现在的短暂分别就是为了重逢时的喜悦。"

听了赵汀的话,凌萱觉得心里好受多了。她感受到了赵汀浓厚的情谊,这是女性之间珍贵的友谊,不是斤斤计较、尔虞我诈,而是一种惺惺相惜之感。

"我的飞机明天下午1点钟左右就要起飞了。你到时候会送我到机场吗?"赵汀满怀希望地问。

"会的,当然会了。"凌萱不假思索地答道。

第二天早上,凌萱帮赵汀收拾行李,送她到了机场。在去机场的路上,凌萱不停地回想起自己刚到华沙时的情形,内心的情感翻江倒海,久久不能平息。终于,赵汀准备登机了,凌萱也不得不离开。和赵汀说完再见转身离别的一刹那,眼泪从凌萱眼里流了出来。

在华沙接下来的日子里,走在大街上,或者坐在公交车里,凌萱总是习惯性地四处张望,看到与赵汀身材相似的中国人,就会下意识地走近。凌萱似乎还是不相信赵汀已经回国,暗暗渴望还可以像以前那样巧遇赵汀。

四十四

上楼时,凌萱远远看到楼梯口有一个男生独自坐在台阶上抽着烟。走近一看,不是别人,正是吴建!

凌萱走上前去,看到吴建那张郁郁寡欢的脸。上个学期的期末考试,吴建竟然挂了两门,现在他又开始抽烟!看到吴建这么堕落,凌萱有些不忍。

"吴建,真的是你!你怎么抽这么多烟?"凌萱关切地说。

吴建没有想到会在这儿碰到凌萱,让她瞅见自己这么颓废的样子,他不免有些尴尬,他更没想到凌萱会主动和他说话。于是,他掐灭了烟头,关上了窗户,拿起地上满是烟头的烟灰缸,一如既往地笑道:"好久不见啦,没什么。这儿的烟有一股薄荷味,就想抽一些,没想到一抽就上瘾了。"

"你是不是有什么想不开的事?如果相信我的话,可以告诉我,咱们一起解决。虽然我提不出什么特别好的建议,不过还是很愿意帮一些力所能及的忙。一个人把秘密憋在肚子里一定不好受。"凌萱很想拉吴建一把,就像小时候吴建在背后无数次默默支持、鼓励她那样。她对吴建早已经没有了爱,只剩下对童年美好记忆的淡淡怀念和忧伤。

"没什么,你多虑了。"吴建干笑了几声,反问道,"我倒是要问你,你最近怎么了?怎么没见你和那个日本人在一起啊?"

"没什么,我很好。"凌萱也笑了。提到古泽英夫,凌萱觉得伤疤再次被揭了起来,她只能用笑容掩饰心里的阵痛。

"那我们就各自安好吧。"吴建笑道,"希望你好好的。我先回宿舍了,明天上课见。"吴建站起来,打算离去。

"再见。"凌萱客气地说道。

凌萱上楼,吴建下楼,俩人就这么擦肩而过。突然间凌萱感到时间放慢了脚步,然后倒流,记忆中的一幅幅画面在她的脑海里闪过。凌萱突然想到还是高中生的时候,她非常喜欢的一首歌:"十年之前……你不属于我……十年之后,我们是朋友,还可以问候……"

回到宿舍后,躺在床上的凌萱还在想着刚才发生的事,她有些担心吴建。突然她想起很久之前,周晟打来电话说有事要告诉她,而那段时间她太忙了,就把这事淡忘了,凌萱马上爬了起来,联系周晟。

第二天,凌萱和周晟在越南餐厅里见面。

"你今天怎么想到约我到越南餐厅吃饭了?"周晟满面春风地问。

"当然是想和朋友一起吃亚洲菜了。你是我的朋友,我自然就想到你了。"凌萱愉快地说,"怎么,不会不乐意吧?"

今天的华沙天气晴朗,受天气的影响,凌萱的心情也格外好。在波兰,凌萱觉得自己简直成了晴雨表,对温度和阳光非常敏感,如果是阳光灿烂的日子,她就心情特别好。这时,阳光透过餐厅的窗户射进来,把餐厅里照得通亮,一切都让人觉得非常舒适而温馨。

"我当然愿意在外面晃荡了,尤其是被我们凌大小姐约,一定随叫随到。"周晟开玩笑说,接着他突然变得严肃起来,故作深沉地说,"谢谢你想到了我。"

凌萱微微一笑,没有多么在意周晟的话,而是看了看菜单。他们一人点了一份西红柿炒鸡蛋盖浇饭。

"对了,考试你都过了吗?"凌萱问道。

"我的国际安全课挂了,这门我得补考。"周晟说,"你一定全部过了吧?"

"嗯。很幸运的是我所有的考试全过了。"凌萱开心地说。

"你好。"这时餐馆的越南厨师端着两盘西红柿炒鸡蛋盖浇饭从厨房里出来,用中文和他们打招呼,接着又用蹩脚的英文说,"这是你们的饭。"

"谢谢。"凌萱和周晟回答道。

"你是中国人吗?"厨师上下打量凌萱道。

"对。"周晟抢先一步,替凌萱答道。看到越南厨师主动和凌萱搭讪,周晟立刻警觉了起来,他不希望凌萱受到骚扰。

厨师看到周晟似乎做好了战斗准备,突然大笑起来,用英语说道:"我爱北京天安门。"

听到这里,凌萱和周晟都笑了起来。

"对了,咱们刚才说什么来着?对,你考试全过了,太好了!我听学姐学长们说,在国外一次性通过所有的考试确实很难,除非那些母语是英语的学生。凌萱你真的很有天赋,我觉得你的潜力很大,可以做出更多不可思议的事情来。对了,你不是喜欢写作吗?我建议你,应该好好去写作,追逐心中一闪而过的灵感和美丽,争取完成一部大作品。"周晟逮住这个机会,再次开导起凌萱来。

"不、不。我也说过我什么都不想写,现在写不出任何东西来。"凌萱皱了皱眉头,想到了自己在波兰凌乱的生活,觉得自己的世界已上下颠倒。

"好吧,你自己看着办吧。"周晟埋头狼吞虎咽地吃起来。

"你喜欢这家餐厅的菜吗?"看到周晟吃得那么津津有味,凌萱问。

"一般吧,不过至少可以填饱肚子。与其他饭店的价格相比,这里的也算是物美价廉了,你觉得呢?"

"我觉得这儿的菜就像中国砸锅了的盖浇饭。"凌萱笑着说道。

"描述得完全正确。"周晟也笑了。

过了一会儿,凌萱有些犹豫地说:"周晟。"

"嗯?"

"我昨天碰到吴建了,当时他正一个人坐在楼梯口抽着烟,烟灰缸里满满的都是烟头。"说完,凌萱沉默了。

周晟抬起头,看了凌萱好一会儿,说:"可怜的孩子,这段时间他一定很不好过。"

"他怎么了?"听周晟的语气,凌萱的心提到了嗓子眼。

"你想知道吗?"周晟再次抬起头问。

凌萱点了点头。

"我很早就想告诉你了,但你似乎不怎么关心,我就没有说。王天冰和吴建分手了。原来王天冰一直与一个老板有着不正当的关系,据说那个老板很有钱,王天冰的LV皮包、名牌衣服,还有她在华沙租的房子,全都是那个老男人资助的。后来被吴建知道了,他们大吵了一架。再后来,吴建发现自己依然对王天冰念念不忘,就给王天冰打电话,希望可以和她单独见一面。见面时,王天冰却狠狠地伤害了他,说永远不会嫁给一个穷小子,还说什么她已经过了做梦的年龄。这几天,吴建告诉我王天冰马上就要和那个老板结婚了,还说王天冰过一段时间就不来上课了,她要和未来的丈夫移民到澳大利亚去。也好,不来就不来了,就当我们没有见过这个人,没有交过这个朋友。"周晟一边说,一边观察她的反应。

听罢,凌萱问:"你为什么不早点告诉我呢?"

"我早就想告诉你了,可你一直都没给我机会。"周晟小声抗议道。

凌萱的脸绯红,她知道周晟说的是事实。

"你现在是什么感受呢? 你觉得好受一些,还是心理很不平衡?"

周晟好奇地问。

"什么感受？我现在什么感觉都没有。"凌萱白了他一眼说，"不要这样子盯着我。饭都凉了,赶快吃吧。"

四十五

曾经,吴建和王天冰也像其他恋人一样,在华沙度过了一段非常珍贵的快乐时光。他们一起参加派对,一起逛街,一起到波兰餐馆里品尝波兰美食。有时候,他们还一起去图书馆学习。

王天冰喜欢购物,喜欢买奢侈品,还喜欢到华沙高级的中餐馆吃饭。跟着王天冰,吴建几乎玩遍了华沙所有好玩的地方,也认识了很多在华沙的华人。吴建对王天冰有这样的阅历并没有感到不安,他只是有些好奇,不知道她从哪儿认识的这些人。

"星期一没有课,你有什么打算?"一天,吴建问王天冰。

"嗯……我想会去健身房练瑜伽,之后我要去蒸桑拿。你呢?"

"那我也去健身房。"吴建说,"反正一天都没课。"

"你能听懂教授的课吗?"王天冰问。

"能听个大概。我一直很努力,我有信心,用不了多久我就会赶上去的。"吴建说,"对了,我有一个朋友,他刚大学毕业,现在到华沙出差。因为他懂波兰语,一个月能赚三万元呢。所以我也打算学好波兰语……"

王天冰不屑地微微一笑:"一个月三万元也没什么了不起的,我有一个朋友在波兰一个月就可以赚到十万兹罗提。"

吴建注意到王天冰再次提到了她那个神通广大的朋友,心想什么时候可以见"她"一面。

一个星期天,吴建买了两张歌剧票,打算晚上和王天冰一起去老城区看歌剧。他先给王天冰打电话,想约她在某个咖啡馆见面,可是她的手机怎么都打不通。吴建想,可能王天冰的手机没电了,就决定亲自去她租的公寓找她,给她一个惊喜。

他希望公交车可以开得更快一些,恨不得马上飞到王天冰身边去。然而那天公交车开得出奇地慢,这在华沙也是极其少见的。而且十字路口还有些堵车,有两名警察在疏导着交通。

磨蹭了一个多小时,吴建终于抵达了王天冰的公寓。吴建刻意仔细整理了一下自己的衣着,然后摁响了门铃。

"谁呀?"

门开了。吴建抬头一看,他的笑容立刻僵在了那里——一个穿着睡衣的中年男人给他开了门。

"你找谁?"中年男人有些不悦地问道。他的声音沙哑而粗糙,但有着上了年纪的优越感。

吴建的第一反应是,王天冰的父亲来波兰看她了,准备叫叔叔,可这时,屋里传来的王天冰甜甜的声音,打碎了他所有的幻想。

"亲爱的,谁呀?"吴建听到王天冰娇滴滴地问。

"我不知道,一个小毛孩。亲爱的,是你同学吗?你认识他吗?"中年男人问道。

这时,王天冰露出了脸。只见她头发松散地披在肩上,身穿一件粉红色的背心和黑色紧身半腿裤,嘴唇涂着艳丽的唇膏。看到站在门口的吴建,她有些目瞪口呆,一时间立在了那里。

"这是谁?你认识他吗?"中年男人看到王天冰愣在那里,有些不满地问。

吴建屏住呼吸,等待王天冰的回答。

"啊,我的一个同学,亲爱的。"王天冰对中年男人撒娇道,"不要管他了,他可能是过来想和我讨论展示的。"

中年男人皱了皱眉,说:"我不喜欢你上课,也不希望你的这些小毛孩朋友打搅我们平静的生活。"

"那我告诉他们以后不要在周日打扰我们就行了。"王天冰温柔地说道。

吴建再也无法忍受,声音颤抖地说:"我是来打扰你的?"接着冷笑道,"你不知道我为什么来这里?展示?狗屁!"说完,他把手里的两张歌剧票狠狠地摔在地上,扭头离去。

王天冰低下头,看到地上躺着的是两张《卡门》的歌剧票,大概要花费四百兹罗提。她知道吴建自始至终对自己一片真心,也知道这两张歌剧票包含了吴建多少真情,突然她感到有些遗憾和愧疚,但很快就平复下来。既然她已经做了选择,单纯的爱情对她来说是远远不够的。于是,她没有捡起掉在地上的歌剧票,而是搂着中年男人的腰,头也不回地回到了房间。

然而,吴建并没有自己想象的那般坚强,他无法这么容易就放下王天冰,即使得知王天冰是个极其爱慕虚荣的女人,他依然深深地爱着她,如同瘾君子一样,越陷越深,无法自拔。就是从那时起,吴建有了烟瘾。在内心经历了无数次斗争后,他决定还是给王天冰打一个电话,不乞求可以挽回一切,但至少要她一个解释。

王天冰在咖啡馆里见到了吴建。外面电闪雷鸣,大雨倾盆,一身黑色丝质连衣裙的王天冰踏着一双黑色高跟皮鞋,袅袅婷婷地走进了咖啡馆。

"叫我来有什么事?"王天冰合上雨伞问。

"我想要一个解释。那天的那个人是谁?为什么你会和那个男人在一起?"吴建咬牙切齿地说道。

王天冰没有立刻回答,而是用吸管搅着咖啡,过了好久,她才说道:"我们以后不要见面了。我马上就要结婚了。"

虽然吴建做了最坏的准备,但是在听到这个消息时,他依然觉得如晴天霹雳。他声音有些沙哑:"你马上要结婚了?和那个老混蛋?"

"请注意你的语言。"王天冰心烦意乱地说,"是的,我要和他结婚了。"

吴建有些崩溃,他心中所有的纯真和美好被碾得粉碎。他浑身颤抖地抓着王天冰的手说:"不,这不是真的!你在开玩笑呢!你怎么可能浪费自己的青春,嫁给那样一个糟老头呢?"

王天冰有些烦躁地推开了他的手,说:"吴建,忘了我吧。我一直都在欺骗你。你想知道是谁一直在华沙帮我租房子吗?是他。我所有的名牌衣服、礼品、LV包、化妆品都是他给我买的。"王天冰说话的时候,她金色的耳环一直左右摆动着。

"不,这一定不是真的。"吴建痛苦地说,"很久以前你就告诉我,你愿意做我的女朋友。记得在巴黎的时候,你还说你爱我,我们要永远在一起!"

"没错。我以前是爱你,也一直在犹豫,下不了决心,不知道该如何和你解释。现在好了,你自己知道了,那我们也就结束了。"王天冰冷冷地说,"你怎么能指望我和你结婚呢?你知道我想要什么样的生活吗?你给不了我想要的生活。可他就不一样了。现在,我们正在办理手续。如果一切顺利的话,春节后我们就会离开波兰!"

吴建觉得自己的一切都毁了,他的野心、他的骄傲被这个女人的虚荣心烧成了灰烬。

"你还有没有别的要说的了?"吴建紧紧地攥着咖啡杯的手柄,仿佛想把它捏碎一般。

"没有了。"王天冰有些惊恐地看着吴建。

吴建一口气喝完了杯中的苦咖啡,没有加糖,也没有掺牛奶。王天冰看着他这样,心里有些发怵,就站起来匆匆离开了。

四十六

得知吴建和王天冰之间发生的一切后,凌萱非常同情吴建,因为她知道在错误的时间、错误的地点爱上一个错误的人,是一件多么令人心痛的事。

其实,很多时候我们知道,即使爱一个人会把自己弄得遍体鳞伤,付出没有任何回报,我们依然选择无怨无悔地去爱。

凌萱发现古泽英夫似乎已经从所谓的"失恋"中走了出来,又回到了以前那种精力充沛、闹腾欢乐的样子。上课的时候,他还是喜欢坐在拉杰什旁边,下课后,就和其他同学一起谈论时事政治,一切如常。

而凌萱却感到无尽的失落,一个人待着,默默地舔着心上的伤口,承受着爱情的后遗症。有时候她觉得这个世界很不公平,为什么相爱的两个人总有一个爱得多一些,记忆多一些,受的伤害更深一些?

这时,另一组交换生也来到了华沙。凌萱还选修了一门人文学院的文学课:如何在后现代读古希腊文学。在这门课上,她遇到了其他院系的外国同学。每节课教授讲授完毕之后,学生按照要求根据课堂上读到的希腊文学进行创意写作,学生们需要创作诗歌、小说、短篇故事、演讲等各种体裁的作品。今天这节课上,教授要求学生写一篇伊索寓言那样简单的寓言故事。

课上,凌萱读了她自己的寓言。

"一个寒冷的晚上,一只无家可归的流浪狗在村子的大街上饥肠辘辘地游荡,它想找一个庇护所来填饱自己的肚子。它看到前方有一座温暖的小屋,于是狂叫起来,想吸引里面人的注意。屋子里住着另一只狗,它听到了外面的狗叫声,想都没想跟着叫了起来,因为它觉得自己的叫声可以更高,自己可以变得更威风。这只狗的叫声吵醒了主人,主人还以为发生了什么危险,立刻警觉起来。当他发现一切正常后,非常气愤那只狗把他从睡梦中吵醒,于是就把那同住了多年的狗赶了出去,却把外面的那只流浪狗请了进来。

"我们有时候不应该和对手做没必要的竞争,以免落入对手的圈套。"

凌萱读完后,全班同学一阵沉默。

"为什么外面的狗要叫呢?"一个意大利女孩问,她是一名交换生。

"因为它又冷又饿,所以它想通过叫声引起里面人的注意。"

"于是,它就先叫了,吸引了住在屋子里面的狗的注意了?"一个德国男孩问。

"是的。"凌萱说。

"所以,那它就是阴谋家了。"德国男孩笑着说。

所有的同学都笑了起来。

教授说:"凌萱,你这个寓言非常有创意,是个很不错的寓言。就像伊索一样,通过观察自然界动物的特征来写出的故事,真的很不错。"

凌萱听了,非常高兴。

"我想问一下,在中国是不是所有的女孩都这么有才呢?"这时一个波兰男孩问道。

凌萱笑着说:"每个人都有每个人的特长。"

"每个中国女孩都可以追求自己的梦想吗?"一个波兰女孩问道。

"只要她们愿意的话。"凌萱回答道。

"中国是一个很现代的国家。"教授在一旁插话道。

"现在波兰的姑娘也很厉害。"这时另一个波兰男生说道,"她们不仅追求生活上的满足,更希望可以在职场上闯出一番天地。"

"我觉得这样不好。"另一个波兰同学说,"我觉得女孩就应该有女孩的样子。"

凌萱觉得有些糊涂了,问:"你们波兰人期待女孩是什么样子的呢?"

这个波兰男生有些羞涩地说:"波兰还是一个很传统的国家,尤其是在对待女人的问题上。"

"怎么传统?"意大利女孩插话问。

这时,那个波兰女孩解释道:"由于二战的时候很多男人战死在沙场,社会更希望女人在家里相夫教子,而不是在职场工作。"

"你呢?你喜欢什么样的生活?"德国男孩好奇地问。

"我喜欢有智慧的人。我的偶像就是中国的花木兰。"这个波兰女孩笑道。

"哦。"大家也都笑了。凌萱很高兴中国文化被越来越多的外国人所熟识。她小时候的偶像也是花木兰。

"对呀,我觉得现在时代变了,现在的波兰姑娘想要的,不单单是相夫教子那么简单。"另一个波兰男生评论道。

"整个世界都在变化。"教授说道,"关于女性地位的问题,20世纪30年代、40年代的时候,全世界兴起妇女解放运动的浪潮,很多妇女的口号是,'我们希望自己可以像男人那样穿裤子、抽烟、品尝世间所有的快乐'。最近几年,妇女们又兴起的口号是,'希望可以做家庭主妇,享有妻子和母亲的权利,而不是非得在职场做出一番事业来'。她们在寻找一个平衡点。"

"这也就是说看女人自己想要什么了。"德国男孩评论道。

大家都点了点头。

"萱,下课后和我们一起去波兰餐厅吃晚饭吧?"意大利姑娘走过来,邀请凌萱道。

"好!"凌萱欣然答应。

课后,凌萱和他们一起去了波兰餐厅,就是以前吴建提到的那家波兰美食连锁店。这家古朴的餐厅很有特色,墙上悬挂着一个书橱,里面放着各种波兰古书。服务员们都穿着波兰传统服饰,餐具也是很古典的瓷碗,富有波兰情调。他们在一张桌子旁坐了下来,刚好下午6点。

"其实,这是我第一次这么早吃晚饭。"他们坐下来后,意大利姑娘说。

"为什么?"德国男孩问。

"因为我们意大利人一般都是晚上8点钟才吃晚餐。第二天早上,我们也起得很晚。"意大利姑娘解释道。

"哦。"凌萱和德国男孩都觉得有些不可思议。

他们点了餐。凌萱要了一碗波兰牛肉汤,意大利姑娘和德国小伙点了波兰饺子。牛肉汤是用温火慢炖的,口感非常细腻。

"萱,你写的寓言太精彩了,我们都很佩服你。"这时,意大利姑娘羡慕地说。

"谢谢。"凌萱笑了,"你写的寓言也很不错啊。你是通过观察人物写出的寓言,把动物拟人化了,我只单纯地描写了动物。"

意大利女孩当时写道:"一只狐狸在打一只鸡的主意,就对它说想和它一起吃午饭,还赞美鸡说它倾国倾城,它已经不可自拔地爱上了它。然而鸡很聪明,识破了狐狸的阴谋诡计,说它已经有了伴,是一只老虎。狐狸听着有些胆战心惊,慌忙走开了。"

意大利女孩接着写道:"聪明的大脑要比体力上的优势更具有杀伤力。"

"和你的比差了一大截呢。"意大利姑娘笑道,"我的寓言就是模仿他人的,有很多人都这么写过,也没什么新意。"

"打扰一下,我想问一下,在中国,朋友们一起聚餐后,是不是大家都抢着埋单呢?"德国男孩问。

"嗯,一般情况下,会有一个人请客,不过一般情况下,大家都会再把饭请回来的。"凌萱解释道,心想有好多外国人都会问这个问题,相比国外的 AA 制,国内的人情文化确实对外国人很有吸引力。

"在我们意大利,一伙朋友一起吃饭,不管每个人点多少,最后都是平分饭钱。"意大利姑娘说。

"哇,真有意思。"德国男孩感叹道。

这时,服务员小姐把他们点的菜端了上来。凌萱很喜欢这个餐厅,每个细节都非常具有波兰特色。顾客用餐后,美丽的服务员小姐会在餐桌上放一个小篮子,顾客们就把钱放到篮子内,再把篮子递给服务员,服务员再把找的零钱放到篮子里交给顾客。

突然,凌萱在餐厅的一角瞥见一个熟悉的身影,她立刻变了脸色。她看到古泽英夫正在和一个亚洲女孩吃饭聊天,女孩时不时地躺在他的怀里,仰起头,朝古泽英夫甜甜地笑着。凌萱心里有些不舒服,她猜测这个女孩就是索尔说的韩国妹子珉宣了。女孩长得很漂亮,亭亭玉立,干练精致,和凌萱比起来毫不逊色,甚至要更胜一筹。就在这时,古泽英夫也看到了凌萱。两人的目光相遇,他的脸一下子变得苍白。"怎么了?"躺在古泽英夫怀里的珉宣仰头关切地问。

凌萱忙移开视线,低头看着在烛火上慢慢煮热的牛肉汤,有些食不甘味。意大利女孩和德国男孩在一旁有说有笑,而她则像一个机器人一样,机械地和他们交谈着,早已没了聚餐的心情。

"很高兴认识你。"分别时,意大利女孩热情地对凌萱说。

这时德国男孩走上前来,给了凌萱和意大利女孩一人一个热烈的拥抱,同时说道:"我们德国人分别时,要互相拥抱。"

"我们意大利人则是互相亲吻对方。"意大利姑娘说,"朋友间要亲吻三次。"

凌萱淡淡地一笑,说:"我们是互相握手告别。"

这时意大利姑娘和德国男孩热情地笑了,凌萱也努力想让自己和他们一样开心,但心里郁结着疙瘩,怎么也快乐不起来。临走时,她回头看了一眼餐厅,透过玻璃窗,看到古泽英夫和珉宣仍然在那里用餐。

四十七

　　华沙的夏天终于来了。华沙的夏天是非常有特点的,即使是五六月份,天气依然多变。下雨过后,如果凌萱穿着半腿裤或者短袖走在街上,还是会感到透心的凉。然而,在一周之内,如同施了魔法一样,天气会骤然变热,气温一下子飙到 30 度以上,凌萱只好再次换上半腿裤和短袖。华沙还有一个非常有趣的特点,无论太阳多么炎热,只要你走到阴凉处,就会立刻感到非常凉快。在阳光下和阴凉处完全是两个季节。

　　凌萱从小最喜欢的季节就是夏天,她喜欢夏天的热情和色彩。然而这个夏天,她还沉浸在爱情的创伤里,没有走出来,因而和煦的阳光、茂密的树丛对她来说没有了吸引力。从外表来看,凌萱和以往没有多大区别,依然认真听课,积极地和教授讨论问题,认真准备展示,查阅资料,但她心情很低落,很容易感到疲惫,一点点小的情绪波动,都会让她内心波涛汹涌,久久不能平静。不过和以前不同的是,凌萱已经学会了克制自己的感情,不轻易把烦恼写在脸上,也不愿意轻易落泪。只有到了晚上,有时候凌萱会坐在窗前,数着满天的繁星,内心会突然燃起一种渴望,她很想找一个没人的地方大声地哭喊出来。夜里,有时候索尔会听到凌萱小声啜泣,她很替凌萱担心。

到了周六,很多朋友想约凌萱出去玩,但她都婉言拒绝了。凌萱把自己锁在屋里,斜躺在床上,专心地读着小说。

"萱,你今天出去吗?"中午索尔问。

"不,我想一个人待在屋里。"凌萱回答道。

"什么?这么好的天气待在屋里,多可惜呀。要不我们一起去吃北海的鱼怎么样?"索尔建议道。

"我不饿。今天不想吃。"凌萱还是打不起精神来。

"你昨天就没有吃午餐,今天早上也没吃东西。不吃东西怎么能行啊!"索尔想和凌萱理论。

"没关系。我就是比较忙。"凌萱还是没有抬起头。

"萱,和你说,本来呢我今天打算和金正一起出去看电影的,但我和他说我今天有些忙,要和你在一起,他听了还有些不高兴呢!你看我对你这么好,你怎么不给我一点面子呢?如果你不想吃东西,至少可以陪我一起出去走走,看着我吃呀!"索尔噘着嘴说。她想尽一切办法让凌萱和她一起出去。

"行、行、行,和你一起出去。"凌萱拗不过索尔,只好答应了,"不过我真心不喜欢北海的鱼,味道太淡了。我在一旁看着就行了。"

"开玩笑吧？北海的鱼是全世界最有名的连锁餐厅之一，在那里可以吃到最好的鱼、最好的薯片，感受最好的服务。"

"行了，别做广告了！"

走在路上，凌萱万万没有想到夏天的阳光可以这么明媚，她好几天都没有出来了。和索尔一起走着，凌萱精神振奋了许多。一路上，索尔一直愉快地说着话，凌萱在一旁静静地听着。凌萱看到因为是夏天，很多饭店的门口摆出了一些桌子，供顾客们一边在室外吃饭，一边晒着太阳。

"我发现到了夏天，整个华沙就活跃了起来。记得冬天的时候，华沙就像一座空城一样，除了节假日，平日街上的行人很少。"索尔一边看着周围，一边说道。凌萱看了一眼索尔，没有吭声。

"华沙真的是一个非常适合生活的城市，真的很安静，生活节奏也很缓慢。在首尔，一切都商业化了，人们除了购物还是购物，没有其他娱乐的方式。"索尔感叹道，"到了，北海的鱼。"

北海的鱼是一家自助餐厅，索尔选了菜后，就和凌萱坐了下来。索尔故意放慢了速度吃，希望凌萱可以和她在外面待更长的时间，于是她掏出了手机，边吃边看网上的韩国新闻。

"唉，真伤心啊！"突然，索尔感叹道。

"怎么突然就伤心了？"凌萱问。

"你看这些图片，讲的是这个世界在2050年看起来是什么样子的。有的图片说印度会在2050年发送宇宙飞船到太空去,人们会把手机芯片放到身体里面,还有2050年的移民火星计划。对了,这儿还说,到时候人类可以随时随地到太空旅行,还有以后我们不再需要什么药物,还有将来会发生星球大战什么的。看起来真吓人啊!"

"这有什么吓人的?听起来不是很好吗?这充分说明了社会在向前又好又快地发展,人类文明也在不断进步。"凌萱不以为然地说道。

"我觉得这样不好。我很喜欢我们现在的生活方式。就拿未来的太空旅行,还有移民到其他星球的计划来说吧,我觉得只有非常有钱的人才可以享受到这种待遇,穷人们只能继续待在这个污染日益严重的地球上。"

凌萱觉得索尔的话蛮有道理,不过她心里还是很希望社会能够继续向前发展,只要世界在进步着,人类就有希望,就会有一个更美好的未来。

突然,凌萱问索尔:"对了,为什么你的父母要在你那么小时就把你送到印度去学习呢?"

"我的父母希望我以后能够成为一名著名的企业家,有自己的跨国公司。当时他们在网上看到印度的发展多么快,多么好,还有新闻评论说印度是一个非常有潜力的国家之类的,就把我送到印度去学习了,觉得那样我可以更好地了解印度,结交更多印度朋友,以后创业也就容易一些。"

凌萱明白了其中的逻辑,叹了一声:"哦。"

"怎么了？有什么奇怪的吗？"

"不，你父母对你的期望很大呀。"

"对，这就是我老生他们气的原因。"索尔狠狠地用叉子戳了一下鱼片，接着说，"有时候，我也在想，既然我们都是人，为什么我们却都不同呢？为什么有些人天生有钱，有些人出身贫寒，有些人天生丽质，有些人天生相貌平平？正因为我们每个人的差别很大，这个社会才出现这么严重的等级分化，人们也会为了有限的资源争得你死我活。唉，为什么人与人之间会不同呢？造物者很不公平啊！"索尔有些愤慨地说道。

听到索尔有这样的疑问，凌萱微微有些吃惊。她自己又何尝没有这样的疑惑呢？为什么上天会这么不公平，创造出不同的人？

"凌萱，怎么了？你在想什么？是不是我的话题太扫兴了？"索尔看到凌萱的脸色沉了下来，以为她又想到了那些不开心的事，关切地问。

"没有，我很好。"凌萱感激地笑着，"索尔，我觉得你可以学哲学，以后可以当一名哲学家。"

"谢谢。有时候我也很烦恼，自己总把问题复杂化，老是想一些哲学问题。"

"那么，你对自己的问题有没有解答呢？"凌萱问。

"嗯，有，比如当我感到困惑、心情烦闷的时候，我就会这么想：我应该学会感激生活。至少现在我可以安心地在波兰学习，衣食无忧，与那些生活在贫困中、忍受着饥饿、寒冷和疾病的人，还有那些生命受到战争威胁的人相比,我还是很幸运的。想着想着,我便很感激上苍赐予我生命,感恩地接受生活中的一切烦恼。"索尔笑了起来。

听了索尔这些话,凌萱有些感动。她觉得,索尔就是一个天使。

第二天是周日,凌萱还是不想出去,想宅在宿舍里继续看书。索尔起床后看到凌萱坐在那一动不动,于是又想了一个主意。她对凌萱说:"萱,今天有时间没?再和我一起出去怎么样?"

凌萱放下手中的书,皱着眉头,犹豫道:"不行,我还得做功课呢。"

"走吧,你需要多多锻炼身体。我们一起出去,去感受夏日的阳光。你难道不觉得在华沙享受阳光是一种奢侈吗?"索尔把凌萱从椅子上拉了起来,说,"走吧,我们走吧!"

"好吧。"凌萱说,"那我得先打扮一下。"

"我帮你打扮怎么样?我们韩国女孩都很会梳妆打扮的,你可以完全相信我,我的水平保证不亚于专业化妆师的水平。"

"好的。"凌萱淡淡地一笑。

于是,索尔小心翼翼地在凌萱的脸上扑上了化妆水、乳液,涂上了BB霜,又小心地给她画了眼线,然后在凌萱的脸颊上涂上一层淡淡的腮红,最后给凌萱涂上了唇彩。

"哇,你看上去简直太惊艳了!"索尔惊奇地感叹着,"太吸引眼球,太有魅力了!"

凌萱看到镜子里面有一个非常迷人的女孩,这个女孩唇红齿白,古灵精怪,一双水汪汪的大眼睛闪着光。

"谢谢你。"凌萱觉得心情好了很多。

"萱,你应该每天化妆。你不知道你化起妆来有多美丽!"索尔满意地说道。

索尔带着凌萱来到了土耳其餐厅吃烤吧吧。索尔要了一个牛肉烤吧吧,凌萱依然没有点任何食物。

"你不饿吗?"索尔问凌萱道,"这儿的烤吧吧真的很好吃,味道很正宗。我的土耳其朋友都说这家店的烤吧吧好吃呢,你要是不吃,会后悔死的。"

这时,凌萱听到自己的肚子咕咕叫了。

听到凌萱肚子的抱怨声,索尔笑了,就把自己的烤吧吧掰成两半,分了一半给凌萱,催促说:"吃吧。"

凌萱有些犹豫地接过烤吧吧,她发现手里的烤吧吧卷的牛肉要比索尔手里的那一半多很多。

"吃吧。"索尔真诚地说。

凌萱的眼睛不由得湿了,她努力忍着不掉下眼泪。她突然觉得,无论今后在华沙发生了什么,有这样的朋友,她的一生也就值了。

"怎么样? 好吃吗?"索尔急切地问。

"好吃。我最喜欢吃烤吧吧了,这个烤吧吧也是我吃过的最好吃的烤吧吧。"

听凌萱这么说,索尔开心地笑了起来。凌萱也笑了,这是她这个夏天第一次开怀大笑。

晚上,她们回到了宿舍。在凌萱心里,宿舍就像一个温暖的家,足够坚实,可以抵御华沙的寒冷和风暴。凌萱觉得一切如一场梦一样,她万万没有想到自己和一个韩国女孩结下了这么深厚的情谊,她怎么都不敢相信自己可以这么爱一个外国人——原来友谊是没有国界的。

"萱,晚安。"索尔上床睡觉前对凌萱说。

"晚安,索尔。"凌萱带着感情说。躺在床上,凌萱开始回忆和索尔在一起的每一天,她们是如何相识、如何成为室友的,还有一年以来在这个温馨的小屋里发生的各种争吵、小感动,以及她们那一次难忘的布拉格之旅。

四十八

又一个周末,凌萱在宿舍里听着演讲,她的手机响了。

"凌萱,你今天有空没?一起去瓦津基公园怎么样?"手机的另一端传来了周晟的声音,"今天天气不错,我想去公园里拍一些照片。"

"哇!你把单反带到波兰了吗?"

"对啊。如果你肯赏脸的话,我还可以给你多拍几张美照。"

"好,"凌萱说道,"那公园见。"

凌萱和周晟一起来到了瓦津基公园。这是华沙也是欧洲最美的公园之一。中国人喜欢称这个公园为"肖邦公园",因为在公园的入口处有一座肖邦的雕像。肖邦的雕像坐在树干上,头发和衣服随风飘动,神情充满忧思,仿佛沉迷在醉人的音乐世界里。

"哇,这个公园真的太美了!"凌萱不禁啧啧赞叹道。

在阳光的照耀下,公园里的树叶变得通透明亮,一闪一闪的,反射着一道道绿光。公园里有不少散心观光的游客。入口不远处,还有很多音乐家正演奏着肖邦的钢琴曲。波兰人因肖邦而充满了自豪感。在老城的大街上,到处都是会唱歌的石凳,一按按钮,就播放出肖邦的钢琴曲。一些公交车站牌附近,还放着一个小录音机,也播放着肖邦的钢琴曲,行人可以一边等车,一边欣赏肖邦的音乐。凌萱还记得,曾经一个波兰朋友问她喜不喜欢古典音乐,她说喜欢,特别喜欢听莫扎特、贝多芬、巴赫和肖邦的乐曲。"是啊,肖邦,我知道肖邦。"这时,这个波兰朋友笑了,"我当然知道肖邦的音乐了,因为我是波兰人。"

"是啊。这个公园对我们中国人还有特殊的意义呢。"周晟一边说,一边从背包里掏出相机,"20世纪60年代,瓦津基公园是中美大使秘密会晤的地方。在这里,中美大使最终达成了一些共识,这才为基辛格访问中国奠定了基础。"

一路上,凌萱看到公园里的树丛中藏着很多蹦蹦跳跳的小动物,有自由奔跑的小鹿,有美丽傲骄的孔雀,还有可爱淘气的小松鼠。这些松鼠就是树丛中的精灵。一路上,很多路人拿着松子喂这些小松鼠,而它们似乎也不惧怕人类,理直气壮地吃着人们手里的松子,着实可爱。

"你想喂松鼠吗?"这时,一个波兰小孩跑过来,对凌萱说。

凌萱点了点头。

"把这些松子拿去吧,都是你的。"波兰小孩摊开手掌,把几颗松子递给凌萱,"你可以拿这些松子来吸引松鼠的注意,然后要这样发声。"小孩示范吹了一下口哨。

凌萱谢过了小孩,接过松子,蹲了下来,然后她伸出了手掌,学波兰小孩那样呼唤着松鼠,等着松鼠凑过来。

这时,一只比较勇敢的小松鼠从树上跳了下来,探头探脑地盯了凌萱好一会儿。

"它来了。"凌萱拽了一下周晟的衣服说。

"是啊。"周晟拿起相机,准备给这只小松鼠拍照。只见小松鼠将信将疑地走了过来,站在凌萱面前,似乎打量着凌萱,突然它一下子跃起,以迅雷不及掩耳之势,叼走了凌萱手里的一颗松子,还没有等凌萱回过神来,松鼠叼着松子就跑了。它还一边跑,一边回头,有些幸灾乐祸地伸出爪子向凌萱挥了挥,弄得凌萱哭笑不得。

"嗯,你应该拿着松子向后移动,这样松鼠才会跟着你动。"小孩说。

凌萱再次谢过波兰小孩,又一次伸出手掌。那只松鼠吃完了刚才的松子,又蹑手蹑脚地走了过来,它想像刚才一样叼起松子就走。"记住,带着松子动。"周晟在一旁提醒道,于是凌萱弯着腰慢慢向后退,突然那只调皮的小松鼠一下子跳到凌萱的腿上,大胆地啃起松子来。

"哇,太可爱了!"凌萱笑了。周晟也在一旁随着凌萱笑了。波兰小孩也笑了。

"谢谢你。"松鼠走后,凌萱又向小孩道谢。凌萱伸出手掌,打算把剩下的松子还给他,而小孩却摇了摇头,说:"这是送给你的。"

"谢谢。"凌萱很开心。

"不客气。"然后小孩随着父母离开了。看着这位素不相识的波兰小孩离去的背影,凌萱突然觉得,无论哪个国家的孩子都是这个世界上最美的天使,人类真正的福音。

"喂松鼠是什么样的感觉呢?"周晟问道。他们继续在公园里走着,物色一个可以拍照的好地方。

"感觉很棒,就像被天使吻了一下。那只松鼠长得真可爱,看得我心里痒痒的,好想抱抱它。"

"我知道你下个生日该送什么礼物了。"周晟笑着说道。

他们终于找到了一个适合拍照的好地方。周晟拿出相机后,调焦、拍照留念。凌萱则在一旁环视着公园,她看到前方水中宫殿的倒影,在阳光下,显得无比唯美。

金色的阳光投在周围的景物上,折射出七彩的光,凌萱伸出一只手,想用指尖去抚摸这阳光。似乎一切美好都停留在她的指尖上,凌萱双眼凝视着前方。

"好,就这样,不要动,OK 了,太棒了。"一旁的周晟赶忙抓拍了一张照片,他笑嘻嘻地让凌萱看她的照片,说道,"看看照片中的你,多么纯洁,多么安静啊!这才是一张真正的艺术照。你就像是一个天真无邪的小女孩,想把一切美好留在手中。我觉得拿着这张照片,我可以获一个摄影类的什么大奖。"

"不要取笑我了,这只是一个非常愚蠢的动作。"凌萱笑道。

"没有取笑你,我说的是实话。"周晟严肃地说。

"你喜欢这个公园吗?"周晟一边问,一边学着波兰人坐在草地上。

"当然喜欢了。这里的建筑是巴洛克风格吗?"凌萱看了看周围,问道。

"不知道。我觉得这个公园和法国的公园有点相似。"周晟从包里掏出两个三明治,分给凌萱一个。

凌萱也坐了下来。微风亲吻着她的头发,凌萱觉得周围的世界如同万花筒一般绚丽夺目,让人感到无比舒适和惬意。在这里,人与自然可以和谐相处,凌萱突然有一种大笑的冲动,似乎生活简单得只剩下了快乐和美丽,一下子没了烦恼和忧伤。

突然,一只鸽子闻到了三明治的味道,一个俯冲下来,想啄一口他们手里的三明治。没过多久,更多的鸽子闻到了三明治的味道。一瞬间,十几只鸽子从上空俯冲了下来,一窝蜂地拥向凌萱和周晟。凌萱突然感到有点害怕,失声叫了起来。让凌萱更加恐慌的是,这些鸽子开始疯狂地啄她手里的三明治。出于本能,她闭上了眼睛,耳边全是鸟儿飞翔的呼啸声。

一阵混乱中,凌萱感到一只手把她从地上拉了起来,带着她跑。耳边鸟儿扇动翅膀的声音渐渐地远去了,凌萱试着睁开眼睛,看到周晟领着她狂跑着。

安全了之后,周晟停了下来,凌萱也停了下来,俩人都气喘吁吁。

接着,他们互相看着彼此慌乱的脸,都哈哈大笑起来。

"我真的想好好看你刚才扛着那个大机器狂跑的狼狈样子。"凌萱指的是周晟的单反照相机。

"还说我呢,你刚才乱了阵脚,多亏我救了你。"周晟笑道,"真是一群疯鸟!"

"是啊,在公园里吃三明治也太危险了!"凌萱笑得喘不过气来。

"我觉得这儿应该比较安全了。"周晟把手中的相机放到地上说。

"但我却没了胃口。"凌萱有点沮丧道。

"那么我们就在这儿听音乐吧。"

"好。"凌萱点了点头。

"周晟,我真不知道你还会摄影。"几分钟的沉默后,凌萱说道。

"嗯,我小时候的梦想就是成为一名摄影师。"周晟微笑着,抬头望着蓝宝石一样的天空,说道。

"哦,那现在呢?"

"长大以后我就变得现实了。有种说法是摄影穷三代,所以我选择去学习其他专业了。"

"当梦想遇到现实,此处省略一千个无奈。"凌萱轻轻地叹了口气。

周晟抬起头,看着凌萱说:"我依然没有放弃我的梦想。只不过,现在我把摄影当作一种业余爱好。我的初心没变,还是那么执着。等将来有了积蓄,我就扛着相机周游世界,这样才可以拍出更美的作品,有更多想法。我希望以后可以成为贝伦妮丝·雅培和安塞尔·亚当斯这样著名的摄影师。"

凌萱看着周晟,他一脸坚决,眼神坚定,她感到了一种强烈的男儿气息。

"你呢?"周晟看到凌萱在看他,就问,"你对未来有什么规划?"

"我……"凌萱不禁皱起了眉头。

"我已经提醒过你好多次了,你应该去写作,不要浪费你的才华。既然想成为一个作家,就应该坚持自己最初的梦想,并为之不断奋斗。人一辈子最难的事,就是全心全意地爱一个人,漂漂亮亮地做好一件事。"周晟似乎很有感触地说。

"不是,我的意思是我得花时间学好国际关系,根本没时间写作。"

"这只是个借口。如果你真想写点什么,会很享受写作的每一分钟,永远不会疲倦的,何况日子就如同海绵一样,你愿意挤的话,总会有时间的。"周晟接着说,"至于我,我到华沙大学学国际关系是为了毕业以后可以找到一份好工作。最重要的是,我希望将来可以把握自己的人生,做自己喜欢做的事,可以耍酷般地对不喜欢的事情说'不'。我想你应该清楚这是什么感觉吧。你怎么还不动笔呢?我好替你着急啊,真的很想看看自己在你的小说里是什么样子!"周晟期待地看着凌萱,凌萱感到了来自他眼神的压力。

"好吧,我写。可是,要是我失败了怎么办?"凌萱还是有些害怕,说出了她一直以来的担忧。

"哪个大作家成功之前不经历无数坎坷失败呢？又有谁可以一帆风顺呢？"周晟说完，闭上了眼睛，躺在了草地上，心里却焦急地等待着凌萱的回答。

"好吧，我会写的。"一阵纠结之后，凌萱做出了决定。

"太好了！希望你是自愿的，不是被我强迫的。"周晟笑道。

"不是的，我想好了，我自己愿意写的。周晟，谢谢你的鞭策，我一定会用笔记录下身边的一切美好和感动。"凌萱从包里拿出了一张纸，在上面画着圆圈"就像画画一样，对这个世界我也有自己的看法。"

四十九

选举的行为这门课的考试要求学生们分组做一个关于某个国家选举行为的展示。凌萱注意到王天冰最近一直都没来上课,吴建则是一副垂头丧气的样子。教授宣布了考试要求后,吴建依旧在座位上无动于衷,也不主动找其他学生讨论。看到吴建这个样子,凌萱不禁有些担心,害怕他这门考试又不及格。于是,课后她走到吴建那里,笑道:"吴建,这次咱们一起做展示怎么样?"

吴建微微有些惊讶,不过他对凌萱的主动帮助还是非常感激。

"嗯。谢谢。"吴建说,他接着问道,"你准备讨论哪个国家的选举行为呢?"

凌萱的眼里闪过一道智慧的光,说道:"当然是中国了!"

于是,他们决定做关于中国选举行为的展示。在整个准备过程中,凌萱想方设法让吴建活跃起来,就像她以前情绪低落的时候,吴建无数次督促她向前跑一样。终于,他们做好了展示前的所有准备。

这一次,凌萱让吴建主讲。

吴建深吸了一口气,侃侃而谈。凌萱注意到吴建的脸上不易察觉地闪过了一丝良久未见的骄傲与自信,她偷偷地笑了,知道自己的计划基本上成功了。

课后,法国同学走过来分别和凌萱、吴建握手,他说:"谢谢你们给了我关于中国的第一手资料。说实话,我一直对这个神秘的东方国家非常好奇。"

"不客气。"凌萱说,"你不是也让我们了解了法国的选举制度吗?以前,我都不知道法国还可以电子投票呢。"

"哈哈……"法国男孩笑了。

"你下个学期就要回法国了吗?"吴建问道。

"是啊。我在这儿只交换学习一个学期。"

"你觉得华沙怎么样?"吴建接着问。

"我喜欢华沙。我觉得华沙是欧洲最适合生活的地方,物价便宜。在法国等很多欧洲国家,移民根本不关心他们所在的城市,到处乱扔垃圾,街道变得脏乱差,欧洲其他城市诸如巴塞罗那、布鲁塞尔等也有巴黎的通病。"

"看来在华沙学习,我很幸运啦。"凌萱开心地笑了。这时吴建悄悄地用余光瞥了她一眼。

"哈哈……对了,我现在要去健身了,很高兴与你们交谈,下次见。"

"下次见。"

凌萱看到法国男孩急匆匆地离开,往运动俱乐部的方向走去。她扭过头时,吴建正看着她,似乎有话要说的样子。

"怎么了?"凌萱有些奇怪地问。

"凌萱,谢谢你给我这个机会。你真的救了我,让我找到了失去很久的自信。这些天,我一直像个傻瓜一样浑浑噩噩地混日子,其实我在无病呻吟。"吴建有些自责地说道。

"没关系。有句话说,什么时候改过自新都为时不晚。我也是最近才找到自己的。"凌萱鼓励道。

"还是要谢谢你。"吴建有些感慨地看着凌萱,谢道。

"不要婆婆妈妈的,像个老太婆。"凌萱笑了。

"凌萱——"话到嘴边,吴建犹豫了。

"怎么了?"

"我可不可以问你一个问题?你要对我说实话。"

"行。问我什么呢?"凌萱看着窗外的花问道。华沙大学的主校区,每个季节开着不同的花,现在开着高贵的蝴蝶兰。

"你还生我的气吗?你是不是非常后悔放弃了工作和我一起来到华沙?"

凌萱沉默了片刻,看到吴建一脸紧张内疚的样子,扑哧一声笑了:"当然不生气了,我怎么会生你的气呢?你可是第一个告诉我要用不同的眼光看世界的导师啊!来到华沙已经快两年了,记得刚来的时候,我还是个懵懵懂懂的孩子,对未来感到迷茫,也不知道自己想要什么。后来又发生了那么多事。说实话,刚开始我特别讨厌华沙,觉得一切都很残忍,然而渐渐地,我真正地喜欢上了这座城市。我觉得在华沙生活、学习,需要有耐心,细细地品味。现在想想,当初要不是和你一起来华沙,我永远都不会知道这个世界有这么大,也不会给自己的人生设立一个明确的目标。而且,不来华沙的话,我怎么会认识这么多值得珍惜的朋友呢?"

吴建有些尴尬地笑了笑:"你是在安慰我吗?"

"当然不是,我是认真的。"

"哦。"吴建舒了一口气,"我很早以前就说过,总有一天,你会为了自己而探索这个世界的。"

"谢谢你当时的吉言,我感觉现在自己的状态很好,有目标,也很上进。重要的是,那个自私、狭隘的娇姑娘不见了,现在我是一个女汉子。"凌萱笑着说道。吴建觉得她的脸如同一朵鲜花,比整个夏天都要美。

五十

索尔一大早就出去了,现在已经是下午5点,她还没回宿舍。凌萱看到窗外大雨倾盆,不禁有些担心,不知道她去哪儿了。她正准备给索尔打电话时,她的电话响了,是索尔打来的。

"索尔,你在哪儿?"

"别担心,我在金正的宿舍。你现在可以打开窗户吗?"

"干吗?"

"别问原因,照做就行。"

凌萱觉得很奇怪,还是照做了。她一推开窗户,一阵冷风吹了进来,外面大雨的哗哗声特别清楚,瞬间,凌萱前额的头发被溅到窗台上的雨水打湿了。

"看第八层。"索尔在电话里说。

凌萱抬起头来,看到第八层的楼道口站着两个身影,好像是索尔和金正,他们向她挥着手。

"嗨!"凌萱听到索尔在雨中大喊着,凌萱觉得即使不拿手机,也可以听到索尔的喊声。

凌萱脑子里冒出的第一个想法是,索尔一定是疯了。索尔在电话里说:"你也朝我喊一下!"

凌萱觉得很刺激,她之前从来没有做过这么疯狂的事。凌萱大喊一声,就听到自己的声音清晰地回喊道:"嗨!"

"萱,你现在觉得自己年轻了吗?"索尔在电话的一头喊道。

凌萱突然明白了索尔的意思,索尔是在想办法让她快乐起来。

索尔还知道华沙哪些地方好玩,每个星期三电影院的电影票都会打折,索尔就拉着凌萱去电影院看电影。当时新版的《灰姑娘》上映了,索尔就拉着凌萱重温童年的记忆。

两个人激动地看完了《灰姑娘》,索尔在一旁乐得哈哈大笑,凌萱则惊诧于影片中奢华的服饰。

"你喜欢看这部电影吗?"看完电影后,索尔问。

"喜欢,我喜欢里面的服饰和梦幻般的场面。"凌萱说。

"对呀,那里面的女主身材太好了,太性感了。尤其是继母,简直太辣了。"索尔意犹未尽地说。

凌萱同意索尔的观点,她觉得这个继母是所有灰姑娘系列电影里最美丽的继母,因为这个继母并不残暴,只是冷酷无情,她不喜欢灰姑娘是因为嫉妒灰姑娘年轻美丽,而她已没了青春。

"看了这部电影我想了很多,我觉得如果我有勇气做一个善良的人的话,好运一定会降临的。"索尔感慨道。

凌萱只是笑笑。凌萱认为,做一个好人是必要的,但是并不是所有的人都像灰姑娘那么幸运,世界上也不会有那么多白马王子来解救每一个落难少女,无论如何,只有自己强大,才能更好地生存。她记得之前读过的一句话,女性如果想要改变自己第二性的命运,要么成为一个奢侈品,就像王天冰那样,要么成为一个女汉子,自力更生。然而青春和美貌并不长久,所以自食其力、天道酬勤才是王道。

"我得减肥了,我也要穿灰姑娘那样美丽的裙子。"索尔还在兴奋地说。

"对呀,灰姑娘的衣服简直太惊艳了。"凌萱啧啧赞叹道,"对了,索尔,你知不知道,这是我第一次在华沙电影院看电影。"

索尔收起了笑容,瞪大眼睛看着凌萱:"什么,这是你第一次在华沙电影院看电影?"

"对。"

"以前那个日本人没有请你看过?"索尔问。

"没有。"凌萱有些尴尬。

"还好你和他分手了,约会怎么可以不看电影?"索尔开玩笑说道,看到凌萱脸色有些不好看,她忙换了个话题,"萱,也就是说你在波兰很多第一次都是和我一起度过的?"

"对。"凌萱点了点头。

"天啊!"索尔叫了一声。

"所以说,你是我人生中一个非常重要的人。"凌萱认真地说。

索尔笑得很开心。

暑假马上就要来临了。临近黄昏,天空晴朗,风和日丽,索尔和凌萱在宿舍附近的公园里散步。公园里有很多人,有滑旱冰的、跑步的,有散步的情侣,还有做游戏的小孩。酒吧附近,很多人把啤酒拿到了外面,坐在草地上,一边享受着野餐,一边谈笑风生,非常惬意。在公园中心的小湖里,一只狗在洗澡,它时不时地浮出水面,抖落一身的水花。有很多波兰人逗着这只明星狗。凌萱在一旁呆呆地看着,觉得这只狗这么温顺听话,有些不可思议。

"你买到回国的机票了吗?"这时,索尔问凌萱。

"买到了。"凌萱说,"你呢?"

"买到了,但是没有买返程的机票。我一直在犹豫什么时候回到波兰。"索尔思虑道。

"咱们不是十月开学嘛!可以找机票便宜的时候买。"凌萱建议说。

"不是这个问题。"索尔看着凌萱说,"我是在想,如果回到了韩国,我一定会发狂地想念华沙,希望早点回来,三个月的假期对我来说太长了,我会非常想念金正和你的。"

"哦。"凌萱笑道,"你让我觉得自己好老啊。"

"为什么?"

"不是,我觉得你在生活。你刚才说的话让我想到哈利·波特就希望假期可以早点结束,能尽快见到赫敏和罗恩,他就是你这样的心态。"

"哈哈,这可能与我从小在印度上学有关。"索尔说。

这时,站在公园小径上的两个波兰男孩用波兰语打断了他们:"你们好。"

"我们不会说波兰语。"索尔回应道。

"那你们会说英语吗?"一个男孩用英语问。

"是的。"索尔说。

"你们可不可以给我的笑容打分,然后签上你们的名字?"男孩拿出了一个满是签名的笔记本,问道。

"没问题。"凌萱欣然答应。她想了一会儿,于是在笔记本上签道:"大爷(Da Ye),凌。"然后把笔记本还给了男孩。

"Da Ye。"男孩试着拼读这个名字。

"哎。"凌萱回应道,她强忍着,不笑出声来,索尔在一旁奇怪地盯着她。

"谢谢。"男孩说道,"谢谢你,Da Ye。"

"不客气。"凌萱挥了挥手,和索尔走开了。

等两个波兰男孩走远后,凌萱再也忍不住了,扑哧一声笑了出来。

"萱,Da Ye 是什么意思呢?"索尔知道凌萱一定捉弄了那个男孩,问道。

"这是对上了年纪,或者有权有势的人的一种尊称。"凌萱笑得捂着肚子,"尤其是对老大爷的尊称。"

"为什么不让他叫你奶奶呢?"索尔也笑着问道。

"我喜欢被叫爷。"

"你太坏了。"索尔耸了耸肩。

五十一

时间一晃而过,转眼间三个月的暑假过去了,凌萱再次回到了华沙。下飞机的一刹那,她不禁有些感伤,这是在华沙的最后一个学期了。她在华沙已经历了四季,年轮回转,一眨眼的工夫,又是华沙的秋天。凌萱觉得,华沙的四季中秋天最美,也是最有诗意、最耐人寻味的。街道两旁的枫树叶子再次开始脱落,一阵秋风吹过,枫叶如同蝴蝶一般在空中转了一个圈,才慢慢地落在草地上,瞬间绿色的草地被盖了一层黄色和红色相间的"毯子"。这时,疾驰的黄色电车驶过,一声呼啸,惊起了一地落叶。

到了秋天,华沙的雨就不会下得很大了。凌萱发现,雨天走在华沙的街上要比任何时候都更有欧洲的感觉,欧洲给她的印象很成熟,也很缓慢,如同一台老式的留声机,缓缓地讲述着故事。

上完跨国际参与者的课后,凌萱准备回宿舍时,收到一条消息。

有些意外的是,这条消息来自王天冰。

"凌萱,今天下午 6 点有时间吗？如果有时间的话,我们一起到 Costa 咖啡馆喝咖啡怎么样？我已经预订了一个座位。如果你能来,我不胜感激。"

凌萱看了看窗外。外面正淅淅沥沥地下着小雨,当然,她一定会去见王天冰,听听王天冰要说些什么。

咖啡馆就在学校的另一侧,凌萱过马路的时候,一辆汽车疾驰而来,她就在马路中央犹豫了一下,不知道该退回去,还是继续往前走。然而那辆车到了斑马线附近主动停了下来,司机点头示意凌萱先过,凌萱感激地朝司机笑了一下,快速地过了马路。

合上了伞,凌萱走进 Costa 咖啡馆。凌萱看到在咖啡馆门口不远处的一张桌子旁,王天冰已经坐在那里了,看起来她已经等了很长时间。好久没有见她,凌萱发现王天冰的外貌有了很大的变化,她看上去要比以前更加华贵,身材也丰满了很多。她的头发烫成了大卷,嘴唇涂着欧洲姑娘那样鲜红的唇彩,耳朵上戴着一对大金圈耳环。她旁边的椅子上,放着一个与风衣风格很搭配的黑色香奈儿皮包,一眼就可以看出它的档次。

"谢谢你能来。"王天冰朝凌萱微微一笑,"我一直认为你很讨厌我的。"

凌萱坐了下来,说:"没有啊,我不讨厌你。"

俩人彼此不信任地看了对方一眼。

"最近怎么样？好长时间都没见你了。"凌萱一边说，一边喝王天冰提前点好的卡布奇诺咖啡。

"就那样吧，马马虎虎。"王天冰有些玩世不恭地笑道，也没再说什么，似乎不想继续讨论下去。

凌萱突然觉得和王天冰交流有些困难，开始有些后悔自己来到这里，于是就默默地喝起了咖啡。

王天冰也在喝着咖啡，陷入沉思。过了一会儿，她终于开口道："凌萱，你知道为什么我叫你过来吗？我明天就要离开华沙了。"

"什么？"凌萱被咖啡呛住了，猛地咳嗽了几声，"你为什么要离开？马上就要毕业了呀。你怎么不等几个月再走？"

"周晟和吴建没有告诉你关于我的事吗？"王天冰奇怪地打量着凌萱，点了一支烟，吸了几口，又把它灭了。

"当然，我听他们说过。只是有些可惜，你就这样放弃了自己的学业。"

"我只喜欢做我愿意做的事。"王天冰固执地说。

凌萱觉得无话可说，没有吭声，就继续喝起了咖啡。

出乎意料的是，王天冰又打开了话匣子，她缓缓地说道："凌萱，我有时候真的很羡慕你。"

凌萱抬起了头，有些吃惊地问："你羡慕我什么呀？"

"我说的是实话。你非常有潜力，而且还足够勇敢地追随着自己的内心。我就不一样了，我想要的东西实在是太多了，得不到，就会不高兴，也没有其他什么高尚的精神追求。"

"不要这么说嘛。如果你愿意的话,也可以很文艺的。"凌萱安慰道。

"不要安慰我了。我最讨厌别人像哄小孩那样哄我了,虽然我自己也常常这样骗人。行了,别说我了。我的生活不值得一提。"

"你幸福吗?"凌萱突然问道。

"幸福?在很久很久以前我就不知道什么是幸福了。现在我拥有了一切,不愁吃穿,但我也永远失去了一些宝贵的东西。"王天冰有些痛苦地说道。

"什么东西?"

"我失去了爱。我给自己建了一个金丝笼,我就像一只鸟儿,一辈子都困在这个笼子里,直到生命的尽头。我把人生与金钱绑在了一起,直到我把青春挥霍完,才开始后悔。这也是我妒忌你的原因,因为你是自由的。"王天冰转着手里的咖啡杯说道。

"那么你有没有真正地爱过呢?"凌萱低声问道。

"当然了。我曾经爱过,也被热烈地爱着,但最后我放弃了。我把这份感情当废纸一样扔了,我也会为此付出一生的代价。"王天冰喝了一口苦咖啡说道。

"无论如何,希望你以后幸福快乐。"凌萱轻声地说。

"谢谢。"王天冰苦笑道,"在离开之前,我有个不情之请,希望你可以答应。"

"什么?"

"不管我以前做了什么,希望你都可以原谅我,不要忘了我,无论我们之前关系怎么样,至少我和你们在华沙一起度过了一段美好的时光。我很少有一些知心的女性朋友,希望我们不是敌人。"王天冰有些脆弱地说道。

"当然不会的,我会记住你的。"

王天冰终于释然了。喝完了咖啡,她们聊了一些轻松的话题。

第二天,凌萱正要上课的时候,收到了王天冰的一条消息,她已经登上了飞机,要离开华沙了。

五十二

华沙的基本色调又由黄绿色变成了银灰色。道路旁的枫树树枝再次成了光秃秃的一片。街道两旁的菊花又改作了常绿的松树。凌萱觉得日子就像走马观花一样快,在华沙的又一个圣诞节马上就要来临。在凌萱的记忆里,她依然无法忘记去年的那个冬天,古泽英夫是如何走进了她的世界,之后她对古泽英夫的感情又是如何爱恨交织。华沙见证了她爱情的萌芽,也看到了她爱情的破灭。无论是以前对吴建的痴情,还是和古泽英夫柏拉图式的跨国恋,还有她短暂的颓废、迷茫、不成熟和执念……一切都如同一缕青烟般消失在广袤的天空里。经历了这么多之后,现在凌萱唯一的想法是好好珍惜在华沙剩下的日子。

春节姗姗来迟。不幸的是,大年三十这天,凌萱他们从早上8点一直到下午6点都在上课。于是三个中国留学生一起商量，上完课后到厨房里煮饺子，吃了饺子也就相当于过年了。

这节课上，教授讨论国家对媒体的影响和控制。

"我觉得在很多国家都是政府控制着媒体，政府决定媒体该传播什么信息，不该传播什么信息。"一个突尼斯男孩打断了教授，表达了自己的观点。

"对啊，很多情况都是这样的……"教授说。

这时，教授又被一个白俄罗斯男孩打断了："我不这样认为。当下，政府根本不能控制互联网和媒体，或者说政府对互联网和媒体的影响甚小。媒体有很大的自由发挥空间，他们想让观众看到什么，就宣传什么。"

"这样说也对，不过大多数情况下，还是政府控制着媒体的。虽然有些时候，政府对媒体的控制也是很有限的。"教授解释道，"比如，埃及总统穆罕默德在埃及动乱的时候曾经给国家电台打电话，要求切断埃及所有的无线网络和电话线，这样埃及的人们就不会知道国内到底发生了什么，可是一批黑客入侵了无线网络，人们还是通过其他方式了解到了国内的情况……"

"我说的是那些'正常'国家。"白俄罗斯男孩再次傲慢无礼地打断了教授，"我指的是那些发达国家。"

"对呀，即使是发达国家，媒体实际上也是被政府控制的。如果说政府对媒体的影响较小的话，媒体也是被那些大财团控制着，或者被其他利益驱动着，比如金钱……"

"我说的不是金钱的问题,我指的是权力和力量。"白俄罗斯男孩有些目中无人,没等教授把话说完就打断了她。

"可是,金钱就是一种力量啊。"教授笑着说。

"我觉得您是一名马克思主义者,您引用的是标准的马克思主义原理,但我觉得在波兰作为一名马克思主义者并不怎么受欢迎吧!"白俄罗斯男孩轻蔑地说道。

"那我宁愿成为一名新马克思主义者。"教授平静地说,"如果我是一名新马克思主义者的话,在波兰之外的其他国家会很受欢迎的。"

白俄罗斯男孩这下终于服气了,闭上了嘴巴。

"不过事实上,我更倾向于保守主义。"凌萱听教授低声说道。

这节课终于结束了。三个人没有立刻离开,凌萱在教室里整理课堂笔记,吴建和周晟一直讨论着教授。

"我觉得这位教授要比其他教授公正多了。"吴建对周晟说,"其他教授都说西方发达国家怎么怎么好,这位教授比较公正,很实事求是,起码她愿意承认西方的缺点。"

"是啊,刚才听教授和那个白俄罗斯男孩的辩论真过瘾。"周晟兴奋地说道,"我真想看看那个白俄罗斯男孩最后的表情!只是他坐在前面。"

对于较长的名字或者记不住的名字,他们一般用这个同学所在的国家相称。

"听说这位教授还去过中国、印度和北美等其他国家和地区,我想这也许就是她的观点和其他教授不同的原因吧。她思想比较先进,因为她看清楚了这个世界,了解了其他国家的文化,所以她的理论也更新得比较快。"吴建说。

"春节快乐!"就在这时,美国男孩安泰走到他们身边,和他们打起了招呼。

"谢谢。"吴建和周晟一起说道。

"今年是什么中国年呢?"安泰接着问。

"今年是羊年。"周晟回答道。

"每个中国年都有一种代表动物,真有意思。"安泰说。

"这是中国的十二生肖嘛。"吴建解释道。

"我知道。我就是很好奇,今年是羊年,那什么时候又是下一个羊年呢?"

凌萱正要回答这个问题,听到一个遥远又非常熟悉的声音抢答道:"十二年之后了。"这时古泽英夫加入了谈话。凌萱猛地抬起头,再次看到了那张熟悉的脸,和那招牌式的狡黠的笑容。凌萱看到他的中指上戴着一个闪亮的戒指。

"对,十二年之后。"吴建的声音飘了过来。

"无论如何,祝你们中国人新年快乐。我希望所有的中国人羊年一切都顺利,希望日本人和中国人永远都是好朋友。"古泽英夫的声音很清晰,说完他有些尴尬地笑了起来。

"谢谢。"吴建和周晟异口同声地说。凌萱心里当然明白古泽英夫为什么要这么说。然而当她再次抬起头的时候,古泽英夫已和珉宣手挽着手走开了。

"不要看了。"周晟轻拍了一下凌萱的肩膀,"今天是除夕,别那么扫兴,我们还是赶快回宿舍包饺子吧。"随后他又拍了几下凌萱的肩膀。

"走吧。"吴建把凌萱从座位上拉了起来。

"我不知道你们俩在说什么。"凌萱板着脸,假装愠怒地说道。

周晟之前对吴建和凌萱说他会做宫保鸡丁和水煮肉片,于是他们提前从超市里买了食材。厨房里,三个人吱吱呀呀地擀着饺子皮。他们都是第一次包饺子,饺子皮擀得大小不一,而且面粉溅了一桌子。周晟用手指沾了一些面粉往凌萱脸上涂去,取笑她道:"你看,你现在是一只大花猫!"凌萱听了有些生气,扔了手中的擀面杖,准备好好教训一下周晟,没想到就在她转身的时候,菜板被带到了地上。瞬间,所有的饺子皮都开了花。三个人盯着地板上的一片狼藉,都呆住了。

"对不起。"回过神来,凌萱慌忙道歉。

"没关系,只是得重做了。"吴建叹了口气说。

"不要担心。有我在,你们就不用担心吃饭问题。"周晟安慰他们道。

"咱们赶快重新包饺子吧。"吴建催促道。

"但是我还是觉得这儿没有年味。"过了一会儿,周晟轻轻叹了口气。

"是啊。我现在好想我的爸爸妈妈。我想看春晚,还想放鞭炮。"凌萱透过窗户看了看窗外漆黑的夜空上挂着的残月,思绪飘到了祖国。

"我们现在也可以看春晚啊。"吴建想到了一个主意,"我先回宿舍把笔记本电脑拿到这里来,我们可以一边做饭一边看春晚。"

"好主意。你怎么不早点想到呢?"周晟推了吴建一下,咧嘴笑道。

"太好了,快去快回!"凌萱高兴地催促道。

不一会儿,吴建把笔记本电脑拿到了厨房。一看到春晚,听到熟悉的中国音乐,三个人仿佛吃了兴奋剂一般,立刻精神抖擞,厨房里热闹了起来。

"宫保鸡丁做好了。"周晟把一盘香喷喷的菜放到了桌子上。金黄的炸鸡肉丁,流油的花生米,挠人的香味,凌萱垂涎三尺,再也忍不住了,就用手抓了一大把,大口大口地咀嚼起来。

"不要用手抓!"周晟拍了一下凌萱的手,警告道,"要学会做一个文明人。"

"不过这闻起来也太好吃了。"凌萱带着歉意笑道,眼睛还是骨碌骨碌地盯着盘子里的鸡肉丁。

"水煮肉片也好了。"吴建把肉放到桌子上,说道,"我们现在就可以煮饺子了。"

"哦！太好了！"三个人手忙脚乱地把饺子倒入锅里。几分钟后，饺子熟了。他们把热气腾腾的饺子盛到盘子里，又各自倒了一杯橙汁。

"干杯！"三个人举杯互相祝福。

他们一边吃着大餐，一边默默地看着春节联欢晚会。看着看着，眼泪在凌萱的眼眶里打转。

"怎么了？"周晟关心地问。

"我想家了。"

"我也是。"周晟叹了口气说。

"不知道爸爸妈妈现在睡了没有，要不我们给他们打电话？"吴建提议道。

于是，他们都拨通了家里的电话。让他们高兴又感动的是，爸爸妈妈都没有睡，还在电话旁守着，等着在波兰的孩子们报平安。

挂了电话，眼泪从凌萱的脸颊流了下来。

"叔叔阿姨还好吧？"吴建问。

"他们都很好，谢谢。"凌萱用手擦干了眼泪，说道。

"你认识她的父母？"周晟问。

"当然啊，我们一直都是邻居。"吴建笑着说道。

"哦，怪不得呢。"周晟恍然大悟。

"叔叔阿姨还好吧？"凌萱问吴建道。

"他们都很好，还和以前一样幽默风趣。"吴建笑道，"你知道我爸妈刚才和我说什么了？"

"他们说什么了？"凌萱和周晟异口同声道。

"我妈还叫我宝贝呢。她说,今年也给我准备了压岁钱,已经给我存到卡里了。"

"什么？你多大了？还吃奶吧。"周晟哈哈大笑。

"别笑,我也问了我妈同样的问题,她说我还没有到三十呢,在她眼里我永远都是一个孩子。"

三个人都沉默了,父母的爱永远无穷无尽,伟大的恩情如同大山一样厚重,父母的家是孩子们永远的庇护所。

没过一会儿,餐桌上的食物就被吃光了。这时,凌萱突然提议道:"既然新年来了,我们每个人都在晚餐结束前许个愿吧。"

"好主意,好的开始是成功的一半,希望我们都美梦成真。"周晟说。

"现在我们说出自己新的一年中最想实现的愿望,今年年底,我们再聚在一起,看自己的愿望实现了没有。"凌萱说。

"行,我没有异议。"吴建说。

"我也是。"周晟呼应道。

"吴建,从你开始。你在新的一年最想要什么呢？"凌萱问。

"嗯,我的愿望很简单。这个愿望要想实现,说来容易,但也很难,因为很大程度上取决于我自己的努力。"吴建说,"我希望自己可以顺利地从华沙大学毕业,回国后可以找一份好工作。"

"你一定可以实现这个愿望的。"凌萱和周晟拍手鼓励道。

"谢谢。"吴建咧嘴一笑。

"你呢,周晟?"凌萱急忙转向周晟问道。

"嗯,在说我的愿望之前,你们必须答应我,谁都不许嘲笑我,也不准生我的气。"周晟神秘地说。

"说吧,说吧,我们不会的。"凌萱和吴建一起催促道。

"嗯,我希望在新的一年里可以找到和凌萱一样漂亮的女朋友,这样情人节我就可以脱单了。"周晟半认真半开玩笑地说。

"骗子,骗子,你太坏了。"凌萱笑了起来,她只是把周晟的话当作玩笑话。

"你呢?你新的一年最想要什么?"吴建和周晟都急切地问凌萱。

"我的愿望可多了,我最想拥有一朵拥有七片花瓣的七色花,这样每撕下一片花瓣就能实现一个愿望。"

"那你最想实现什么愿望呢?"吴建问道。

"希望自己可以永远年轻快乐,我希望可以留住青春和生命中的一切美好,用一颗宽恕、充满爱的心去生活。"

"好!"周晟和吴建齐声喝彩。

五十三

这天下午,吴建和周晟参加国际理论课的补考,凌萱独自一人来上欧洲机构这门课。走到教室门口,安泰和古泽英夫的谈话传到她的耳里。

"你是家里唯一的孩子吗?"安泰问道。

"不是,我还有两个哥哥。不过我们之间很少说话,我们交流的唯一内容无非是关于天气的。"古泽英夫笑了起来,"你呢?"

"我有个妹妹,还有一个堂兄,不过我们之间也很少交流。我堂兄的爸爸和我爸爸由于政见不统一,两家就不怎么来往,导致我们和堂兄也没说过几句话。"美国男孩安泰笑了起来。

古泽英夫也笑了。

"听说你订婚了,祝贺了。"安泰换了话题,说道。听到这句话,凌萱的心猛地跳了几下。

"谢谢!"凌萱听到古泽英夫轻轻地干笑了几声。

"祝你和你未婚妻白头到老!"

"谢谢!我也很高兴我的未来生活有珉宣陪伴,我们现在如胶似漆,关系好着呢!"古泽英夫开心地说。

凌萱松了口气,现在古泽英夫终于把她忘得干干净净,一心一意地对另一个女孩好了。

凌萱一身轻松地走进教室,在华沙剩下的课不多了,因而她格外认真地听着教授的讲授。讲授欧洲机构这门课的教授是凌萱很喜欢的教授之一,他非常幽默、博学。他讲课的方式有一个显著的特点,当同学们问他问题时,他只是描述情况,也就是告诉同学们是什么,而不发表如何解决这个问题的意见。

"至于一体化,有两种定义的趋势。右翼分子认为一体化的国家需要舍弃主权的一部分。比如,有些波兰人对波兰加入欧盟颇有微词,他们认为波兰的国家主权被舍弃了。波兰人几百年来一直争取独立,现在却成了这样,他们认为有些可悲,于是他们说波兰加入欧盟就是丧失了国家的主权。每逢节假日,总有一些波兰人抗议示威。而一些左翼分子则辩护道,一体化就是国与国之间共同决定国际大事,一群国家一起把主权放到一边,决定国家的未来。

"一体化有一种形式就是集体防御,比如北约就是最典型的例子。在北约第五条条例里,有一个'casus fedesis'条例。具体说,该条例就是,如果北约的一个成员国受到了攻击,其他国家根据条例要给这个国家提供一定支持,但不一定是军事支持。"

……

凌萱发现自己越来越了解波兰了。

下课后，凌萱急急忙忙地往公交车站赶，因为她和吴建、周晟约好了一起复习功课。离公交车站还有一段距离的时候，凌萱远远地看到车来了，就疯狂地跑了起来。这时，在公交车门外站着一个波兰男士，看到凌萱这么急，那人用波兰语说"przepraszam"。凌萱也没有时间和他说话，在公交车关门前，一个箭步冲入了公交车内。那人似乎一下子明白了凌萱为什么这么着急，就在门外笑着朝她点了点头。凌萱回以微笑，心里感到一阵温暖。总之，在她眼里，华沙不是一个冷漠的城市。即使是陌生人，有时候，他们之间也没有交流障碍。

"你们喜欢华沙吗？"跟吴建、周晟对完笔记后，凌宣问道。
"我喜欢华沙。这里的生活很平静。"周晟看着凌萱回答道。
"不过我觉得有时候本地人会欺软怕硬。"吴建想了一下说。
"我喜欢华沙，我觉得这不是一个冷漠的城市。"凌萱笑道。

五十四

马上就要毕业了,最后几个星期,已经没课了。凌萱、吴建打算提前买回国的机票,周晟却说他过几天再买。吴建开玩笑说:"周晟,你是不是看上哪个姑娘,所以不想回去了?"凌萱听了,哈哈大笑。周晟则是一改往日的嬉皮笑脸,沉默不语。

看到周晟不作回应,吴建只好换个话题,说自己打算回国后去山西吕梁市支教,不仅能够帮助贫困的孩子们,而且能够磨砺自己。凌萱、周晟听了都特别佩服吴建,纷纷为他竖起大拇指。凌萱在心里感叹:真好!当初那个吴建又回来了!这时,过去的一幕幕如同放电影般浮现在她的眼前。凌萱的心怦怦直跳,她既为即将到来的毕业答辩而感到紧张,又为马上学成回家而感到激动,也为等待简历的回复而焦灼。

三个中国留学生并肩走在华沙的老城区,一边享受暖阳下的惬意时光,一边畅谈各自理想的未来。凌萱突然有些恍惚,觉得时间老人的马车似乎慢了下来,微风摇曳下斑驳的树影仿佛舞动的精灵,领着他们走向欢乐的王国。

"毕业前,你们想不想出去玩玩?"吴建的声音把凌萱拉回了现实。

"去哪儿?"周晟激动地问道。

"去韦巴吧!"吴建的眼里闪着光。

"韦巴在哪儿?"凌萱笑道,"来了波兰这么久,我只听说过波兰的克拉科夫、弗罗茨瓦夫、波兹南等城市,但从没有听说过韦巴。"

"你们一定不会失望的。"吴建兴奋地说,"其实,来波兰之前,我就已经查好了波兰所有的景点,韦巴是最有特色的。这个地方是世界文化和自然遗产,有着奇特的景观,美丽的波罗的海、森林、移动的沙丘都汇聚在一起,简直是大自然的鬼斧神工。"

"哦!我听说过韦巴。"周晟说,"从一个波兰朋友那里听到的,好像只有欧洲人知道这个景点,他们都说那里真是个好地方。"

"真让人期待,我觉得这可能是最完美的毕业旅行了。"凌萱合掌开心地说道。

凌萱回到宿舍看见索尔正在收拾东西,一想到毕业就要和索尔说再见了,她心里多少有些不舍。

"索尔,吴建、周晟约我和他们一起去韦巴毕业旅行,我突然想起了之前和你一起去布拉格的冒险之旅。时间过得真快呀!"凌萱感叹道。

索尔放下手中的打包袋,拉起凌萱的手,说:"听说韦巴可是个很美的地方呢!我也想和你一起去,不过我已经答应金正,和他一道环游欧洲。萱,我们一起去华沙国家森林公园走走好吗?"

凌萱望着索尔美丽而真诚的笑脸,开心一笑,说:"好啊!"

俩人胳膊挽着胳膊,出了宿舍门。

到了华沙国家森林公园,凌萱一下子被眼前的美景所吸引。这是一片美丽的桦树林,树干高大挺拔,直冲云霄,绿色的叶子在风中婆娑作响,在阳光下反射着绿色的光。目之所及,哪里都是绿的,这里简直是一片林海!深的、浅的、明的、暗的,绿得难以形容。有些大藤条相互缠绕,如同深海里层层叠叠的大网。阳光从头顶的缝隙洒射下来,从一点开始扩散,点亮地面上一簇簇黄色的小花,引得不知名的虫儿翩翩起舞,宛如幻境。

凌萱和索尔一会儿踮起脚尖触摸桦树沧桑的纹理,一会儿俯身轻嗅淡淡的花香,她们在森林里悠闲地漫步着、闲聊着,心里都很珍惜临别前的这份恬静惬意。

"萱,你去韦巴,一定要去波罗的海看看,听说波罗的海是世界上盐度最小的海。"索尔拉起凌萱的手说道,"世界上盐度最大的海是地中海,也是最古老的海,我想去那边看看。金正说,答辩完之后,会带我去巴塞罗那看海。"

"太棒啦!"凌萱开心地说道,"我们是打算去看波罗的海的。"

"萱,最近你有没有看关于时间和空间维度的话题?你知道爱因斯坦的相对论吗?"

"你又来了!"凌萱眨了眨眼说,"你知道的,我对数学、科学不感兴趣。不过,维度的问题我还是听说过的,我们生活在长宽高的三维空间,加上时间,就是四维空间。再多的我就不清楚了。"

"还有很多维度呢!"索尔认真地说道,"据说宇宙有十三个维度……如果维度成立的话,那么我们人类的一生是不是设计好的?"说到这儿,索尔的脸色变了。

"无论我们的人生是否设计好,我们的一辈子只有三万多天,为什么不珍惜每一天,让生命变得充实起来呢?至于维度,让科学家们去想吧!"凌萱正要大谈人生时,看到索尔的脸色苍白,忙问道,"索尔,你怎么了?"

索尔没有回答,只是瞪着眼睛僵立在原地。凌萱顺着索尔的目光看去,不由得也花容失色,大叫了一声:"蛇!"

只见一条绿色的长蛇从树丛里穿过。凌萱回过神来,紧紧地抓住索尔的手,说道:"索尔,千万不要动。"

那条蛇似乎没有看到她们,遛了一圈,最后缓缓地离去了。凌萱松了口气,赶忙拉着小腿发软的索尔往树林外走去。索尔一边走,一边叫嚷着:"森林虽然很美,但是也很危险,以后我再也不想来了。"

凌萱安抚道:"好在有惊无险。走,我们去吃点好吃的吧!"

听到去吃好吃的,索尔的脸上终于重绽灿烂的笑容。俩人说说笑笑,走向街市。

吴建、凌萱、周晟乘上了前往韦巴的火车。火车大概要走六个小时才能到达目的地。一路上,吴建和周晟兴奋地谈论着韦巴移动的沙丘等自然景观,凌萱则是一边听着,一边看着窗外的风景。

6月的天气,风和日丽,阳光明媚,真的很适合观光游玩。凌萱虽然有些疲惫,但心情大好。

终于到了韦巴。吴建、凌萱、周晟不顾疲惫,立即赶到斯诺文斯基公园。此时是早上9点钟,已经有很多参观韦巴的游客,他们随着人群从公园入口处乘坐摆渡车到移动的沙丘。摆渡车要走三十多分钟才能穿过茂密的森林。

和他们坐在同一辆摆渡车上的一对外国夫妇,看起来彬彬有礼,很有涵养。凌萱主动和他们攀谈起来。

"你们好,请问你们来自哪儿?"

"你好。我们来自德国。"德国女士笑着回答道。

"我来自中国,是这里的留学生。"凌萱大方地介绍道。

"中国留学生,很高兴认识你!"德国男士微笑着说道。

"你们为什么来这里玩呢? 这里在德国很出名吗?"凌萱问道。

"是啊,我们之前看到过一位德国画家画了一幅关于韦巴移动沙丘的油画,还在德国获了奖,我们深深地被画中的景色吸引,就想亲自到这里看看。"德国女士笑道。

"哦!"听他们这么说,凌萱感到更期待了。摆渡车在森林里快速地行驶着,舒适的风吹拂着凌萱的脸颊,让她感到无比惬意。阳光从树木的缝隙处倾泻下来,树影婆娑,闪着斑斑点点的绿光。那些松树的红色树干,在阳光下如同健壮的、裸露的肌肤,十分挺拔。

"你们去过中国吗?"凌萱问道。

"去过中国,中国地大物博,景色十分美丽,旅游也很安全。"德国男士回答道。

"我们去年去中国坐了五星级油轮,从重庆的码头一直游玩到三峡大坝宜昌,一路上青山绿水,云雾缭绕,宛如仙境,真的非常美丽!"德国女士感叹道,"有机会我们还会去中国游玩的,中国的景色真是独具特色。"

凌萱回头和吴建、周晟说道:"回国后,我们也去三峡游玩一下吧!"

周晟点头道:"好呀!'曾经沧海难为水,除却巫山不是云。'金山银山不如绿水青山!"

吴建接过话道:"绿水青山就是金山银山!"

"到站了。"德国女士说道。

下了车,吴建、凌萱、周晟都不由得"啊!"了一声,耸立在他们眼前的是座大型沙丘。

"我们得爬上去。"吴建说道。

"我……我……"看着如此高的沙丘,凌萱有些犹豫。

周晟二话不说,突然伸出右手,紧紧地握住凌萱的左手,笑道:"女汉子,咱们走吧。"

凌萱点点头,随着周晟一步步艰难地行走在沙丘上。他们终于来到了沙丘顶端,凌萱感到眼前豁然开朗。原来沙丘的顶端是平的,放眼望去,好似茫茫一片沙海。不远处传来阵阵涛声,为这空旷的地带增添了一种野性美。

突然,晴朗的天空下起了雨。就在凌萱有些犹豫要不要继续前行时,德国夫妇朝他们招手说:"韦巴的天气就是这样,瞬息万变,要不了多久,雨就会停的。不要害怕。"凌萱环顾四周,看到很多游客没有退缩的意思,仍旧沿着沙路,往波罗的海的海边走,而且还有很多游客继续爬着沙丘。周晟把自己的衣服脱下来,搭在凌萱的头上,安慰道:"不要怕,这种雨下不了多长时间。"

果然,雨很快就停了,天空再次呈现蔚蓝的颜色。吴建在前面带路,周晟拉着凌萱的手走在后面。由于刚下过雨,沙子有些湿,但不影响他们继续前进。

凌萱听到海浪声越来越清晰,突然眼前蔚蓝一片。

"我们到了,我们到了!"凌萱高兴地喊起来,挣脱周晟的手,跑到海边。

这就是波罗的海!这就是上天对波兰的馈赠!海浪击打着海岸,一浪接着一浪,仿佛有着不可逆的巨大摧毁力量。远处湛蓝的天空与蔚蓝的海水连在一起,分不清彼此,千姿百态的云层或卷或舒,疑似海面上的点点白帆。听着大海的涛声,看着眼前的美景,凌萱觉得自己的心静了下来。

周晟说:"有个传说,只要你把所有的记忆刻在贝壳上,然后抛入海中,多少年后,这个记忆就会沉入海底,永远不会消失。"

吴建哈哈大笑:"周晟,你真会编。"

凌萱回过头看着周晟说:"海水是凉的吗?"

"什么意思?"

"如果记忆刻在贝壳上,沉入凉凉的大海,不如记在脑海里。"

"不是,"周晟说,"是要写下来。"

凌萱没有理睬他,开始绕着海边跑了起来。海边不时传来凌萱爽朗的笑声,吴建和周晟相视一笑。

华沙之行是值得的,奔跑着的凌萱在心里默念道。

五十五

凌萱已经订好了回国的机票,在打包行李的时候,她在一本书里翻到了一张韩服样式的书签,这是在波兰过第一个春节时,索尔送给她的节日礼物,甜蜜的回忆立刻涌上心头。

凌萱记得,刚来波兰那会儿,经过一个星期的磨合,她和索尔的关系已经很好了,尤其是圣诞节的布拉格之旅后,她们的关系更加亲密了,因为她们一起经历了一次冒险。

凌萱还记得第一次听到索尔说韩国人也过春节时,不免有些惊讶。索尔说她对春节没有什么特殊的感情,因为每逢春节的时候,她总是一个人在异国他乡,远离亲人,所以春节对于她来说没有什么特殊的意义。不过对于凌萱来说,春节是一个非常重要的节日,而且那个春节也是她第一次一个人在国外度过。"你不知道,对于每个中国人来说,春节是一个非常重要的节日。"凌萱对索尔说道。当时索尔听了哈哈大笑,说凌萱不够成熟,还是一个没有长大的孩子。

然而,真正到了春节前夕,索尔突然从桌子里拿出了三个漂亮的礼品袋,问道:"萱,这儿有三个不同颜色的礼品袋,分别是黄色、红色、粉红色,你觉得哪个最好看呢?"

凌萱想了想说:"这是送其他人礼物的礼品袋吗?"

"是的。"索尔眨了眨眼睛。

"嗯,如果作为礼物的话,我觉得红色最好了。但如果不是礼物,我还是喜欢粉红色或黄色。"

"好吧。"索尔说,"你可不可以闭上眼睛?就一会儿。"

"为什么?"凌萱闭上了眼睛。

"一、二、三,好了。"

凌萱睁开了眼睛,看到索尔把那个红色的礼品袋放在了她的桌子上,她微微有些惊讶,抬起头疑惑地看着索尔。

"这个礼品袋是给你的。里面有一个镀金的书签,是一个传统的韩服样式。礼品袋里还有一些韩国传统的糖果,代表着幸运和幸福。祝你在新的一年里幸运和幸福!"

"谢谢!"凌萱激动地回道。她打开礼品袋,看到了美丽的书签。

"谢谢,我真的非常喜欢。"凌萱有些感动。

"很高兴你喜欢。"索尔的脸上闪过了一个狡黠的笑容,她打趣道,"你知道我为什么要送你书签吗?因为我听你的中国朋友周晟说过,你的梦想是成为一名作家,所以我就想你一定会喜欢这个书签的,希望以后你可以夹在你自己写的书里。"

当时，凌萱还没有下定决心写东西，也没有想好该写什么，于是她忙换了一个话题，说道："这韩服真漂亮。韩国人一般在什么场合穿韩服呀？"

"对，韩服确实很漂亮。它穿在身上，显得人美丽大方、古典优雅。大多数韩国人在节日或生日的时候会穿韩服。几乎所有的韩国人家里都有几套韩服，当然我也有。不过我很小的时候就离开了家，所以很少有机会穿这漂亮的衣服。"

凌萱又问道："对了，所有的韩服都和书签上的这个一样吗？"

"不，不一样。像这个有帽子的韩服，是人们结婚的时候穿的。"

"我有些迫不及待地想看到你结婚时穿韩服的样子。"凌萱激动地说，"一定要答应我，将来结婚了，无论在哪里举办婚礼，一定要穿韩服。"

"好的，我也希望这样。"索尔有些不好意思地笑了起来。

"你还收藏着这个，我真高兴。"索尔走进房间时，看到凌萱手里拿着那个书签，有些感慨地说道。

"我当然会收藏着这枚书签了，我还要把它带回中国，以后的日子里也要留在身边，有个念想。我还记得，你说过这枚书签在韩国代表着幸运和幸福。我希望可以把你的祝福永远带在我的身边。这样，以后每当看到它的时候，我就会想起你。"凌萱说道。

"谢谢。我也记得我对你承诺过结婚那天一定要穿韩服呢！"

她们哈哈大笑起来。

"你准备什么时候回中国呢?"索尔问。

"我准备一拿到毕业证就回去,因为我得赶快找工作呢,我已经订好了回国的机票。"

"哦,时间过得好快!我总感觉我昨天才见到你。"索尔叹道。

"是啊,我也想在华沙多待一段时间。"凌萱也叹了口气。

"是啊,我很喜欢华沙。比起印度,华沙对于我来说就是一个天堂。我喜欢华沙最重要的原因是,在这里,我遇到了你和金正,当然还有其他好朋友。"索尔激动地说,"可以说,在华沙,我真正地爱过。"

"对,我也是。我也真的在华沙爱过,虽然我爱了,又失去了。"凌萱释怀地笑了起来,"不过,爱过总比没有爱过好吧。"

"你还记不记得我们第一次见面的情形?"索尔问。

"当然记得。我进这个屋子的时候,以为你是中国人,就用中文和你打招呼,后来我越来越觉得你很有意思。之后,我们一起去了布拉格,一起吃烤吧吧。我怎么可能忘记这一切的一切呢?"凌萱说,"就好像发生在昨天一样,历历在目。"

"是啊,时间过得真快!"索尔感叹道。

"对了,你什么时候回韩国?以后有什么打算?"凌萱问。

"毕业后,我先不着急回去。我准备和金正一起环游欧洲一圈,然后再回去。也许,我会去中国,他也会来韩国。如果一切顺利的话,以后我就在中国生活了。"

"太好了!我期待着这一天快点到来。"凌萱激动地说,"这么说,现在你们的关系很稳定了?"

"还好吧!"索尔有点害羞,说道,"前几天,金正的爷爷过生日,他就让我和他一起给爷爷录了一段视频,我分别用韩文、英文和中文说了'爷爷生日快乐'。金正说,爷爷听了非常高兴,在电话里不停地夸奖我懂得孝敬老人。"

"太好了!"凌萱由衷地为索尔和金正感到高兴。

五十六

毕业季前后,凌萱忙得像一只热锅上的蚂蚁。除了用英文写长篇的毕业论文外,她还得抽时间搜索各大网站,寻找各类招聘信息。她想回国找工作,做一名英文编辑。她向北京几家著名的外国报社投了简历,从此她每天都提心吊胆,焦急地等待着回复。另外,她的小说《那些年,在华沙的日子》马上就要完稿了,她也在联系出版社,希望可以出版她人生中的第一部重要的小说。

写论文是一个非常艰巨的任务。为了写一篇真正的学术论文,凌萱、吴建、周晟几乎每天都泡在图书馆里,希望可以顺利地通过论文答辩。

终于,他们顺利地完成了毕业论文设计!在毕业典礼上,学生们都穿着漂亮的硕士服,无比激动地从校长手里接过了毕业证。对于所有的学生来说,毕业典礼是最值得庆祝的,也是最神圣的时刻。有些欧洲学生甚至邀请了家长出席他们的毕业典礼。大会上人山人海,大家都幸福地笑着和系主任、校长激动地握手。他们毕业了!两年来,凌萱觉得自己在思想行为、性格气质上发生了很大改变,成了一个带有中西合璧气质的国际学生。凌萱收获的不仅仅是知识,更重要的是,她遇到了世界各地的朋友,接触到形形色色的人,看到了大千世界的姹紫嫣红、千姿百态。

毕业派对上,在一片亲吻、激情的拥抱和欢呼声中,同学们分手告别。马上就要告别华沙了,凌萱不知道什么时候可以再见到这些可爱的外国朋友。如果说对于其他中国朋友,分别后还有机会再见的话,那么对于这些外国同学,毕业则意味着永远的分别。这个世界是如此之大,而人又是这么渺小,人海茫茫,相逢确实很难。凌萱突然想到了一句话,颇有感触:"世界真的很小,好像一转身就不知道会遇见谁;世界真的很大,好像一转身就不知道谁会消失。"

毕业典礼结束后,凌萱和索尔穿着硕士服,坐在校园里槐树下的长椅上,一起享受着一天里最后的阳光。

"你以后一定会到中国的,对吧?"凌萱问。

"当然了!我可是有一个中国男朋友。对了,我的父母已经同意我嫁到中国了,他的父母对我也很满意。金正告诉我,他的父母想在今年的中国国庆节去韩国旅游,按计划那个时候我们就会订婚。"

"真的?恭喜!你们的爱情终于开花了。"

"说实话,我至今都无法相信这一切是真的。我一直觉得自己在做梦,怕梦醒了,这一切都会消失,我不敢相信自己有这么幸运。"索尔的声音微微发颤。

"不要担心,你一直都很幸运。"凌萱安慰索尔道。

"谢谢你。"索尔说,"不过想到未来充满了各种未知,我还是隐隐有些不安和紧张,我觉得我和金正的爱情将来一定还会遇到各种艰难险阻的。希望我们能克服所有的困难,最终走到一起。"

"一定会的,真正的爱情可以经受住任何考验。"凌萱鼓励道。

突然,索尔脸上闪过一丝不安,她问道:"萱,我想问你一个问题,你必须实话实说。"

"什么?说吧。"凌萱觉得心跳加快,她似乎猜到了索尔要问她什么问题。

"假如,我是说假如我和金正分手了,或者我们之间有了冲突,你会站在哪一边呢?他这边,还是我这边?"

凌萱张着嘴,半晌都说不出一句话来。其实,她也不止一次想过这个问题。是啊!她会站在哪边呢?金正?和她一样都是中国人,与她血脉相连的同胞。索尔?虽然是韩国人,却是她最好的朋友。

索尔目不转睛地看着凌萱,等待着凌萱的回答。凌萱突然感到了压力,有些喘不过气来。终于她想到了一个最佳答案,于是结结巴巴地说:"如果你俩有了冲突,我会站在哪边呢?这取决于谁对谁错了。我还是有充分的理智分辨对错的,我支持对的人。"

"谢谢。听你这么说,我就放心了。"索尔释怀地笑了,"我希望你可以真的做到你刚才说的话。"

"萱,你呢？你在波兰的日子收获了什么?"索尔问,"你一定不会觉得在华沙学习是浪费时间吧?"

"当然不会了。"凌萱说,"我不仅顺利拿到了华沙大学国际关系的硕士学位,还打开了视野。我不再是以前那个幼稚、任性的女孩。以前,我的心胸很小,只装着自己在乎的人,为他人而活;现在,我的心胸开阔了很多,我的心里装着世界。我有自己的追求和人生奋斗目标,我爱这个世界,爱它多彩的颜色。我现在清楚地知道自己想要什么,也愿意为我的目标而奋斗,不计较任何付出。我觉得起码我可以为自己和周围的人做出比较负责任的决定。"

"太好了。对了,你写完小说了吗?"索尔问。

"写完了,现在正在修改。"

"小说的名字是什么?"

"《那些年,在华沙的日子》。"凌萱抬头看着刚从头顶飞过的鸟儿,说道。她非常羡慕这些鸟,因为它们可以在天空中尽情地飞翔,探索无限自由。

"太好了。"索尔停顿了一下说,"萱,我想问你一个问题,与你交往的男生中,你到底最喜欢谁呢?"

"问这个问题有什么用呢？我和他们哪一个都不可能在一起。"凌萱轻轻地干笑了几声。

"萱,我再给你提一个建议,一定要用心去看周围,一定要用心看。那样你才会听到自己内心的声音。"

"当然啊,我一直在看啦。"凌萱不知道索尔在说什么。

"你一直在用心看吗?"索尔一脸不相信地笑道,"你有没有注意到,在离我们不远处的那个椅子上,那个中国男孩一直往我们这边看?"

凌萱顺着索尔指的方向望去,有些吃惊地看到周晟戴着墨镜,坐在不远处的椅子上,似乎等待着什么。凌萱有些吃惊,用手捂住了嘴。

"萱,你知不知道,我常看到这个男孩跟在你身后。很多时候,我和你走在街上,也会看到他在后面跟着,小心地和我们保持一定距离。我觉得他是在暗中保护你吧。"

"嗯,也许吧。"凌萱觉得内心有些感动,同时也有一些小慌乱。

"你想和他聊一会儿吗?"索尔问。

"嗯,那你呢?"

"我先回宿舍了。"

"好。再见。"

周晟看到凌萱朝自己走来,不免有些慌张,没想到自己被发现了。他忙摘下墨镜,笑嘻嘻地说:"在华沙剩下的日子屈指可数,我想在校园里感受一下华沙美丽的黄昏,怕以后没机会了,碰巧看到你和索尔也在这儿,见你们聊得那么开心,就没有过去打扰你们。"

"没关系。"凌萱笑着,"可是我听索尔说,她总看到你在后面跟着我。"

周晟有些不好意思,紧张地笑了笑,有些纠结到底该不该告诉凌萱真相。突然他觉得这可能是向凌萱表白的最后机会，终于鼓足勇气说："你也知道，自从那个日本人冒犯了你之后，我有些担心你的安全。反正平时我也没有什么要紧的事儿做，就跟在你后面当了一段时间的护花使者。"然后他抬起头，非常专注地看着凌萱的眼睛说道，"就是没有和你商量。"

凌萱突然觉得空气有些凝重，尴尬地笑笑说："谢谢，有你这样的好朋友，我真是此生无憾了。"

周晟一阵沉默，一时间什么也没说。

"下周和我们一起离开华沙吗？你什么时候回国？"片刻沉默后，凌萱主动打开了话题。

"我不确定。"周晟回答道。突然，他猛地抬起头来，用以前从未有过的狂热注视着凌萱。凌萱看到他的眼里满是压抑了很久的折磨、无限的渴望和真诚炽烈的爱火。

"凌萱，你以前有没有想过今后我们在一起呢？你想过做我的女朋友吗？其实，我一直都很喜欢你。"

面对周晟突然的表白，凌萱有些猝不及防，她真的很不习惯把与周晟共患难的宝贵友谊当作另一种感情，因为她一直把周晟当成一个可以依靠的大哥哥，也很感激他在华沙对她的呵护，她从来没有想过周晟会成为她的男朋友，所以当她听到周晟突然这么问时，只是呆呆地坐在那里，半天说不出一句话来。

"呵呵，别紧张，我知道答案了，我不会强迫你的，把我刚才说的话忘了吧。"周晟干笑了几声。

"没有,我的意思是我不知道。我只是从来没有想过你会问我这样的问题,感觉好不习惯,我一直把你当作哥哥,也以为你一直把我当作妹妹。"凌萱解释道。

"这是一个道理。如果你喜欢我,你应该早就发现我对你的心意了。其实,我很久很久以前就喜欢你了,之所以没有告诉你,是想让你自己发现这个秘密。"周晟有点失望。

"我很抱歉,我一点心理准备都没有。"凌萱的内心乱成了一片。

"没关系,我最近可能不回国了,也许很多年以后才回去。"周晟低声说道。

"为什么呢?你要留在欧洲吗?"在听到这个消息后,凌萱不知道为什么自己整个心都绷紧了。

"对,我已经收到一家德国公司的邀请函,也许我会在德国待几年。"周晟回答道。

"哇,太好了!你是什么时候决定在德国工作的?你又是怎么找到在德国的工作的?"凌萱看着周晟问道。

"我的父母一直希望我毕业后留在欧洲,但我也一直在犹豫,因为我知道,你是想回国工作的。"

凌萱点了点头。

"是的,我想和你在一起,所以,我总是下不了决心。"周晟继续说道,"可后来爸爸给了我很大的压力,我只好抱着试一试的心态把简历投到了德国一家著名的企业,这家企业在中国也有业务。后来,我收到了一封让我去面试的邮件。复活节的时候,我去了德国面试,当时,面试的人很多,竞争也很激烈,我也非常紧张。我介绍自己说来自中国,想做营销。他们问我在这个领域有什么成绩。我回答道,虽然目前还没有什么成绩,但我愿意不断学习,我可以学着做一名优秀的营销策划人,另外,我是中国人,对中国的市场比较了解,而且我的专业是国际关系,还说了很多其他优势,我还说我相信自己一定可以把工作做好。就是上周的时候,我收到了那家公司的聘用邮件。"

"恭喜!我知道你一定能够成功。"凌萱真心替周晟高兴。她觉得周晟真的很优秀,可以从那么多竞争对手中脱颖而出。对于一个留学生来说,可以在欧洲留下来,找一份好工作是很难的。凌萱知道在欧洲生存需要更大的勇气和能力,周晟做到了!

"谢谢。你的小说写完没有?"

"谢谢关心,在你们的鼓励下,终于完稿了。"想到与周晟分别在即,凌萱突然好伤感,"我写了很多关于你和我们几个人在华沙发生的故事。"

"希望你让我们每个人都有一个圆满的结局。"周晟笑着说道。

"嗯,我会的。事实上,咱们对自己的结局都很满意,不是吗?"凌萱含着眼泪说道,"那么,也就是说下周我就要和你说再见了?"

"嗯,不过也不一定哦,谁知道命运会怎么安排。我还期待着将来的某个时候和你一起庆祝你的新书发布呢。"周晟半开玩笑半认真地说道。

"好啊。"凌萱笑了起来。

"你可以告诉我,那么多花,为什么你一直最喜欢樱花吗?"

"因为我喜欢一部日本著名的动漫《秒速五厘米》,故事讲述了樱花以每秒五厘米的速度落下,而在这个世界上,最远的距离也就是这五厘米,在五厘米之内,恋人互相错过了对方,不能在一起,心里却一直惦念着,怎么都放不下。"

"哇,我一定要看看这部动漫。"周晟说道。

五十七

出发当天,周晟陪着吴建和凌萱一起到了机场,索尔和金正也赶过来送他们。凌萱和索尔流着眼泪互相拥抱着说再见。

"凌萱!"

凌萱准备进航站楼时,突然听到有人在后面喊着她的名字。她回头一看,看到了古泽英夫和珉宣在后面气喘吁吁地跑着。

在这里见到古泽英夫,凌萱的心还是紧张得扭在了一起,感到有些不自在。从分手到现在,他们没有说过一句话。凌萱和古泽英夫面对面站着,彼此都不知道该如何开口。

"凌萱,我来……我是想在你离开之前,和你说一声对不起。"古泽英夫向凌萱深深地鞠了一躬,"我不会忘记你的,永远不会,你永远是我最美的记忆。"临别之际,他似乎有万千感慨,但这两句话是他和凌萱说的唯一的话。

最后,凌萱默默地上前和古泽英夫握了握手,也没有多说什么,转身跟着吴建与周晟向航站楼里走去。不过,在凌萱转身的那一刻,她心里默默地念着:"希望你和珉宣永远开心、幸福。保重!"凌萱知道,这也许是她与古泽英夫最后一次见面,关于古泽英夫的记忆依然是她在华沙时的记忆中最美好的一部分。这一转身,华沙的一切都成了可以释怀的过去。

"吴建、凌萱,我只能送到这儿了。"周晟帮凌萱和吴建托运完行李后和他们道别。

"我会想念你的。"吴建紧紧地拥抱了一下周晟说,"祝你在德国工作顺利。如果有时间的话,一定要回国来看我们。"

"好的,一定。等我回国了,希望那时我们还可以像在华沙那样,一起约在咖啡馆里喝热巧克力。"周晟笑着捶了一下吴建的胸膛说道,"不过老实和你说,咱们现在分别有个好处,我的星期天再也不会被你骚扰了,以后我想睡多久就睡多久。"

"你也不怕德国老板批你。"

他们相视哈哈大笑。

凌萱一直在旁边看着他们告别,觉得伤感的情绪如冰冷的海水那般席卷内心,冷却了其他所有温热的感觉。

"保持联系。"终于,周晟转过身来,紧紧地抱了凌萱一下,在她耳边低声说了这四个字,就再没有说别的。凌萱有些失落,木木地站着,心里却奇怪地渴望周晟可以像电视里的情侣分别那样,和她说一些好听的煽情的话,或者至少在她的额头上吻一下。

"那我们就登机了。"吴建说。

"再见。"周晟一直朝他们挥着手,直到吴建和凌萱开始安检。凌萱和吴建也是边走边回头。

登机前,凌萱再次转身,最后一次看了看华沙的天空。此时的华沙,阳光明媚,碧空万里。在这温暖的阳光下,凌萱觉得自己的世界如同旋转的木马,开始不停地旋转,她在原地跳起了舞。她不知道以后还有没有机会再回到华沙,回到这个拥有她美好青春记忆的地方。此时,凌萱不免有些感伤,只不过这两年来,无论是喜悦还是悲伤的时候,她都学会了不轻易掉眼泪,何况,凌萱希望自己在华沙的最后一个镜头是如同阳光一样灿烂的微笑。毕竟她很相信索尔和她说过的一句话:"我们最好的日子,一定永远在前面,一定还没有到来。"

飞机起飞了,逐渐上升,凌萱的耳边嗡嗡作响,两年来的回忆如放电影般闪现在她的脑海里,她开始在回忆中咀嚼华沙的味道,在回忆中一遍又一遍地刷新对人生的设想……

五十八

　　回国后不久,凌萱只身一人来到北京工作。她会时不时地回忆起在华沙的日子,她还发现了一个自己一直都不知道的秘密——可能在很久很久以前,她就喜欢上了周晟。关于周晟的记忆和关于华沙的记忆总是不可分割的,每当她遇到困难时,周晟总在她身后为她撑起一把保护伞。也许是因为习惯了周晟的关爱和呵护,那时的凌萱把这一切都当作理所当然,从没有想过为什么自己遇到烦恼的时候,周晟是她想要求助的第一个人。凌萱越是不断地回忆过去,内心对周晟的思念就越挥之不去、刻骨铭心。当初她没有看到自己内心真实的想法,而被表面现象所蒙蔽,现在她明白了自己的内心想法,可似乎一切都为时已晚。

　　凌萱的小说《那些年,在华沙的日子》终于成功出版了,并且受到大学生读者的欢迎,凌萱的文字频频见诸报端,她开始小有名气。然而，这些年来，凌萱的内心一直有一块没人可以填补的空白，她非常想念华沙，更确切地说，她非常想念在欧洲的周晟。

凌萱记得周晟说过，等她的小说出版了，他一定会回来和她一起庆祝的，可是现在，依然没有他的消息。

3月份，凌萱从电视上看到新闻，说今年武汉的樱花盛开得极其美丽，很多游客慕名来到武汉大学观赏樱花。凌萱心动了，她记得在华沙曾经和周晟有个约定——有机会一起看武汉的樱花。于是她动身前往，心中暗暗希望自己可以在武汉遇到奇迹，就好像那些上天注定相爱的恋人一样。

凌萱跟随着游客们，来到了武汉大学。凌萱走得很慢，她一边走，一边看着周围，寻找着她心里期盼看到的身影。突然她闻到了一股幽香，抬起头来，看到枝头满是粉红色的花朵，如此惊艳，犹如天上的一缕缕朝霞！这些小花朵如此纯洁美丽，如同世外仙女一般。当然，这些小花朵也有着自己的悲伤，它们穷尽一生期望遇见一位真正的仰慕者，然而在等到他之前，它们早已红消香断，凡人只是高度赞扬这些花朵的美丽，却从来不怜惜落在地上的红花。不远处传来清脆的诵读声：

> 半个月亮珞珈那面爬上来，
> 又是一年三月樱花开。
> 这一别将是三年还五载，

明年花开你还来不来。

我真想这一辈子坐在樱花树下，

弹着我的破吉他。

雪白的花瓣贴着脸颊飘落下，

美丽樱园我的家。

……

梦中的樱花伴着珞珈的晚霞，

你我曾在樱花树下渐渐长大。

明天你将起航去向天涯海角，

别忘了它，

咱们樱花树下的家。

  一阵微风吹来，淡淡的香气扑面而来，更多花瓣随着风，以每秒五厘米的速度落了下来，天空下了一场花瓣雨，地上粉红一片。凌萱站在樱花树下，迷失在花香中，她心跳加快，等待着奇迹的发生。周围的旅客来去匆匆，凌萱却站在那里一动不动。凌萱恍惚间觉得周晟会突然出现在她的身后，拍着她的肩膀，朝她大笑着，就和那些年在华沙一样。她怀念周晟的笑容，甚至怀念他的声音："你应该学会珍惜在手边的幸福。"

  一瞬间，伴随着樱花雨，华沙的一幕幕浮现在她的眼前，凌萱心里有种感觉比以往更加强烈，那就是对周晟的思念。她觉得自己不能再等了,如果再次错过周晟,她会后悔一辈子的。

凌萱掏出手机,用颤抖的手指在微信上打了三个字:"周晟,你好吗?"

突然一道熟悉的声音响起:"凌萱!"

凌萱猛地抬头,看到前方不远处正是周晟。凌萱哽咽了,一时间说不出话来。周晟大步跑来,说:"太好了,你果然在这里。看到朋友圈你发的樱花,下了飞机,我就马不停蹄地赶来这里。"然后他从包里掏出一本相册,说,"这本相册中的相片是这几年我在欧洲游览时拍摄的,送给你。"

凌萱接过相册,映入眼帘的是巴塞罗那的圣家堂、威尼斯的水城、德国的电视塔、布达佩斯的城堡……在翻到相册的最后时,映入眼帘的是两张大版照片,一张是凌萱在游玩夏宫时的特写,另一张是凌萱在瓦津基公园喂小松鼠的特写。凌萱顿时热泪盈眶。

周晟声音颤抖地说:"凌萱,我无时无刻不在想你,想我们的梦想。看到你的作品成功出版了,我真的很高兴,祝贺你!现在我辞了德国的工作,回国来见你。凌萱,我想听从内心的呼唤,为幸福再努力一次,你……愿意做我的女朋友吗?"

凌萱再也抑制不住,蓄积的泪水从眼眶汩汩而出,她大声热切地喊道:"我愿意!我愿意做周晟的女朋友!"

一阵清风吹来,一瓣瓣樱花飘落在紧拥在一起的恋人身上,而后又随清风飘起……

为了梦想,我成了你的眼睛,一起周游世界,一起度过漫漫人生。等待虽苦,但是,我等来了自己真正的爱情。